谷崎潤一郎 文學散步地圖

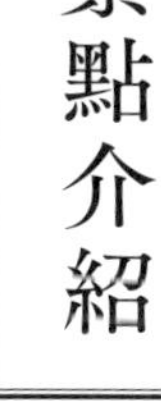

景點介紹

❶春琴堂書店

書店創始人妻子一枝在谷崎家幫傭時，谷崎正發表《春琴抄》，故谷崎親自為書店命名和題字。

❷平安神宮

谷崎喜愛此處的櫻花，其小說《細雪》中蒔岡姊妹年年賞櫻之地。

❸石村亭

前身為谷崎的府邸——潺湲亭，位於下鴨神社附近。在此完成了翻譯多年的現代語本《源氏物語》。

❹祇園森莊旅館（ぎおん森庄）

前身為旅館喜志元，谷崎與第三任妻子松子每到京都賞花都住於此，稱其為「花之宿」。2010年已結業。

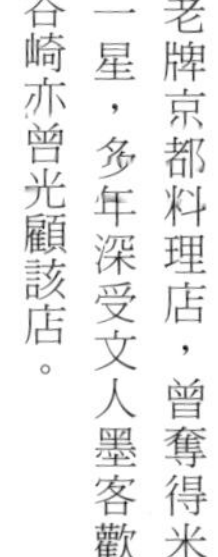

❺たん熊（北店本店）

著名老牌京都料理店，曾奪得米芝蓮一星，多年深受文人墨客歡迎，谷崎亦曾光顧該店。

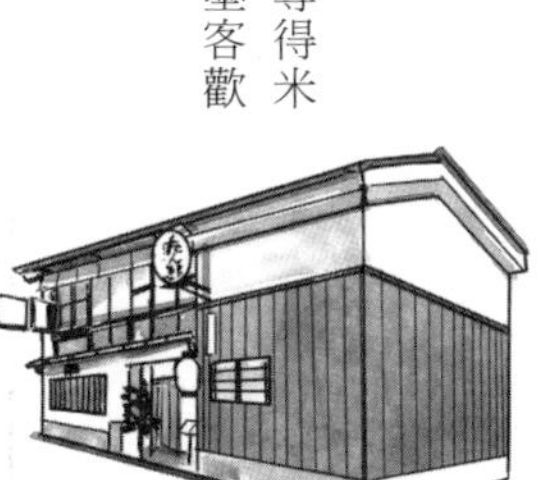

❻法然院之墓

谷崎長眠處，與妻子松子合葬，其墓石上刻有「寂」字，為谷崎題筆。

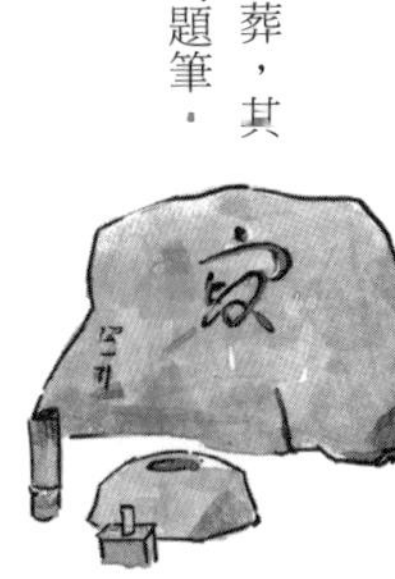

谷崎潤一郎年表

年份	歲數	作家生平	日本大事
一八八六（明治十九年）	0	生於東京市日本橋區蠣殼町2丁目14番地。	首次制定並頒佈《小學校令》。
一八九二（明治二十五年）	6	入讀阪本尋常高等小學校。	
一九〇一（明治三十四年）	15	家中經濟陷入困境，靠伯父久兵衛資助進入東京府立第一中學就讀。翌年於北村家擔任家庭教師。	日本黑龍會成立。中國與英國、美國、日本等多國簽訂《辛丑條約》。
一九〇五（明治三十八年）	19	府立第一中學畢業後，入讀東京第一高等學校英法語科。	日俄戰爭爆發，俄國軍隊接連戰敗。簽訂第二次日英同盟。
一九〇七（明治四十年）	21	因與北村家女僕穗積福子的戀情曝光而辭去教職。翌年於第一高等學校畢業後，就讀東京帝國大學文學部。	發生海牙密使事件，西方列強認可日本侵略朝鮮的行徑，加速日本侵略朝鮮的進程。
一九一〇（明治四十三年）	24	與小山內薰等人創刊《新思潮》。發表小說《刺青》和《麒麟》。	日本吞併朝鮮。發生幸德大逆事件，日本社會主義者和無政府主義者計劃暗殺明治天皇，後來被捕起訴。
一九一一（明治四十四年）	25	大學三年級時因拖欠學費而遭退學。	幕末以來與西方列強簽訂的不平等條約被完全廢除。
一九一五（大正四年）	29	與石川千代結婚，及後居於東京街小梅町。	袁世凱政府接受日本提出的對華二十一條，導致中國爆發排日運動。
一九一六（大正五年）	30	女兒谷崎鮎子出生，轉居東京元町。	
一九一七（大正六年）	31	母親逝世，妻女回老家照顧父親期間，開始與情人聖子同居。發表小說《異端者的悲哀》。	
一九一八（大正七年）	32	拜訪朝鮮半島、中國，同年歸國。	日本爆發經濟危機。農村爆發米騷動事件，演變成武裝衝突，參與者逾二百萬人。
一九一九（大正八年）	33	父親離世，整家移居曙町後再移居小田原，開始與作家佐藤春夫來往。	日本於《凡爾賽條約》修正案中，提出「種族平等議案」，終未納入條約中。
一九二〇（大正九年）	34	擔任大正映畫劇本顧問。谷崎提出離婚並向佐藤春夫提出讓妻協議，惟聖子拒婚以致協議破局，導致翌年二人絕交，是為「小田原事件」。其後移居橫濱。	再次陷入經濟危機，經歷十年的經濟蕭條。
一九二三（大正十二年）	37	遭逢關東大地震，移居兵庫後受關西風情影響，作品糅合大量風土人情、傳統文化，文風逐漸成熟。翌年發表小說《痴人之愛》。	發生關東大地震，罹難人數約十四萬。
一九二六（昭和元年）	40	再遊中國，與內山完造、田漢、郭沫若、歐陽予倩等人相識。與佐藤春夫和解。	大正天皇駕崩，皇太子裕仁親王繼位，年號改為昭和。
一九二七（昭和二年）	41	結識第三任妻子根津松子。與芥川龍之介就小說情節展開論爭。七月，參加芥川龍之介喪禮。	日本首段地下鐵東京上野至淺草線通車。日本政府救濟台灣銀行失敗，導致全國金融陷於險地。
一九二八（昭和三年）	42	認識第二任妻子古川丁未子。	昭和天皇加冕。發生「三一五」事件，首相田中義一下令逮捕逾千位共產黨人士。
一九三〇（昭和五年）	44	發生「細君讓渡事件」，谷崎離婚後讓妻予佐藤。翌年與古川丁未子結婚。	受世界經濟嚴重衰退影響，濱口雄幸、犬養毅、岡田啟介等內閣主張削減軍費，惹起軍部、右翼組織不滿。
一九三三（昭和八年）	47	發表散文《陰翳禮讚》和小說《春琴抄》，翌年與弟弟谷崎精二絕交。	天皇批准首相齋藤實發表退出國聯聲明書。
一九三五（昭和十年）	49	第二次離婚後，再與松子結婚。	
一九四一（昭和十六年）	55	翻譯《源氏物語》。	十二月突襲珍珠港，觸發太平洋戰爭。日軍向南亞擴張，其後佔領香港，開始「三年零八個月」的日佔時期。
一九四六（昭和二十一年）	60	移居京都。	日本婦女首次參加競選。天皇公佈新憲法《和平憲法》。
一九四八（昭和二十三年）	62	長篇小說《細雪》發表完成。翌年獲頒日本文化勳章。	創立警視廳預備隊。遠東國際軍事法庭判處七名日本戰犯死刑。
一九五四（昭和二十九年）	68	移居熱海別墅。	施行新版《警察法》，警察廳設置，並成立自衛隊。
一九五八（昭和三十三年）	72	有中風徵象，此後作品均以口述創作。	東京鐵塔完工，正式對外開放。
一九六一（昭和三十六年）	75	發表長篇小說《瘋癲老人日記》。翌年獲美國作家賽珍珠推薦提名諾貝爾文學獎。	
一九六五（昭和四十年）	79	因腎病離世，長眠於京都法然院，另分骨葬於東京慈眼寺。	簽署《日韓基本條約》，與韓國建立邦交。

神與人之間

谷崎潤一郎 著
たにざきじゅんいちろう
李漱泉 譯

神と人との間

一片飛花在樹梢

——近代日本文學譯著導讀

陳煒舜
香港中文大學中國語言及文學系副教授

香港三聯書店出版四冊近代日本文學譯著，分別收錄夏目漱石（1867–1916）、谷崎潤一郎（1886–1965）、中島敦（1909–1942）和太宰治（1909–1948）等四位名家的小說、隨筆集。編輯同仁囑我就日本近代文學之背景、脈絡略作介紹。對於日本文學，我心雖好之，但畢竟非專業研究者，故僅能就研讀知見之一隅與讀者諸君分享，尚蘄玉正。

學界對日本文學史的斷代各有差異，但大致可分為上古（八世紀至十二世紀）、中古（十三世紀至十六世紀）、近古（十七世紀至十九世紀中葉）、近代（明治、大正、昭和時期，1868–1945）及現代（二戰以後）幾個階段。西元 1868 年，明治天皇（1852–1912）發表《五條御誓文》，正式開啟「明治維新」的序幕，標誌著日本現代化的開端。而日本近代文學史，也同樣以「明治維新」為起點。在社會變革之下，日本舉國對船堅炮利之實學大感興趣，政府對於人文學科則採取蔑視放任的態度，以致文學之「開化」未必能與整體的現代化完全同步。不過在福澤諭吉（1835–1901）等啟蒙思想家的影響下，日本引進了大批西方哲學（包括美學）、文學、政治學等人文社會學科的書籍，促進了近代文學的發展。

就小說而言，日本近代小說鼻祖坪內逍遙（1859–1935）高揚寫實主義理論，正是對整個社會風氣的呼應，其《小說神髓》對近代文學影響深遠。坪內逍遙之外，二葉亭四迷（1864–1909）接過寫實主義旗幟，其思想不僅受到俄國別林斯基（V. G. Belinsky, 1811–1848）的教養，也源於儒家感召。與此同時，森鷗外（1862–1922）受到德國美學思想影響，傾向於浪漫主義立場，與坪內逍遙就文學批評之標準問題展開論爭。兩種文學取向，既奠定了日本近代文學的基調，也確立了小說在文學界的主導地位。

1885 年 2 月，尾崎紅葉（1868–1903）、山田美妙（1868–1910）等四人組織成立硯友社，該社與傳統以漢詩、俳句唱和的結社不同，將創作文類拓寬至小說等，雅俗兼顧，集合了一群年輕小說家，如廣津柳浪（1861–1928）、川上眉山（1869–1908）、巖谷小波（1870–1933）、田山花袋（1872–1930）、泉鏡花（1873–1939）、小栗風葉（1875–1926）等。這些作者後來在明治、大正及昭和文壇皆成為了獨當一面的大將。雖然他們的文學取向各有不同（如泉鏡花主張浪漫主義、田山花袋主張自然主義等），並未合力以硯友社的名義來建構統一的文學理論，但該社一度在日本文壇具有支配力量，影響甚大。

專制與自由並存的明治時代，寫實主義在坪內逍遙、二葉亭四迷以後並未得到長足發展。終明治一代四十年，源自西方的自然主義運動一直大行其道。1887 年，森鷗外把左拉（Emile Zola, 1840–1902）為代表的自然主義介紹到日本，隨後小杉天外（1865–1952）、田山花袋、永井荷風（1879–1959）等人皆成為這個流派的代表人物。自然主義文學揭櫫反道德、反因襲觀念的旗幟，主張追求客觀真實，一切按照事物原樣進行寫作，以冷靜甚至冷酷的筆觸來描寫一切對象，強調排除技巧，摒棄加工和幻想，成功完成了「言文一致」的革新。自然主義作家突破想像的樊籬，因而發展出以暴露作者自我內心為特點的「私小說」，獨具特色。尤其是島崎藤村（1872–1943）《破戒》與田山花袋《棉被》的問世，將自然主義運動推上高峰。

然而，自然主義是明治時期「拿來主義」在文壇上的體現。十九世紀中後期的歐洲流行自然主義文學，有其自身的邏輯脈絡，茲不枝蔓，但日本並未仔細尋繹便採用「橫的移植」手段，罔顧了自身的社會特徵。因此，當時有評論家對「私小說」的創作範式頗為不滿，批評這種書寫策略過於消極，且無益於社會精神之塑造。夏目漱石便是當中重要的質疑者。作為寫實主義巨擘，夏目往往被中國讀者與魯迅（1881–1936）相提並論。比起自然主義作家以單純記錄的方式來創作，夏目更看重對生存之意義與方法的探討。他的作品十分強調社會現實，富於強烈的批判精神，人物刻劃細膩，語言樸素而幽默近人。其成名作《我是貓》以貓的視角對主人公苦沙彌等人加以觀察，嘲弄了日本知識分子四體不勤而五穀不分、紙上談兵而妙想天開、生活清貧而無權無勢的特性。而「人生三部曲」——《三四郎》、《後來的事》和《門》，雖然各為獨立故事，卻一脈相承地以愛情為主題，揭示出人生的真實本質。夏目漱石的小說，華人讀者並不陌生；而編輯同仁這回另闢蹊徑，出版其隨筆集，應能使讀者更深入地了解其人、欣賞其文。

明治末期，自然主義風潮逐漸消退，白樺派（理想主義）、新思潮派（新寫實主義）和耽美派（新浪漫主義）成為大正時期（1912–1926）文壇領軍。白樺派的武者小路實篤（1885–1976）是反戰作家，作品受到魯迅、周作人（1885–1967）的稱許和譯介。新思潮派的領軍人物芥川龍之介（1892–1927）被視為與森鷗外、夏目漱石三足鼎立的小說家，以歷史小說來反映現實、思索人生。耽美派反對自然主義重視「真」遠甚於「美」，認為如此會壓抑人性的自然欲望。然而耽美派對人性自覺乃至官能享樂的注重，卻顯然孳乳於自然主義。作為耽美派的首腦，谷崎潤一郎甚至提出「一切美的東西都是強者，一切醜的東西都是弱者」，不僅讚許自然美，更讚許官能性的美，為追求美甚至可以犧牲善，與波德萊爾（C. P. Baudelaire, 1821–1867）的《惡之花》（*Les Fleurs du mal*）于喁相應，因此有了「惡魔主義者」的稱號。其《神與人之間》以「細君讓渡事件」為題材，寫主人公身陷四角戀情，在善與惡、神與人之間掙扎徬徨，帶有濃重的自傳氣質。成名作《刺青》中，刺青師清吉物色到一位「能供自己雕入精魂的美女肌膚」的女孩，施以麻醉後，以一天一夜時間在她背上雕刺出一隻碩大的黑寡婦蜘蛛。女孩醒後「脫胎換骨」，宣稱清吉就是自己第一個要獵殺的對象。自傳體小說《異端者的悲哀》中，主人公章三郎因生活貧困而對人生絕望、對道德麻木，卻夢想過放蕩不羈的生活。至於

《春琴抄》中對施虐與受虐快感的描畫，更令人驚心動魄。

1926年，昭和天皇（1901–1989）繼位。而中島敦和太宰治兩位，皆可謂純粹的昭和作家。昭和早期，無產階級文學風行，但隨著軍國主義的政治干預而式微。佐藤文也說：「日本的作家在戰爭中大致分為三派：一是像雄鷹般兇猛地渲染戰爭狂熱思想的宣傳者，可以稱之為『鷹派』；二是像鴿子般老實卻又喜歡被主人放飛在外，不碰紙筆以沉默示意的不滿者，可以稱之為『鴿派』；三是像家雞一般被主人強行圈養起來，被迫加入了『鷹派』的妥協者，可以稱之為『雞派』。而太宰治卻不在這三派之中盤旋，好似鶴立雞群般經常在浪漫主義色彩的題材中渲染出獨特的幽默風範，可以稱太宰治為『鶴派』，這一點讓太宰治在戰爭時期的作品受到了文學界及讀者的好評，並得到支持。」（〈太宰治寫給中國讀者的小說，你讀過嗎？〉）與太宰治不同，中島敦對治現實的方法是撰寫歷史小說。中島於1933年完成的大學畢業論文題為《耽美派研究》，深入探討森鷗外、永井荷風、谷崎潤一郎等作家。然而，他後來的創作則繼承了新思潮派的傳統，以歷史小說最為著名，因此贏得「小芥川」之譽。中島敦的歷史小說多取材自中國古籍，無論子路、李陵等歷史人物，抑或李徵、沙悟淨等小說人物，都能予以嶄新的詮釋，以回應時代，令人眼前一亮。可惜中島於 1942 年便英年早逝，年僅三十三歲，無法與讀者繼續分享其文學果實。

相比之下，太宰治的文學道路與中島敦頗為不同。太宰治最著名的小說《人間失格》發表於 1948 年，亦即他自殺當年；在後人心目中，這部作品奠定了他「無賴派」（或稱反秩序派）代表作家的地位。不過，無賴派的興衰僅在 1946 至 1948 年的兩三年間，反映出戰後青年虛無絕望乃至叛逆的心態。而太宰治早慧，十七歲寫出《最後的太閤》，短暫一生中有不少名作傳世，而是次譯著僅收錄他發表於 1945 年的作品《惜別》與短篇小說集《薄明》，可謂慧眼獨具。當然，在《薄明》的六篇短篇小說中，主人公無一例外地表現出頹靡無力之感，這與稍後作品《人間失格》的主旨一脈相承，反映出作者自身特殊的遭際和心理特質。而《惜別》則為紀念魯迅而作，以在仙台醫專求學時的魯迅為原型。太宰治筆下的魯迅年方弱冠、胸懷壯志，卻又在鄉愁、迷惘與希冀中徘徊，在經歷一系列事件後棄醫從文。儘管《惜別》的主人公往往被看成是「太宰治式的魯迅」，是作者透過魯迅的形象來安放自身的靈魂，但這部作品無疑打破了華人讀者對於魯迅那刻板的神化印象，值得細細玩索。

譯著所涉四位小說家皆是日本近代文學時期的著名人

物，年輩雖有差異，但在文壇的主要活躍年代都在二十世紀前半。夏目漱石、谷崎潤一郎漢學造詣甚深，皆有漢詩作品傳世。明治維新後，日本漢詩創作景況日漸零落。而中島敦成長於大正、昭和時期，卻因漢學世家淵源之故，仍喜漢詩創作，在平輩間不啻鳳毛麟角，值得關注。太宰治不以漢學漢詩著稱，然亦鍾情於中國文化，如他的《清貧譚》、《竹青》皆取材於《聊齋志異》，前文談到的《惜別》則以魯迅為主角，不一而足。這些知識對於華人讀者來說大概都是饒有興味的。讀者諸君在瀏覽這輯譯著後，若能觸類旁通，對四位小說家乃至整個日本近代文學有更深入的了解，這篇膚淺的塗鴉就可謂功德圓滿了。謹以七律收束曰：

貓眼看人吾看貓。善真與美孰輕拋。
沙僧猶自肩隨馬，迅叟應嘗淚化鮫。
意氣文雄夏目助，幽玄節擊春琴抄。
年年舊恨方重印，一片飛花在樹梢。

2022 年 1 月 16 日

譯者序

S兄：

《神與人之間》和另一篇《前科犯》也於上幾天譯成了。合起前寄的舊譯兩篇《麒麟》與《人面瘡》就這麼結束谷崎潤一郎傑作集罷。雖說這不過是谷崎氏全作品的片鱗隻爪。

谷崎氏在日本近代文壇建築的金字塔是巍然在東島的朝日夕燒中放着特異的光彩的。他的藝術的評價雖因着時代的進展而有變遷，但因為他捉住了近代日本青年的心靈深處的某點，所以始終還是受着他們的寶愛與渴仰的。而且在距今十數年前他也曾在他的作品中替自己做過這樣的「蓋棺論定」——「這惹人憎恨的惡魔主義者的死發表了的時候，社會上毫不吝惜地承認他生前的功績。許多雜誌報紙都揭載了故人的肖像。人們都說『故人總算對文壇寄予了什麼東西的，而且是有獨特的境界的富於才能的作家』，說『那個可厭惡的人不在了，文壇不能無寂寞之感』。」（《神與人之間》）

這個特異的天才作家的藝術，直到近年才漸得我國青年的欣賞。這自然是我國文藝界落後的結果。但文藝既然是經濟基礎的上層建築，隨着客觀形勢的發展，中國青年的全神經都向中國的社會變革集中，惡魔主義的、藝術至上主義的作品許有過時之感。這就是我個人雖和谷崎氏有相當深厚的交情，卻並沒有努力着介紹他的作品的緣故。

可是 S 兄，你這趟卻給了我這機會了。要不是你囑託我，我或許不忙着譯，同時要不是環境逼迫着我，我也沒有這工夫來從事於此，這前前後後的兩三個月之間，似乎又使我和谷崎氏發生多大的關係了。這些日子我每日與他的作品相對，把他的一行一句換成我的語言，使我重新認識他的心靈，親近他的謦欬，回憶起和他相處的那些日子了。實在我雖不以為他是日本唯一的大作家，確以為他是我所接近的日本作家中唯一爽快的男子。

他這些日子以另一種意義又著名起來，成為社會上的談助了。那便是他和佐藤春夫氏換妻的事件。這件事在懂得過去他們的交涉的原也沒有什麼稀奇，他們不過是把《神與人之間》的最後幾章演成實事罷了。而且不過是不在添田（谷崎氏自己）死後而在添田的生前罷了。讀過佐藤春夫的《殉情詩集》—— 這實在是珠玉般的作品 —— 的該記得那裏面屢屢說到所謂「心妻」(Kokorotsuma),那自然就是現在變為佐藤夫人的谷崎氏從前那「可憐的老婆」千代子女士,也就是本集《神與人之間》中那清純美麗的照千代了。在十數年前他們夫婦還和和睦睦的時候就想到了今日的結果而且描寫得那麼深刻逼真,這不能不欽服谷崎氏的觀察力與想像力之偉大了。他是那麼掘井似的毫無容赦地向他的心靈深處發掘去,得到了便是這一些不可逼視的東西。他自己叫它做「醜惡」而在文學史上留下的是瓌寶般的「藝術」,聽他自己在《前科犯》裏的自白罷:「我的確是惡人。…… 不過請你們把我的藝術當作真材實貨,認識我這樣無廉恥的人的心裏也有那樣了不得的美的創造。……」(《前科犯》最末一段。)

「善」與「惡」、「道德」與「美」在谷崎氏的作品中是不斷的鬥爭的。但時常是「惡」與「美」的勝利。看《麒麟》中的孔子與南子,《人面瘡》中的醜花郎與名妓菖蒲太夫,《前科犯》中的K男爵與畫家,特別是長篇《神與人之間》中的穗積與添田,可以概其凡。這自然是 Allan Poe、Baudelaire 們在近代文學上所投的陰影。我們的作家正是以日本的 Poe、日本的 Baudelaire 自任的。他自己的得失,他自己也曉得很清楚。

但這個「善」與「惡」、「道德」與「美」的問題越是概念地、形而上地去解釋它，越要弄得烏煙瘴氣，遠離真理。我們必須把它暴露在史的唯物論的光下去分析它，才能了解它的真相，才更加親切有味。因為善惡美醜一樣有它的階級性的。我們要賞鑒谷崎氏的藝術，譬如吃美味的蕈子必須經過那樣的消毒。

關於谷崎氏無論在藝術上、在實生活上，要寫他真是寫不盡，就是我個人所知道也是很多，但是我想等到別的機會了。我所要說的是他對於中國有深厚的興趣。他曾前後到過中國兩次，他的書齋裏滿陳着由中國帶回或由中國朋友寄贈的品物。他自己平常也很愛穿中國的衣裳、抽中國的旱煙，這也不過是他的「異國趣味」之一發現罷。但他對於中國的改革卻曾由單純的趣味變成明確的同情，這讀他的《上海交遊記》中與中國青年們的對話可以知道。他的年紀怕快五十歲了，他的精神卻還是一樣的豪邁，即如那已經腐化、平凡化的他和佐藤春夫、千代子間的三角關係，在結婚十五年後居然又活動起來、變更起來，這也可以證明他的不老，雖說這樣的事在現階段的日本已經不足以震撼青年們的心胸了。

谷崎不單是個小說家，他的戲曲乃至電影劇本都有他獨特的世界，但可惜也不能收在這集子裏。文學運動必然地要成就有生氣的發展的中國，和對於別的作家一樣，對於谷崎氏在最近的將來，也應當有更親切的理解的罷。

稿子付印的時候希望讓我看一看校樣，因為這在讓國人認識谷崎的面目上是很必要的。

祝你安好。

弟漱泉三月二十三日，一九三二

又白：

《神與人之間》的第十六章以後給日本當局抽去了好一些句子。這自然是可惜的。我也曾寫信給谷崎氏去問他，要他寄原稿來，但據說他已經不在岡本的舊寓 —— 那裏變成佐藤夫婦的新家庭了 —— 那封信恐怕是「已付洪喬」了。不過誰都看得出的，給刪去的是添田和他的朋友及幹子談那些性慾上的「渾話」以及西班牙的蒼蠅的地方，日本當局以為這有關風化，又怕有人真箇照名字買那藥來自害害人，所以很仁慈地 —— 雖說對於作者是很殘酷的 —— 把它勾掉了。但好在咱們中國關於別的雖沒有什麼，而講到性慾上以及關於那方面的藥物上的知識，卻是有一日之長的。雖然被刪去了，我們實在不難以更豐富的內容把它補正的，所以也不算是多大的恨事，你以為對不對呢，S 兄？

漱泉又及

目錄

神與人之間

一

「道子，好孩子，快些睡罷。」

朝子把自己身體放一半在那小小的褥子裏，從被窩上面拍着小孩子的背這樣說。可是雖然這樣說，而剛才的眼淚一直流個不住，越想要忍住它，心裏的悲傷越加坌湧上來，不覺就嚶嚶地啜泣了。這好像孩子也懂得，——雖則剛才滿四歲——也和道子一樣，而且像怕給母親知道了不好似的，陰陰地哭着。可憐自然是可憐，但因道子平常是神經質的孩子，所以朝子忍不住生氣。

「哭什麼呢？道子啊——」

說着一瞧藏在被裏面的她的臉時，這孩子像不肯讓她娘看見她哭着的樣子似的望着下面，在陰暗之中不住地霎着睫毛。

「啊呀，真是討厭的孩子！快睡了罷！」

真像很生氣似的朝子罵着，並且很殘忍地扯起被來蒙頭蒙腦地蓋着她那哭着的臉。平常像這樣一邊放着小孩睡，一邊自己也慢慢地睡着了，是她常有的事。她的睡性本來極好，她的丈夫始終說她是「任有怎樣的憂愁都能睡得像豬似的女人」，可是今晚卻老大不容易入睡。在被窩上面以手支頤，把丈夫對她的無情的行為一樁樁想起時，不知不覺之間眼淚順着手脖不住的流下來。終於又忍不住抽抽噎噎地哭起來了。她以這樣自傷的心境暗泣了三十分鐘光景。忽然一留神，不知何時起那被窩裏面也有啜泣之聲。「啊呀，還沒有睡着嗎？」—— 想着，她不覺氣得說不出話來了。本來對於一個神經過敏的小孩，從這時候起，就告訴她種種人世的悲哀，是多麼能使那孩子的性質怯懦，而且於她的將來有多麼不好的影響。但沒有教育的她注意不到這種細緻的地方，所以想不到那裏。不過她一想到連這孩子都莫名其妙地感覺得母親的悲哀，和她一塊兒哭，可更使她受不住了。因此她再也沒有責罵她的勇氣了，趕忙自己也把頭伸在被窩裏面，和孩子緊緊挨着臉兒，誰也不管的母女兩個人嗚嗚咽咽地哭起來了。

「道子啊 —— 」

她說了。她緊緊地抱着孩子發抖的身體，她自己也抖着。在黑暗之中滂沱的眼淚順着腮旁流，因為她們挨得很緊，所以她也不知道是誰的眼淚。道子的眼皮正靠着她的臉上，她感覺得那顫抖着的睫毛的尖端很溫熱的潤濕着。朝子把自己的眼皮合上去 —— 讓眼皮壓着眼珠哀哀地哭。孩子鼻頭的柔軟的肉給鼻涕弄髒了，觸着她的高的鼻子，同時由那兩個孔裏嗐嗐地吐出一股帶濕潤的熱氣。她把孩子的鼻涕和她自己的眼淚一道吞到肚子裏哭。她忽然想起小孩子的時候、晚上很晚在黑暗之中把被窩蒙着頭捉迷藏時候的事。在這樣極悲哀的時候，怎麼會記起那樣遠的事呢？這她不知道。可是那個時候，就是她只比在這裏的道子大兩三歲時候的事，不要去想它自然會浮上心裏來。啊，是啊，那時候我不過八九歲罷。最大的姊姊美姐是十三四，弟弟三郎是六歲，一到晚上就把二樓的電燈熄了捉迷藏。「朝姐，躲在這裏好！」那時候三郎常那麼說着，攢到被窩裏面用小小的聲音邀她。因為是在很寒冷的山國，到冬天很早就鋪上被窩放好火爐。「好了沒有！——」在走廊角落裏樓梯口做「鬼」的姊姊叫着。「好了！」說着三郎便靜悄悄地抱着朝子，那時朝子感覺着她弟弟一股股的熱的呼息。…… 連這樣細微的事都不可思議地想起來了，但雖然如此，卻一點也不能減少她的悲痛的心思。依然是抽抽噎噎地哭着。

「少奶奶！——」

阿花走到樓上，隔着紙門叫她時，可是，她已經睡着了。叫了兩三次，她只用鼻頭哼了幾聲，直到聽說「有客人來了」，她才猛然驚醒了。小孩子不知什麼時候睡得很熟了，她自己也睡在被窩外面了。一想到剛才那樣哭着，哭倦了就睡着了，難怪人家不說她「像豬似的」，連她自己也覺得有些好笑了。

「誰來了？」

她說。好像睡着了的時候簡直受了涼，說話時帶着鼻音。是夜深了罷，屋子裏冷得異樣，晚上本來關好了雨槅，但因為租的屋子建築得很馬虎，由空隙裏進來的風侵入肌骨。她扯着被頭重新從小孩的肩上蓋得緊緊的，再加上一個坐墊。

「穗積先生來了。」

「穗積先生？……啊呀，這個時候，……現在是什麼時候了？」

「十點一刻不到。」

那麼，放小孩子睡是八點，不覺就迷迷糊糊地睡了兩個鐘頭了。

「我不見他，你替我回一聲不在，不就成了嗎？」

她有點兒不高興了。因為除了阿花以外沒有可以罵的人，所以阿花時常受她的教訓。

「我也那樣說了，可是他說要找少奶奶有事情。」

「找我有事情？」

她用還帶着幾分睡氣的語調說。

「那麼，請他上樓來罷。」

於是她趕忙立起來，開燃電燈坐在鏡台前面。因為她曾把手撐着臉所以臉上有幾分紅脹。眼皮也腫起來充着血，看着自己的樣子，想起心裏的悲哀，不覺又抽着鼻涕，但那時已聽得上着樓梯的穗積的腳步聲了。

「請等一等，因為剛放着孩子睡了。」

聽得穗積好像坐在另一間房子裏了，她不想讓他知道她是哭過的，所以從紙槅子這一邊招呼他。

「唔，放小孩睡還好，可是你自己不是也睡了嗎？」

穗積用很神氣的聲音說。

「是啊，我自己也不知不覺地睡着了。」她望着鏡子裏的自己的臉笑了。

「你真是心閒得很，你當家的不是在外面玩着嗎。」

「是啊，我真是心裏閒，所以時常給人家笑話哩。」

「那真是可羨得很，我只要像你一半的心裏閒就好了。……」

那時候，朝子已經推開紙槅子進來，可是她看見穗積的樣子，不像他講話那樣有神氣。

「……我心裏老是不能閒，所以每晚都睡不着，真沒有法子。」

穗積發完了他的牢騷，不覺紅了臉望着底下，也許是心理作用罷，使人覺得他那帶着眼鏡的陰鬱的眼睛，比平常更沉悶了。

「有什麼貴幹呢？」

想起來，穗積從不曾在她丈夫不在的時候上過她的屋子，自己同這個人，像這樣在更深夜靜兩人對坐的事，已經是多年不曾有過了，這很使她覺得有些為難。

「剛才添田君有信來了。」

為難的感情穗積大約也是一樣的有罷，她一問他馬上這樣答她，抬起很正經的臉。

「信？從哪裏來的？」

「從箱根來的，不是說他前天晚上出去之後就不曾回來嗎？」

「是啊，可是怎麼說呢？」

這麼說的時候，朝子的臉上失去了血色，有些發青了。莫非捨了自己遠去的丈夫忽然來了什麼冷淡的信嗎？莫非來信說「我已經用不着你了」嗎？假使如此，我不是再沒有會見他的時候嗎？這是時常威脅着她的頭腦的夢魔。她預感着總有一天那樣可怕的事會來的。

「他要你送一百塊錢去。」

穗積說了，抬眼望她的臉色時，好像說「好了，總算安心了」。

「他所以寫信給我說，是因為地方不想讓你知道。他要我向你要了錢馬上寄給他。」

「他不是曉得沒有錢嗎？—— 他說要什麼時候以前送去沒有？」

「他說要我用電匯寄去，務必在明天正午以前寄到。假使遲了要更加不夠。因為他說得很急，所以我看了信馬上就來了。」

朝子在肚子裏把櫃子裏剩下的東西數計了一遍。平常她說「已經沒有可以當了」的時候，她丈夫總說「不必當你的了，不是還有我的嗎」。也不知他是說着來俏皮她的呢，還是認真地那樣要當給幹子姑娘去用的，雖然想起來很可恨，但朝子直到今天總是務必不動丈夫的衣服，務必首先當她自己的。可是目下想起來剩下的都是回頭到了冬天要用的。講到值錢一點的不過前年做的大島緞的大褂和襖子，可是要連那個也當了，隨便到外面去一趟，都沒有可以穿的衣裳。不過無論如何不肯動丈夫的衣服的時候，也除了請出那個沒有別的法子。此外就是唯一手上帶的紅寶石戒指，這兩樣能不能當得一百塊錢很是問題 —— 假使不夠只好從那用她女兒名義存下的三十元的郵政儲金中去想法子。……

「啊，可以的，我去想想法子罷 —— 那麼明天早上請您來拿一下罷。」

好像在咄嗟之間決定了辦法的朝子的話，不知怎樣使穗積感了一種寂寞。他不覺窺探一下她的眼色，但她的眼睛含着清淨天真的光明。「假使用得着的時候我這裏還有五十塊錢。」—— 暗暗地準備着這個話的他，看了那種眼光，像受了什麼打擊似的，覺得想着那樣的事的他自己很可恥。

「可是不知到底是哪一天上箱根去的。那個女人也一起去了罷？」

朝子不懂得穗積的心緒，她好像把悲傷的事全忘了似的，甚至含着微笑。

「那自然是一起去的。我那時候也想着不會是這樣嗎。那晚他說這會兒上跳舞場去，恃蠻地領我到丸之內飯店去了。

於是那個女人便到那裏來了。大概是預先約好了的也說不定。……」

「哦？添田也跳舞嗎？」

這好像很使朝子好笑，剛哭腫的眼邊浮着更大的笑，實着鼻子很妙地發出高聲。

「你說他是不是『也跳舞』，難道你還不知道嗎？」

「哦啊，真是嚇了我了。那麼穗積先生你呢？」

「我嗎？我生來就不喜歡跳舞，動作太激烈了，使人很受壓迫，氣都吐不上來。因此看着也不覺得有趣，反而使人沉鬱得悲哀起來，去一次還不要緊，兩次就沒有道理了。」

「可是，怎麼樣，不是說好看的人們很多嗎？」

「也許有，不過我簡直不懂得。我一到那種地方眼睛就昏眩起來了。……」

「幹子姑娘穿着什麼衣服？還是洋服嗎？」

「不，那晚是和服，好像穿得非常的漂亮。也不知是什麼布或是縐綢，總歸是穿着很花的模樣的衣服，帶着腕圈和頸圈，跳得很高興。」

「了不得！我真是羨慕那樣的女人。」

「哪一種女人？」

穗積很責備地問着。

「像幹子姑娘那樣的女人 —— 又愉快，又華美，誰也見了她歡喜，始終很高興地過着日子。真是要能像她那氣派可多麼好呢。」

「哈哈哈，不過你可當真學不來。除非你再生過一輩子。」

「不成嗎？回頭讓我也帶上手圈和頸圈，到跳舞場去看看罷？那麼一來可怎麼樣呢，穗積先生？」

可是穗積默然地想着。一個手像很怕冷地插在懷裏，另一個手捻着吸剩的香煙頭在磁火盆的邊上擦着。……

二

「那麼，明天早上十點鐘光景請來一趟罷。真是對不起，又來麻煩您啦。」

穗積不注意地聽了她的話。一出她的家便感着一種說不出的不快的情緒。可恨的是添田。可是假使朝子的心裏充滿着對於添田的愛，而對於可憐的穗積這個男子一點也不在心上 —— 這照今晚的情形看是毫無疑問的 —— 那麼，也沒有恨添田的理由了。那麼恨朝子嗎？不，那也決做不到。你瞧她現在受着她丈夫那樣無情的待遇，不還是很忠實地盡着妻子的職務嗎？這在穗積的地位怎麼可以非難她呢？假使穗積的心裏有一毫這樣的妄念，那麼，他對於她那種純淨溫雅的心腸應該羞恥。雖然如此，穗積對於今晚的實在預期着稍為不同的態度。他想她將對他哭訴她丈夫對她怎樣不好 —— 縱不如此，也應該從她的口裏聽出一兩句對於她丈夫的怨言。

要之，他很想在深秋的靜夜，和久別的她，知心知意地哭一回，這是事實。他雖然知道添田讓他承乏這個差事沒有什麼好心，而這樣樂意來擔任，原是因為有那種愉快在等着。但一切都反於他的預想，朝子雖然受着那樣的待遇，依然很不在乎地、溫順地，有講有笑。對於她丈夫的不平至少一句也不肯對穗積吐露。眼睛也好像哭腫了，但連這個都想要瞞過他。這點特別使穗積不高興。假使在他來以前哭過的，為什麼不肯把那眼淚對他公開呢？這麼一想，穗積好像在那裏聽得見添田的誇勝利的笑聲。「你真是個蠢東西。」他自己對自己說。

「是啊，都是我自己蠢，可恨的畢竟是我自己。」

可是，穗積雖然這樣想，卻不能更改現在自己走着的路，也許是蠢罷。但自己以為這種蠢是善，自己不過是拿自己的良心做最善的事。怎樣被人踐踏、被人羞辱，我還是除了這樣生活下去以外沒有別的法子。他好像是童話中的人物。他想像着一朵寂寞地開在郊野的薔薇花。自己的心臟便是那朵薔薇花，越是孤獨，那花的清香便越加濃厚。即算她終於不賞識那種清香，可是自己所做的事也不是徒然，自己可以把自己磨練得更清貴。……

穗積忽然停住腳把街上一望。不覺已出了本鄉大街，踱到赤門前暗黑的步道了。大學的大自鳴鐘已經差不多十二點了。天空的星像磨過了似的放光。虎虎的寒風，簡直帶着冬天的聲響。

「明天早晨不是還可以見她一次嗎？」

見見她的臉又有什麼道理呢，可是總覺得明天這一天很可珍貴。真是他長遠過着不曾有過「明天」的日子啊。

「是啊，就只見一見她，自己便覺得多少幸福一點了。」

一邊這樣想着，他朝龍岡町自己的寓所那方走去。

添田和穗積做親密的朋友，是五六年前穗積還在故鄉長野承襲父親的遺業做市醫時候的事。

那時添田到長野來遊，害了很重的流行感冒，在旅店的樓上睡了兩個月。那時候來診察他的便是穗積。雖然本業是醫生，但從學生時代起便讀德國文學書比讀醫書還要熱心，若是得了家裏承認早已入了文科的穗積，對於當時在文壇頗有聲名的添田的名字十分知道。並且兩人又同是赤門出身，年紀也相上下。添田大兩歲是二十八，穗積卒業後還不過一兩年。因為如此，又加上在那鄉下地方此外沒有可談的朋友，青年們馬上就意氣相投了。添田是當時文壇流行的頹廢派的大將，甚至還被人稱做惡魔派，但同他親近起來，卻是對於無論什麼事情都富於同情與理解，而且是非常謹慎、非常高雅的一個青年。至少在最初穗積是這樣想。「這就是那惡魔派添田嗎？」他甚至不能無意外之感。漸漸越加親近起來，添田對於他雖漸漸不大客氣，但時常對面沒有話說。在陰鬱之點和他完全相似。這種共通的脾氣，使兩人結合得更親密。對於世間越加怯懦，他們相互的結合便越加大膽，越加真切。穗積時常攻擊添田是「偽惡者」，因為他覺得添田所寫的東西和他的人物之間有非常的不同。穗積被人家恭維在市醫中要算品行最好的，雖然獨身，但既不狎妓，也不喝酒。添田也是一樣。本來他也喝一點點酒，自從流行感冒的時候，穗積忠告他說「你的心臟極弱」，他聽了這話便再也不喝了。「像你這樣的頹廢派也就太不夠味了。」穗積甚至不能不這樣譏笑他。

現在的朝子，當時叫照千代，是在那地方做藝妓的。添田病好了之後在穗積家裏住過一些日子，身體很弱的照千代時常傷風到病院裏來。因此，添田時常看見當時剛只十七八歲簡直像良家女孩子一樣純真的她的樣子。「是啊，那孩子在這地方也很特別，看她的樣子不是像那樣的一位小姐嗎？她的脾氣也是一樣，歡喜她的人也很不少，不過一個也沒有成功的。」一問穗積時他卻知道得很清楚。「有的人疑心她是有什麼病，但我敢以醫生的資格證明她不是的。我很佩服那個孩子。」穗積並且想起《浮士德》中的故事稱她做 Gretchen。

「喂，喂，Gretchen 又傷了風了，明天早晨還會來的，你那時到藥局裏來看看罷。」

添田聽了這話，便到那只和診察室隔一層紙槅子的那屋子裏來等她。可是臉皮薄的他沒有和她當面打招呼的勇氣，只在門縫裏偷聽着她的聲音，目送着提了藥瓶回去的她的後影，就已經夠他滿足了。

其後，他兩人在一個酒樓叫過照千代兩三次。因為添田說「想要和她熟識一下」，所以穗積帶他去的。熟識了之後，與其在酒樓還不如說在穗積的家裏會的次數多。那時候的她，是那樣時常要親近藥石。她的身體原是穠纖適度，長得水也似的豐滿，但因為染過流行感冒之後肺尖有些不好。她的嫡親姐姐是那地方第一流的名妓，她是從那樣的家裏出身的，所以平常嬌養慣了，真像良家女兒一樣的看得重，身體稍為有一點不舒服，就不出堂差，在家裏耍着的時候多。因此，就是不要看病，每在正午飯前飯後也時常跑來。據說這醫院的近邊有一個教古式生花[1]的先生，她時常到那裏去。

「你怎麼會學起生花來了？」

「她是準備回頭去當少奶奶的呢。」

「怎麼，已經有了那樣的人嗎？」

「討厭，哪有那樣的人？」

照千代紅臉了。

於是有時候他們三個人一塊兒吃飯，談得很起勁，這不過是要好的朋友一樣的交際，但兩個人都很滿足。這種清純的交際，對於照千代這樣的女子好像很自然的。在她那方面也只覺得他們兩個人很好，對於添田和穗積好像沒有什麼

[1] 生花：日本傳統插花藝術。

厚薄。

翌年正月，添田在火車站和穗積與照千代相別，回了東京一次，到春天又來了。但那時候照千代已經不在長野了。「據說忽然給人家討去了，住到京都那方面去了。」穗積呆着地說。

「到京都去了？那麼去得很遠了。」

「據說她老爺是時常要到『上方』[1]做生意的商人。因為每個月有一半是在京都大阪過的，所以他在那裏組織他的外宅罷。」

原來她丈夫是長野一個姓木村的綢緞店老闆，已經快四十歲的人了。他的老婆是很懂事的，因為一個兒子也沒有，所以他們夫婦把照千代當妹妹似的愛惜，討她的時候也是他老婆拿錢出來的。

「那麼，從那時候起就和那個人有了關係嗎？」

「不，好像不是這樣。男的早就有那意思，可是照千代說對不起太太，總是逃開。後來好像是有人從中說合所以才討了她了。」

添田在穗積家玩了一個禮拜。兩個人都覺得有什麼不足似的，所以談話也不能愉快。

「Gretchen 不在，可寂寞得多了。」

---

[1] 上方：江戶時代對以京都、大阪為中心的畿內的稱呼。

添田說。

「不過你來了總算好得多了。多住幾天去罷。」

穗積是很怕寂寞的，添田說要回去的時候，他甚至很埋怨他。

「到了秋天再來罷——」在列車的窗口，添田和他告別，但那時候和去年兩樣，月台上沒有照千代，兩個人都覺得很是悵然。穗積一個人由車站回家時在路上深感着自己拋撇得很孤另似的。他想不論照千代或是添田，留一個在這裏不也好嗎？一想到照千代這一刻——也許一生沒有機會相見，因此覺得添田更加親密了。

但穗積在那一年中有着比添田更早的會見照千代的機會。在十月杪討了照千代的那綢緞店老闆不到半年便染腸窒弗斯[1]死去了。去送葬的穗積，從施主席的後方，看見穿着縞素衣裳哭腫了眼睛的照千代的模樣。她那時候那種玉容慘淡的樣子，與那位「節哀順變」一滴眼淚也不流的正太太的態度相對照，很惹人注目。

過了百日之後，她依然回到姊姊那裏來了。人們以為她會恢復從前的照千代重張艷幟，但她卻在她姊姊屋後面橫街頂冷靜的地方租了一所屋子，和她母親、弟弟一塊兒住着，大有洗淨鉛華不再入紅塵之概。大約是離開木村家時也多少

[1] 腸窒弗斯：腸傷寒，日文音譯。

得了一些錢，所以就指着那個來過活，但是那一點錢不是可以支持多久的。「她想與其再去當藝妓，不如到良家當下女或是去做生花的先生。」穗積很偶然地聽得人家這樣談起她，後來不久的某一天，他到人家看病去的歸途不意地與剛要轉過巷口的她相遇。

「長遠不見。」

他這麼說着，從包車上對她取帽子，登時感覺得臉上發紅。她好像是剛從澡堂回來，披散着的頭髮上面插着一把梳子，那軃着浴衣的領子露出粉嫩脖子的姿態，依然和從前一樣的楚楚動人。她聽到穗積叫她，她也一樣的臉上火也似的紅起來。慌慌忙忙行了一禮，怪難為情地逃到巷子裏去了。

「有工夫到我們家裏坐坐。」

穗積本想叫住她對她這樣說，但沒有那工夫了。

說「到秋天再來」的添田直到冬天才來了。

「不是說 Gretchen 又回來了嗎，你後來會過沒有？」

一來便馬上談起這個。

「就是早一些日子在門外面碰過一次。若是能到我這兒來玩玩豈不很好，但怎奈我沒有結婚，她又是那種身份，大約是有些不好意思罷。」

「那麼，我們兩個人去訪她一次罷。我想兩個人去是不要緊的。」

雖然這麼談着，但兩個人並沒有跑去找她的勇氣。只希望在她洗澡回來再碰見一次，因此，他們時常在巷頭巷尾徘徊。

那時，有一個穗積小學時候的朋友叫武田的，害着愛在外面玩的人常害的病，每天到他的病院裏來。有一天談起照千代時，穗積從他聽到了很意外的消息。「怎麼樣，先生，你娶了她好不好？」武田雖然像偶然想起的笑話般說，但漸漸問起情形來卻也良非偶然，穗積知道武田是照千代的姊姊的相好，同時又和死去的木村有親戚，這話還是出於她本人的意思或是旁邊人的意思，雖不曉得，但可知一定是他們內夥商量好了卻叫武田來說的。

「回頭我再來奉候。總之，請你考慮考慮罷。」—— 武田時常有意無意地拿話來打動他。總是這麼說了之後才回去。

假使那時候添田不來長野 —— 或是穗積更大膽一點，他確是可以娶照千代即朝子做妻子的。支配他一生的運命的就在那個時候 —— 穗積時常這麼想。

三

「喂，現在有這麼一件事情。」

—— 這是和添田兩個人在市立公國裏散步時候的事。穗積忽然這樣說 —— 實在早就想說了 —— 這時候才把武田對他提出來的啞謎告訴了添田。

「⋯⋯你也認識他罷。那叫武田的人。⋯⋯他現在時常沒有什麼大病也跑到我那裏來。一來就提起這個事來打動我。我覺得他簡直不像是開玩笑的，也許是我的不自量罷。⋯⋯」

「那麼，你是怎麼回答的呢？」

添田比穗積所預期的還要嚴肅，默默然地聽了他談話之後這樣說。

「怎麼回答的嗎，⋯⋯他那方面也沒有要求我的什麼確實的回答啊。大約他是想有意無意地探探我的口氣罷。我想一定是這樣的。」

「唔，⋯⋯這且不要管他，可是你怎麼打算的呢，也不見得完全沒有打算過罷。」

「那自然也不是完全沒有想過。⋯⋯」

說着，穗積默然地走過一兩丈遠再繼續他的話。

「⋯⋯老實說，我還沒有很明確的決心——是啊，我想可以這樣說，我並不討厭她，可是這能不能算是 Love，我自己也還不十分知道，並且首先武田所說的是出於她自己的本心或是旁邊人的作用也不很明瞭。⋯⋯總歸我想我應該把這件事情告訴你。我感覺得這樣。你我兩個人都歡喜照千代，可是我們直到今日關於這件事彼此不曾老實談過，所以我想問一問你的意思，同時，因此，我也可以決定我的意思。⋯⋯剛才說過我還沒有什麼決心，可是若知道了你的意見和心情，我想我自然也有所決定。……」

穗積說着的時候，看見添田的臉色漸漸改變。「可見添田心裏很老實地想着照千代哩。」——這在穗積多少不能無意外之感，同時又覺得是當然的一樣，但沒有法子否定這種推察。因此，他突然改變語調這樣問他。

「添田君，你愛着照千代嗎？——假使是這樣，你就不要客氣地對我說出來罷。不用說，我是不想為着這樣的事傷我們彼此的友情的。」

「我，穗積君，……我愛照千代。」

添田很苦痛似的說。

「我這樣說，你也許感覺得不愉快。你也許這樣想，既是那樣為什麼不早說出來呢。因此，我本應該對你表白一切的。不過，我想你不是也一樣的愛着照千代嗎？我就是暗暗地怕着這個。你剛才說你不知道你的心情到底是不是愛。可是假使一旦我表明我想娶照千代的意志，你那現在不知道到底是不是愛的結果不會證明是愛嗎？我們兩個人不會競爭起來嗎？那樣一來，我知道我到底不是你的敵手。……」

「為什麼不是我的敵手？」

「這有什麼難懂呢，你是本地人，又有地位，又有信用。在世俗的眼光看來，和我這樣流浪的文人簡直不成比較。何況和照千代的關係你比我深得多，你以醫生的職務曾對她有過種種的盡力，若是競爭起來，我想我一定要輸給你的。自然，怕輸給人不像個男子漢。但我所憂慮不是輸贏這種事實，而是由此而生的我們兩人的感情。雖說誰輸給誰也和我們的友情沒有妨礙，但彼此決沒有好感。我們中間一定要生出什麼隔閡。」

「至少在一個時候可不能笑着做朋友罷。可是那不過是一個時候。但凡這競爭是正當的，我想你我永久是不會有疏隔的。」

「是啊，那不過是一個時候罷 —— 可是即算是一個時候，除你以外沒有別的朋友的我，就太寂寞了。因此，我想假使你有娶照千代的意思，那麼我絕對避免競爭，把我自己的戀愛深深地葬在我的心裏罷。並且我心裏暗暗地預感着這樣的時候總有一次會來。就是今天我本來最好說「我不愛照千代」豈不一了百了，不過對你撒謊是很苦痛的事……」

添田深深地嘆了一聲氣，在路旁的長椅上坐下來，是怎麼個臉色，因為天已經黃昏了，四面很暗，穗積沒有看清楚。但是他感覺得在他的話裏，可以窺見添田這個人 —— 當時文壇目為惡魔派驍將的人，卻具有何等意想不到的懦弱的、溫良的、真實的地方。穗積雖然自己覺得是一個更可憐的弱者，但那在陰暗之中悄然坐着的添田的樣子，使他覺得深為可憐。

「因為你問我，我老實說了『我愛她』，但是現在決沒有和你競爭的意思。你假使說要娶照千代。我一聲不響把這愛戀的心情永久忍耐着罷。你若是不棄的時候，我一定幫着你去說合，並且祝你們的幸福罷。你可別客氣了，把你真正的心思老實告訴我罷。」

——穗積就到現在也還可以清清楚楚地聽見添田的聲音。實在是那時候聽着那種聲音，他才意識着他自己也愛着照千代。這種心思完全是突然而來，他自己受着這不意的襲擊甚至狼狽起來。他沒有老實對添田說出來的工夫，確實是狼狽的結果。而且穗積平常本也有這種卑屈的性癖，在咄嗟之間浮上他的念頭的，是對於添田表示自己的義烈，樂意做添田所謂「交情」的犧牲的一種極愚蠢可笑的、似是而非的道德。

「我的心底也許想着照千代，但是我並沒有你那樣的明確的戀愛。假使你那樣想着那個女人，而直到今日為着『友誼』不說出來，對於那種好意我不能不大大的感謝。可是在這時候，你的心思要比我積極到十倍二十倍，假使哪一方得避免競爭，那當然應該是我。我想對武田表示我沒有那種意志，但是你又得有你的辦法，何不對他表示你的意思呢？關於說合的話，我總竭力幫忙。」

「你真肯這樣辦嗎？靠得住嗎？」添田問過他兩三次。但他那時候說「靠得住的」。「謝謝，我真是感謝你。」添田的聲音，聽去像含着眼淚。不知不覺並坐在黃昏後的公園的長椅上，兩個人一時陶醉於感傷的氣氛之中。……

不幸事情越加定妥之後，穗積更不能忍地想着照千代。就在幫着添田盡各種力的時候，他覺得那一念不斷地在他的心頭成長。

「朝姑娘，怎麼樣，添田那樣想着你，你願不願意到他那裏去呢？——」

穗積幾乎懷疑着自己的聲音，不能不兩次三次地對她說那可詛咒的話。第三次說這話的時候，是用他和添田兩人的名義請照千代到自己家裏吃晚飯那一次。故意趁添田不在座的那刻兒開口的，但照千代像平常一樣紅起臉望着地下。

「假使像我這樣的人也承他那樣想着的時候——」

隔了一些時候幽微地這樣說了的她的話，在穗積的心裏殘酷地響着。

「啊，那麼你是承認的了？」

她依然是望着地下，口裏答應着「是」，那梳着反銀杏的頭也好像點了兩三次，忽然那低俯着的頰上流着一雙雙的紅淚，她拚命地忍着，竭力用嘴唇抵住吞到肚子裏去。

「朝姑娘……怎麼樣了？」

「沒有什麼……對不起。」

那一瞬間穗積閃電似的感覺着照千代的眼睛，如怨如訴地射到自己的臉上。

「對不起，……請你原諒我……我到添田先生那裏去。」

接着欷欷歔歔地，五六分鐘，啜泣之聲繼續着——穗積好像是給奇怪的夢魔侵襲着似的。「可見這個女人還是想着我，武田的話是出自她的真心。可是已經遲了，一切都在我自己不知道的中間完了。我們兩人的愛只在這一瞬間眼睛和眼睛的談話裏終結了。」

添田回到屋子裏來時，她的臉上分明還留着淚痕。添田的氣色也好像有些發青，決不是平常的樣子。可是不可思議的是添田關於這個，一句話也沒有說。

「喂，怎麼樣了，成功了沒有？」

不一會，照千代回去之後，他首先說的便是這話，並且，像全然什麼也不知道似的，甚至還帶着笑。

自然，穗積知道這不幸的最大的原因在自己。就是自己和照千代都是異常怯弱的性格，這就是產生這種不幸的差錯的原因，單只如此決沒有怨恨添田的理由，假使添田後來的態度處得很好，穗積也許能把這心的傷痕忘掉，也許不致這樣始終想着她罷。但添田所取的行為，好像是要把穗積特別想要忘掉的東西偏殘酷地時時使他感着痛楚，至少在他對方的眼裏可以這樣看。添田那時候那樣熱心地求着照千代，對穗積也說着那樣的話，並且又心滿意足地結了婚，但是他在東京還有兩三個女人。本來穗積相信他們兩人結了婚，一定會在長野市內租一所房子住下，像從前一樣地和他往來。添田既然那樣談着「交情」，當然應該如此。可是，他們夫婦自從到東京新婚旅行之後就一直不回，不久便接了他們在小石川組織新家庭的通知。他那時候便覺得受騙了，但看做了人家新娘子的朝子在一個時候也真是苦事。他那方面大約也是想到這點罷。這樣解釋起來並非不可以當作他的善意，但後來隔了半年趁上京的便，訪問小石川的他們的家的穗積卻逢着意外的結果。兩天以前主人便不在家，而他心裏暗暗地怕見面的人卻在家裏守屋。一見面，兩個人便想起了已經忘掉的那一晚的事。三言兩語談起添田的行動時，彼此明確地感覺那種情緒驀上心來。不見面的時候不曾覺得會有這樣的相思，彼此都覺得奇怪。

「我早幾天寫了一個明信片來，添田君沒有看見嗎？」

「不，他確實看見了。他知道你今天會到的，可是……」

據朝子的話，添田有了可以不顧對於半年不見的老友的交情，而不能不熱烈追求的女性。

「都是他的撒謊。你和我都受了他的騙了。」這麼說着她哭了。

「朝姑娘，這是我的不是。弄到這樣都是我的責任，都因為我太沒有志氣了。……你原諒我罷。」

她什麼也沒有說，只是像那時候一樣抽抽噎噎地哭。

「……可是我……我知道了的時候已經遲了。……」

「是啊，我也知道，……只是已經沒有法子了啊。……」

「沒有法子？什麼叫沒有法子？」

那時候突然由窗外聽見添田的爛醉的聲音。他用身體橫蹩地推着外面的格門和紙槅子，發青的臉上露着嬉嬉的笑，大衣也不脫的猛然跑到屋子裏來。

「啊呀，你們是姦夫淫婦嗎？」

添田蹣跚着腳，大聲說了之後喋喋地笑。穗積的臉色也發青了。

「朝姑娘，請你到裏面去，我有話和添田君說。」

在朝子匆匆逃到二樓之後。

「添田君，那裏請坐罷。」

他用寧靜的調子說。

「你好像很醉了，可是醉了也不見得不明白。請你聽我說罷。我在你不在家的時候到你這兒來說那樣的話，確是我的不是。雖說我預先寫過明信片給你，你不在家我不由得上來了。但在我說話本是應該更謹慎的，因此在那一點我應該謝罪。」

「可是你應該謝罪的好像不只那一點啊。」

添田頹然倒下來似的坐着，那麼說過他瞪着眼睛很兇惡地凝視着穗積。

「是啊，確是不只那一點，你剛才好像在窗子外面聽見過了。所以也用不着細說，大概你都知道了罷。這個問題說起來最初就是我錯了。我那時候不該對你撒謊。但是那決不是出於卑劣的動機，你也該承認罷？」

「哈哈哈，你放心罷，我並沒有懷疑你的人格——可是，怎麼呢，既然那樣為什麼到了現在還要說那樣的話呢？」

「所以我不是說在那一點得向你謝罪嗎？就是我今天到這裏來以前也沒有安排說那樣的話的。第一我就沒有知道我的心裏還留着那種心情 —— 我這樣說，結果不免是要非難你，做夢也沒有想到你們夫婦會是這樣一個狀態。」

「啊，是的嗎？」

這樣說着，添田也沒有什麼生氣的樣子，大大地點了兩三次頭。

「那麼，你就是說，我若是在家你就不會起那樣的心了嗎？」

「這雖是不關我的事，可是你不是實在有愛朝姑娘的責任嗎？對於朝姑娘也好，對於我也好。」

「喂，喂，你說話可得注意一點」

添田突然揚手遮住他，用兇狠的眼光說。

「你到底根據什麼說我不愛朝子呢？不錯，我很愛玩，也還有別的女人。可是我想這個並不能證明我不愛朝子，不管人家的觀點怎樣，我可以有我一流的愛法。這個在那女人現在可還不懂得，只以為她是給我騙了。可是她馬上一定有懂得我這樣心境的時候。喂，你也是一樣啊。你再瞧一瞧我的行為不好嗎？」

「我知道你不是世間所說的那樣的惡人。因此你那樣說時，我也並非不能理解你那種心情，可是這種狀態一直繼續下去我也是很痛苦的。你叫我瞧着，我一來又不站在監督你們的地位，被放在那種地位恐怕會再陷入今日這樣的難境。今後我想絕對的避免這個。老實地說，但凡朝姑娘是那樣的時候我自己就不能相信自己。直到你使朝子安心過日子為止，我不能在你家裏走動。」

「沒有那樣的事。隨你怎樣走動都可以。」

添田很不在乎的樣子說了。

「你對我謝罪了。我也有不能不對你謝罪的事。我，老實說，偷聽你和她的私話不是從今天起。那一晚 —— 和你三個人在你家裏吃飯那晚 —— 那時候的話，我也在走廊外面聽見了。朝子為什麼哭，我連那道理都曉得。我那時候感着一種說不出的寂寞。既然聽了那樣的話，我想當然應該把朝子讓給你，但一想到那種寂寞，怎麼也不能下那種決心。我真是一個卑怯的人，一面想着對不起你、對不起你，但結果欺騙了你。」

四

添田是由一種什麼動機那時候會告白出那樣的事呢？這真是他真心悔悟了他自己的罪惡嗎？ —— 穗積在添田說那話時，看見他那以酒醉與興奮充血的眼睛裏閃動着淚光。

「請你原諒我罷，我太寂寞了。……」

這樣說着的他那話裏不知如何自有一種動人的力量。雖然他常以惡人自衒，但他想這還是他的真實的聲音。不錯，那樣說起來，那天晚上的事在穗積也一樁一樁記得很清楚。他記得回到屋子裏來時添田的顏色不好，朝子哭了一些時候——就不偷聽，由那個情景添田也不難推察出那事件的真相。假使偷聽了不響是不對，那麼不注意地過去或是裝做不注意，自然也是不對。並且在那時候雖然遲了也還不是沒有辦法，到了沒有辦法的現在，就很兇地要添田謝罪又有什麼用呢？在穗積就像剛醫好的心的傷痕重複給錐子刺了一樣。

「你瞧，我今晚醉得很厲害。因為我想假使不是醉了也不好見你。……」

這樣說着，添田伸着帶酒臭的臉，把手搭在穗積的肩上，用力地像要抱緊他的樣子。

「穗積君，你絕對、絕對不要客氣，請你以後也常到這個家裏來。不好嗎，你和我的交情決不是這樣的事所能破壞的，你從前什麼時候不這樣說過嗎？」

「說是說過。可是那時候和現在情形不同。我剛才還說過不到朝姑娘很幸福的時候——」

「不，那不行！那是卑怯！」

添田叫着說。

「假使不該說卑怯，那便是無責任。你剛才怎麼說？自己愛着朝子卻不應該很蠢地擺起道德家的架子讓給我。朝子不幸的原因在你自己。」

「我沒有說完全在我，那一半也在你身上。這話不對嗎？我固然謝罪，你也該謝罪。彼此把過去的過失當作沒有法子，只努力謀今後朝姑娘的幸福，這不首先是做丈夫的你的責任嗎？就是我也想怎麼樣替朝姑娘盡力，但是現在我的地位，不許我如此，只好間接拜託你。你既然說過那時候欺騙了我，你不是有自贖的義務嗎？」

「我想這義務兩方面都有。我固然得自贖，你也得這樣。……」

「怎麼樣呢？……」

穗積不容易探出添田的意思，圓睜着眼睛。添田使那醉意快要醒的蒼白的臉上，依然帶着獰笑。

「因此請你時常到我家裏來，不是間接的而是直接的安慰朝子。這樣說好像含着譏笑，但我決不是那種意思。我是老實地拜託你。穗積君，請你信用我罷。你雖說不能信用自己，但我還是信用你。那也許你還愛着朝子罷，但愛着她有什麼要緊呢。你不是可以做出錯事的人，因此，你若是能夠時常來這裏偶然對她說句把溫慰的話，這結果於她是有益的。」

「你所說的意思我不懂。」

穗積很尖銳地回敬他。

「不用說，若非你去溫慰朝姑娘，決不是朝姑娘的益處。

你這樣不是想以一種無聊的興趣使我更墮入深的陷阱嗎？」

「咳，所以不成，這是你的誤解。」

這樣說了之後，添田忽然做出窮促的表情，獨語似的說「沒有辦法，沒有辦法」，搔着頭髮。

「那樣想也有你的道理……不過我雖然這樣，卻是很懦弱的人啊。因為雖然有許多話得和你說，卻又說不出口，因此結果騙了你。今晚趁着酒醉，什麼都對你告白了。想把你墮入深的陷阱麼，那我可決沒有那種心思。……穗積君，我時常說的，實在是太寂寞了。我一想到你和朝子做了夫婦，而我卻剩下一個孤另的一身，我就……」

「那我知道了，不過……」

「不，你不知道。你一點也不知道我所說的寂寞的意義。我——你雖然常說是善人善人，實在是很惡的人。不單是高興做惡棍，就是心裏也和你這樣的善人不同。我這個人有時候所以在你的眼睛裏顯得善良，那是因為那時候恰好裝着假面。那自然不是欺騙你。我是因為和你親近便裝起了善人的樣子，於是很高興你叫我做「善人、善人」，就為着這種高興使我和你結交。我生平沒有一個真正的朋友，只有你真心的相信我，我也竭力想不要損傷這種信用，不要辜負你的好意。我的心裏也有一種空幻的希望，想在和你交好中漸漸受你的感化，也許要成為一個善良的人。雖說是怎樣的惡人，但這個程度的希望也是有的。……」

添田在這裏停住了話頭，望望穗積的臉色，穗積很熱心地聽着。他覺得才接觸了添田這個人物的片鱗。但那時候也不以為這個人是惡魔，越是聽了他「惡人」的告白，越使人起「善人」之感。

「好罷，你聽清楚，這裏是頂緊要的地方……」

添田繼續着說。

「……我所以愛朝子也是受了你的感化。我總覺得我是惡人，我總想由朝子那樣的女人受和你一樣的待遇。假使可能，我想娶了那種心地純良的女人做妻子，靠她的力量使我加入善人之列——我是由這種動機才欺騙了你，勉強成就了我的戀愛。你就沒有朝子已經是個很好的人，比朝子還好的女人也還有的是——不，等一等，再聽我說一點罷——你一定要說既然如此為什麼又那樣虐待朝子呢？可是我頂沒有辦法的就是這任性的脾氣。就是現在我也決不是不愛那個女人，不，老實說我心裏愛着的女人就只有她一個，可是我一逢着某種淫婦型的女子便立時給她誘惑了。雖然明知道比起朝子的愛來不過極表面的情慾，但不幸那情慾對於我有不可抗力，它會喚起我心裏那種惡魔的聲音。那種女人一出現，我總是像給惡夢魘着似的，跑到她那裏去耽溺在荒唐的淫樂之中。可是那種夢一醒了，一定有種說不出的苦痛。我為什麼要迷戀着那樣的女人呢？我已經有了朝子那樣的女人，又明知道她的心地的高潔，為什麼不純真地、老實地去愛她呢？我很感着對不起她，總想什麼時候她的愛會完全征服了我，夫婦們享受真的幸福的時候會來。那麼着就對於你也講得過去了。……」

添田的聲音給嗚咽擾亂了，他的喉嗓硬了，他的手也抖着。

「你既然這樣的苦痛——」

穗積說。

「為什麼不把你這種意思告訴你的老婆呢？就是朝姑娘聽了你這話一定也會來安慰你，而且不是從這樣的地方才會湧出夫妻的情愛嗎？」

「可是我就不能告訴她，所以更加苦痛。我的性情根本就乖僻得很，心裏雖想要對她表明，但一到她的面前我就不由得要裝起威勢來。隨便什麼小事情也要罵她一下，總不能夠拿出純真的心情。這就是我任性慣了。你也許叫我改正，但是這一種脾氣不是那麼容易改正的。假使隨便就可以改正，那我也不算什麼惡人了。穗積君，我所說要拜託你的就在這裏。假使真願意祝朝子的幸福的時候，請你替我把這種心緒對她說明。你的話她總是相信的。這與其讓我去說，不如請你替我去說，一定要使她安心得多。……」

「那要我去說也沒有什麼不可以。不過你的心理狀態就是我聽起來也覺得非常複雜，要使朝姑娘充分理解，我想不是一朝一夕的事情。別人替你說起來，她不會聽成給人家一個時候開心的話嗎？因為頂懂得你的心理的只有你自己。……」

「同一別人，你可大兩樣，你和朝子有特別關係。……」

添田看見穗積顏色忽然改變，趕忙前膝低聲地說：

「可不是嗎？——這不是和你過不去的話。朝子到現在還想着你。假使通過你這個人格，她一定可以理解我。我的意思就是說借你的力量，把朝子寄給你的愛向我揮灑就得了。你一定做得到。使我們夫婦幸福或是不幸全在你的心上。我拿平日的交情拜託你。……」

因為這樣說了，穗積低頭不答，添田扯着他的手，搖他，又重複地說：

「喂，你慈悲一點罷。承認我拜託你的事罷。拜託你做這樣勉為其難的事這是第二遭了。你也許對於我的任性生氣了罷。奪了你的愛人，又不能自己使她理解，卻來借重你的鼎力，這也許過於一相情願了。不過……」

「一相情願倒是不妨的。」

穗積本想竭力裝着冷靜，可是自然而然就忍不住氣憤起來。

「這且不管，我只問你：難道承認你自己的老婆有了愛人，卻滿不在乎地允許她的愛人趁你這做丈夫的在外面胡鬧不回的時候出入你的家庭嗎？你想這樣可以成立一天的夫婦關係嗎？你的告白也許不是撒謊的，可是我不懂你這種想法。」

「不過我剛說過的，相信她的愛人，相信他決不會有什麼差錯。——」

「別開玩笑了，我也是一個人啊。假使我不能保證由這樣做所發生的結果，你難道也安心讓我們兩個人接近嗎？至少是心裏愛着你老婆的人？我說你簡直侮辱了你的老婆了。」

「不是侮辱她，我想反而是尊敬她。……」

這樣說着，添田又帶着獰笑。

「我自己知道自己是品性卑怯的人，對於那樣純潔的女人沒有說話的資格。因此，我想請你和朝子同心協力把我向善良方面引導。若是能夠你不單止要受朝子的感謝，你自己也算救了一個可憐的朋友。你是朝子的愛人，同時又是我的朋友，你所應該盡力的就在這點。你也許失戀了，可是要是這樣，然後你的失戀才有意義。」

穗積對於添田所說的越加不可解了。以為他老實嗎，在次一瞬間馬上又不老實了，好像底下還有底似的。真心和他來時在你不防備的地方會吃他的大虧，另加還要把你當傻子。可又不能說他從頭到尾都是瞎扯，沒有一絲兒真情。你若向壞的方面解釋他的心理，你可以泛起很可怕的想像。但你若從正面同情地去聽他的話，也並非沒有使人額手的道理。即算有一半是撒謊的，但至少他很痛苦着是事實，並且相信他唯一的友人的人格而想要依靠他也是事實。是那樣根本怕他，捨棄他卻是不應該的。

穗積所以想到這裏去，還是因他心裏有一個朝子。在這時候就這樣和添田大鬧一場，也許道朝子不如由自己取回來的正當，但他終於為「交情」犧牲了「戀愛」。不過假令到這裏為止他所推測的不錯，今後添田的心理卻會怎樣的活動呢？因為沒有自發離婚的勇氣，所以他不是故意使她和從前的愛人接近而等待着他們中間有什麼差錯嗎？對的，那麼一來，在添田的確是苦痛最少的離婚的機會了。因為添田那時候就把老婆趕出去也不感覺得自己一個人是惡人。至少姦通的罪名可使這兩個善人同樣地拖入和他自己一樣的惡人隊裏。自己知道反正不能加入善人隊裏的人，也許反以多誘惑一個善人加入他們自己隊裏來慰藉他那不可救的孤獨罷。

「你們這兩個東西一個欺友，一個騙夫。不是比我更巧妙的惡黨嗎？可知平日號稱善人的都靠不住。瞧這榜樣罷！」

他也可以這樣的嘲笑，而且這也許便是添田的本懷。但添田的心裏許又有作用，他不是把他們兩個人放在那種危險的地位，自己來刺激自己的嫉妒心，試驗自己到底是不是愛朝子嗎？

「那裏稍為發洩一下熱情有什麼要緊呢？有了那樣的事也許使我不再在外面胡鬧了。」—— 添田昨兒這樣說的話也許不盡是笑話。由「他們兩人不會姦通嗎？」的憂慮次第變成愛情 —— 那麼一來正合了本意，因此他不是利用穗積這個人來造出憂慮的根源嗎？這雖然是很兇狠的想法，但在添田這樣的手段是難免不用的。而且他不是很厚顏地放下了寬宏大量拚着妻子給人姦通一次也不要緊嗎？看見給人姦通了才明確地意識着對於朝子的愛情固然好，假使那樣依然不感什麼愛與嫉妒，那麼就那樣給了穗積也不要緊。…… 或許這樣有意義地解釋添田的行為不過是穗積的神經過敏，而在添田自己卻只是糊裏糊塗地以「隨他去」的心思看水流舟罷。「唔，務必讓他們痛苦，我在旁邊瞧着罷。將來怎麼樣誰管得着。」不也許帶着這樣半開玩笑的興趣，並非有什麼心計和目的，偶然地實行着所謂「惡魔主義」嗎？……

堅決地拒絕了朝子要送到車站的好意，由飯田町坐上了長野去的火車的穗積，回想在東京一個禮拜中的事，好像重新發見了添田這個不可思議的人物一樣，加以種種的臆測，要之，無論他怎樣地想，他覺得還是不懂得添田。懂得的只是火車越向故鄉進行，他的心反對地越向東京那方牽引。去的時候，他是想上京去看看自己使他們幸福的朋友的夫妻。可是回來的他，重新又擔上了戀愛的重荷而且又漸漸與他的愛人所住的地方相遠。這是多麼一種運命的遊戲啊。他想：前一些日子自己已經把朝子這個女人斷念了。但想不到在見了她的那一剎那，昔日的戀愛又復活起來，而且在現在和她相別之後，更加強烈地壓迫着他的胸臆。「我可曾經驗過這麼一種迫切的、無法排遣的、一陣陣像要銷人心魄的戀情嗎？本來也曾愛過朝子，但絕不曾燃燒過這樣的激烈的情熱。假使這種想念早來一年，我也決不會對添田講什麼義氣了。」——穗積在夜火車中間幾乎一次也不曾合眼地老想着這個。

「可愛的朝子！」剛這樣一想時，「可恨的添田！」這一句話自然就浮上他的嘴唇中間了。播弄着我嗎？利用着我嗎？他那心腹中的真相雖不可知，但首先使人覺得可恨！在東京會着的時候，雖然覺得可恨，有些地方還多少使人覺得可憐。戀情越增加，想起那不單止虐待他的愛人，同時也把他自己播弄到極點的無賴漢的嘲弄的笑聲和殘酷的眼色使他說不出的生氣、厭惡，覺得一點也值不得表什麼同情。「我對於那個人既經表示了不必要的友誼，這趟又嘗着同樣的失敗。同情那不必同情的人，做了人家的玩具一聲不響。我為什麼看見她在我眼前給人家那樣拳打腳踢，卻溫溫存存地呆着呢？那不僅是對於她的侮辱，不也是對於我的侮辱嗎？不，豈止如此，他還說過這樣的話，又說過那樣的話。」穗積把添田的話在腦筋裏一句一句地反複一遍，想起自己對於這件事所取的優柔寡斷的應對的態度不覺加倍的氣憤。「為什麼我那時候還嬉嬉的笑着呢？為什麼不大大地憤慨呢？現在想起來那個人所說的話沒有一樣有理路的，都是他的信口吹牛。可是我卻全然墮入他的迷陣中老實地供他利用。」

「你沒有做朝子丈夫的資格，還給我罷。」

穗積恨不得立時回到東京，在添田的面前對他這樣說。火車在第二天清早天還沒有大亮就到了長野，搖動在黃包車裏從車站歸向寓所的途中，他的腦筋裏也老想着那個。「我不能這樣待着。若不想什麼法子解決這個問題，我一天也不能活下去。」他耳朵裏聽得這樣的細語，使他慌慌迫迫的不能安定。

「先生，Y 先生家裏昨天來了幾次電話，說若是您回來了馬上請您去。據說他家老太爺很不好。」

在大門口下了車時，書記擦着睡眼兒起來這樣說。

「說我不去罷。」

他露着不愉快的顏色搖搖頭。

「你說我傷了風，發熱，睡着了。」

一生就沒有會見朝子的時候罷。而且假使那樣，她很顯明地一天天會墮入不幸的深淵。這一種擔憂自然就使穗積的態度曖昧起來。雖說這決不是不義的戀愛而有為着她的將來、為着擔負起她的失計的責任等等很堂皇的辯解，但這裏作用着使他的良心盲目，而且把他拖向更危險的地位的力。要之，他墮入了添田的陷阱，他自己也可以說本有被墮入陷阱的間隙。

本只安排到東京住四五天的他，就那樣被添田家留住了，耽擱了一個禮拜光景。其間添田也始終不在家，像故意使他和朝子相對似的。而且總是喝得醉醺醺地回來，動輒在穗積面前故意辱罵朝子或是毆打朝子。

「我雖然這樣的兇暴，但這決不是出於本心。回頭我一定好好地待她，一定變成一個良善的人疼愛她，請你好好地對她說罷。」

隨後他總是這樣反覆地對穗積辯解。但有時候他又說：「啊呀，你們開心哩。」帶着冷嘲的語調走進來。

「怎麼樣，你們太被我信用了不覺得討厭嗎？哪裏，稍為發洩一下熱情有什麼要緊呢。假使有那樣的事，也許反而使我不再到外面胡調了。」

這樣說着他總是捧着肚子作豪傑的笑。

漸漸地，添田的可怕的心腸使穗積似乎很清楚地看出來了。他感覺着添田的笑聲裏含着惡魔的嘲弄。「你們兩個是多麼沒有志氣。既然彼此那樣地相愛，就拿出勇氣來幹罷！給我的臉上塗上泥罷！可是你們這些東西怎麼會有那種勇氣！弱蟲！弱蟲！隨便你們去苦痛罷！」—— 實在他們倆是很苦痛的。朝子和穗積雖然竭力想避開從前的問題，但這不過使那種苦痛更加增大，應該是替朋友盡力的穗積明明意識着在欺騙自己。

「朝姑娘。我要回鄉下去了。」

在一個禮拜的末了，他說。

「我不能相信添田君了。因為他曾流着眼淚對我訴述種種事情，我一時被他的真實感動了，但是慢慢地想起來，不知道他的話究竟哪一句是真心說的。假使他這趟也是欺騙我，那我可不應該這樣住在這裏。無論對於你或對於添田君。……」

「那麼，我什麼時候會幸福呢？」

「那我只好說連我也不知道。可是務必望你能夠竭力地去愛添田君。到了現在這是使你幸福的僅有的一條路。假使添田君的告白中間有一毫的真實，那麼你總有會得到報酬的一天，我等着那一天罷——不管要多少年。」

「你說是怎樣的等呢？」——朝子的眼睛說。在那一刹那她把那眼睛低下來了。

「直到你幸福那天為止，我安排和你共着孤獨的苦痛。假使你終於不幸，那我一生也不娶妻了。這不是我對於你的守義，卻是在我的立場應該如此的。……」

穗積看見在自己的眼前伏在薦子上哭倒的朝子。看見她那雪白的粉頸和豐若有餘、柔若無骨的素手。昔日照千代的婀娜的姿態，做夢似的浮上心來，還像在長野市的那家酒館的廳堂上的時候一樣。……又好像假使那是事實可多麼好。……他看出在夢一般的空想中的自己了。

「回府之後，若是有工夫還是請你時常到東京來玩。只要見到你的面也就好了。……」

在伏倒的披亂的雲髮下面聽見這種嬌細的聲音。

「可是，那不是對不起添田君嗎？假使要那樣做的時候——」

剛要說穗積又變更了。

「這也許是撒謊的罷。但添田君說他愛着你。說他雖然做着壞事但他心裏很寂寞。……」

「他有什麼寂寞呢？」

「可是添田君的話裏面也一定多少有他的真心。假使不理解他的真心，那個人便無法得救了。我並非沒有志氣。我是等着明白添田君的意思。」

五

等着明白添田的意思？——穗積關於這個有種種的想法。把他的心緒解剖起來，由「自己是惡人」的這種意識，受着所謂內心的孤獨的進攻，而想要怎樣抱在朝子的溫暖的懷裏，這也是事實罷。但這可以說是非常朦朧的心緒，雖然怎樣想愛朝子，結果不是自己也知道不能愛她嗎？於是暗暗地厭倦起來，也未嘗不想到離婚，可是要決心那樣做，雖是惡人——不，借添田的話說起來越是惡人，越加寂寞。因為那不單止是和一個妻子相別，而是惡人的他連最後的靠不住的希望也丟掉了，斷絕了和善人的親交了——到這個程度的事，就是穗積也大概想像得出。正因相信添田有這種心情，穗積才能那樣當着傻瓜，在憐憫自己以前先憐憫對方的立場。

剛一到屋裏面，頹然坐下，便叫女僕來鋪好被褥，飯也不吃，就鑽進被窩裏睡了。

「有什麼不舒服嗎？」

「沒有什麼，大約是火車上很疲倦了。」

看護婦問他，他答了一句便把被窩蒙頭蒙腦地蓋了，直到天晚還不要起來。不，他沒有起來的元氣，像打敗了似的躺着，並且他感覺得實在旅途的疲勞一時也出來了。昨晚不用說，前晚、大前晚，也和朝子談着種種事情沒有好好地睡。又加上給很長途的晚車搖着身體發軟，但又一點也睡不着像病人似的頭重得很。病人？真是他的身心都染着一種不知名的病，好像一個時候不能起床，覺得就這樣死了也不要緊。

「ASAKO NIGETA KAESHITEKURE」

「朝子逃了，請還給我！」

在他戀慕着東京的天空，追尋着不知是夢幻或是現實的懷想的枕邊，送來那個電報是回鄉後第二天晚上的事。「ASAKO NIGETA」（朝子逃了）—— 他拿起那電文朦朧地瞧着時還好像一半在做夢。無論怎麼想，這不像是事實。假使是事實，這事件可太重大了，決不會有這樣的事。莫非我是睡得發夢癲罷？—— 在他的空想的眼裏，看見從飯田町到長野的悠長的火車軌道，看見沿着軌道蜿蜒而來的列車通過了隧道，渡過了橋樑在信濃的平野裏，拖着長煙一刻刻地接近他的故鄉的光景，看見那列車的一個窗裏，悄然地躲在圍巾裏的他的親愛的情人的樣子。他重複拿起電報查一查發信的時刻，是今天早晨八點鐘從本鄉駒込郵局打來的。假使昨晚逃出來坐晚車的，現在應該已經到了這裏了。她一定早已坐在自己這樣睡着的枕邊吐出深深的嘆息說：

「我終於逃出來了。請別送我回去罷。」

於是拉着他的手又是歡喜又是悲哀的，扭着身子哭着哩。也許她不會真到這近邊來了嗎？她不會想要進來又不好進來，在屋子的四周圍徘徊了一些時候，現在卻悄然地站在裏面牆腳下嗎？穗積從被裏伸手膀地推開向庭園的紙槅子。不覺爬起來睡衣也不脫走到廊邊，低身由生牆下面的空隙窺視街上的地面。記得很清楚，這是十月杪陰沉而寒冷的清晨，他看見枯萎的雁來紅的骯髒的莖還殘留在花壇上。莫非在門口嗎？這樣想他便拖起庭子裏用的木屐，拐過南天竹盛開的後門，拔開板門的閂，終於到門外去看了，…… 在晨風中間徘徊了三十分鐘，…… 她依然沒有來，但即算來了，她不會先落在姊姊家裏嗎？藉姊姊的力量先把添田方面的交涉辦清楚，然後來和穗積這邊商量；這是當然的順序。而且在朝子方面，他推想她為着想竭力替這邊減少麻煩，一定這樣做的。

可是「朝子逃了，請還給我」這個電報究竟是什麼意思呢？—— 穗積重複仰面躺在褥子上以回想昨宵美夢似的心理繼續地想着那還只好算是夢的這個事件。單只「朝子逃了」這個句子還不大明白前後的情形。她單是不在添田那裏了呢？

還是顯明地以逃到我這裏來的意志出奔的呢？她可曾留下什麼信，或是發出什麼話明白地表示過她的意志呢？照添田突然對自己打來這樣的電報並且說「請還給我」的話看時，恐怕有不是單純的出走的情由。但朝子既然至今不來，這種猜測恐怕也靠不住。比方添田照例不在家，在外面玩了兩三天於昨晚深夜或是今天清早回家來一看朝子不見了。—— 這種情形可以想像得出。因此添田大為吃驚，以為一定是到穗積那裏去了。慌慌張張跑到郵政局。「畜生，終於逃走了！」他切齒痛恨也不思前慮後地打這電報來 —— 這樣的事也是很容易有的。總之，照這電文的語調，可知添田實在是異常的慌急。一想起平常那樣傲然俯視着那奴隸似的妻子的人，忽然會帶着哭聲要他「還給他」，覺得這也夠懲罰他了，穗積反而有痛快之感。

「假使是慌急中打的，那麼她姊姊那裏不也有同樣的電報嗎？他不是因十分狼狽的結果，照他心裏想得到的地方胡亂打的嗎？」穗積不覺立起來靠着桌子，一隻手緊緊地捻着那電報 —— 可是朝子為什麼不來呢？假使是逃了，除了回到長野來是應該沒有別的地方去的。即算落到姊姊那裏去了，想來至少也應該打一個電話來。是啊，還是我這裏打個電話去問問罷 —— 剛才東京來了這樣一個電報，很不放心所以告訴你那裏一下 —— 這樣打的時候一定沒有妨礙，並且也是當然的責任。假使不意她已經回到那裏，跑來接電話那可怎麼樣！…… 由聽筒傳來的她的聲音，…… 剛才以前還以為是住在遠隔的東京的天邊的親愛的人的溫美的聲音，…… 穗積一想到那聲音不覺身上抖起來了。

開藝妓堂子的姊姊家裏早晨起得很遲，因此只有女僕來接電話。「請你叫蔦代姑娘起來。」這樣說着隔了好一些時候，她姊姊才到電話室來。聽過了他的話，答道：

「是嗎？」

似乎還帶着沒有睡得醒的聲音。

「那麼真是逃了嗎？我這裏什麼消息也沒有。……」

「莫非路上有什麼意外嗎？」

「哪有的事，她又不是三兩歲的小孩子。」

和朝子不同，性情來得很爽快，不愧是個俠妓的她的姊姊，用好像沒有什麼了不得的調子說。

「多半是遲了一趟車罷。一定馬上會來的，來時我仔細問問她，假使實在那邊沒有道理就不送回去也不要緊。誰也用不着那樣受着人家的氣還要跟着人家的啊。」

「那固然不錯。可是倘若真逃回來了也不能就這樣了事。假使怎麼樣也不把朝姑娘送回去時，還得和對方怎樣說一下才成啊。……」

「唔，那也不錯。……」

「你不能這樣隨便 …… 可有誰到東京去講話的沒有？…… 照我想，假使要離婚的話，不應等他那邊找來，我們這邊該先去接。……」

「不錯。……」

豪爽的蔦代，好像不大高興談這些事一樣，在電話口上躊躇了一刻子，突然用高朗的聲音說。

「那麼着，先生，您去說一說罷。那是再好沒有的。」

「我嗎？假使我去也成的時候，我自然去，可是……」

「有什麼成不成呢？第一這不是先生你的責任嗎？」

這麼說着，蔦代哈哈的笑了。

「且別管這些。你想他那邊是個學者，像我們這樣的人去同他交涉的時候，說起道理來也不懂得。……因此一切都隨先生你去辦罷。」

「但朝姑娘本人可怎麼說呢？……」

「有什麼說的呢。假使她到我這邊來了，我對她說一切都拜託先生了。對不起，就請你照這意思辦罷。看她本人要怎樣就怎樣得了。好不好？先生——不是我說你，你可太不成了。你太懦弱了。」

最後一句，蔦代就像責備着似的說了。那種口吻就像朝子的心、穗積的心大概她都懂得了，回頭事情怎樣着落她也看得清清楚楚，用不着大驚小怪的一樣。

「真是我太懦弱了。可是這次的事一定要認真地辦。」——由電話室裏出來的穗積，像深深地給蔦代的話打動了似的在外廊走來走去。他想：是啊，朝子也一定認真起來了。既然沒有通一點消息給她姊姊，可知她是以逃到我這裏來的打算留下了什麼信了。那樣柔順的她真會捨棄丈夫奔到愛人那裏來？下這樣的決心以前沒有絕大的勇氣是做不到的。恐怕她在添田發那個電報不久以前從飯田町或是從上野坐上第一次早車的罷。東京的今天早晨可多麼寒冷啊。她是怎麼個形兒跑到車站，怎麼個樣子混入人叢中的呢？慌慌張張地買好了車票，急急地走上月台，好容易在車廂的一個角上找了一個座位的時候，她該是以怎樣的心理回顧着東京的天空的呢？她心裏沒有合着掌向小石川的家裏那方默念着「請你恕我，請你恕我」嗎？於是穗積清清楚楚地想像他前此視為清純高潔的象徵的朝子，此時飛着簡直像淫婦般的眼色，蓬亂着頭髮，穿一身不整齊的衣裳逃來的那形兒是多麼一種意想不到的醜陋。可是假使她是為着他、為着戀愛，墮落到這個地步，這已經夠他心裏歡喜了。她也是人啊，也是女人啊。平常無論怎樣溫順，有時候也會燃燒起煩惱來，成為情熱的俘虜。這不是當然的嗎？誰能夠責備她呢？墮地獄也好，做惡魔也好，只要是同她一道，無論到哪裏都去罷！

　　穗積看見天晚了火車還沒有到，很焦急地向車站那方面走去了。

六

從那跑到車站的晚邊直到第二天晚上的一晝夜間 —— 就是現在想起來，那在穗積實在是可怕的很長很長的時間。每次東京開來的火車到站，他總站在月台上物色那由車廂裏吐出來的人們的臉兒。可是任那一張車裏也瞧不見朝子的形影。假使那電報是事實，那麼到現在怎樣也應該到來的，不會經過半天、經過一天還不到，這真使他的焦灼和懊惱擴大到無限。有「至遲到什麼時候總會來」的指望時還好辦一點，但在「至遲」的時刻已經過去之後，他全然給顛落在那無底的不安的深淵了。「等待着」的心情漸漸變成空幻的希望，生氣，無法排遣，可又不能死心，他老在火車站的近邊徬徨着。

「她一定是不來了，我在這裏幹嗎呢？」

可是比起登在家裏又覺得好得多。只有多少依靠這「空幻的希望」凝視着東京來的火車的方角 —— 並且專心想念着愛人的身上還比較容易消磨這煩悶的「時間」。

那電報以後假使發生了新的事件 —— 比方想要逃的時候給捉住了，因此不能來時也可以由這邊到東京去問。這事情對不對雖不曉得，但既然如此，穗積不能不很清楚地弄明白她所在的地方見她一面。不過他所怕的是彼此錯過。假設她雖然離了家，卻因為什麼情形沒有趕得上火車。為着要逃脫添田的追趕故意繞遠道兒，或是一時潛伏在什麼地方。說不定她什麼時候會突然回來的。跟着她的後面，添田也來要把她帶回去。可是不湊巧穗積又恰好到東京去了，那可怎麼辦呢？那樣着一切都完了。她又哭哭啼啼地給人家押回東京。她的丈夫為着不使她再逃出來，這一下可絕對不許穗積和她見面了。即算穗積無論受着怎樣的妨礙，拚着一年兩年的工夫一定要會見她，但照現在不過一晝夜之間已經是這樣的難於等待，假使這個狀態要在無限的長日月中繼續下去，那他想起來都覺得可怕。

莫非家裏又有電報來了嗎？「ASAKO TSUKAMATTA, GOANSHINARE！」（朝子捉了，請安心。）莫非有這樣的電文來了嗎？—— 他從車站兩次三次地打電話到自己家裏和蔦代的地方。

「啊呀，你還在車站嗎？」

蔦代在電話裏呆了似的說時，是第二天晚邊的事。

「雖沒有什麼電報來，我想一定是給捉住了。」

「捉住了就捉住了。也應該寫什麼來告訴一聲。」

「是啊，那也不錯。」

「假使知道是不來了，我安排到東京去看看。」

「好是好，不過不是很費事嗎？這邊打個電報去問問怎麼樣呢？」

這穗積並非不曾注意到，但因為那麼着恐怕倒會給添田以搜索的便宜，所以故意沒有做。他不獨想使朝子安然逃出來，並且竭力想使添田狼狽的這種復仇之念也大有作用。

「打一個電報去問問罷。等到得了他的回信再上東京去也不遲。」

「可是要等他的回信便趕不上今晚的火車了。我不能像這樣挨到明天早晨。」

因為他是淘氣的孩子的口調說的。蔦代不覺忍不住笑了。

「那樣想去的話，那麼你就去罷，和添田先生鬧一場也不要緊，恃蠻地把她拉回來得了，你說我也很贊成這麼辦。」

「假使我剛去了，她又回來了就請留在你那裏。在我未回來以前誰也不給，好不好呢？這也很使人不放心啊。」

「不要緊的。我一定保護她，你安心去罷。」

雖在這樣咄嗟之際，但穗積覺得蔦代對於他已經帶着親姊姊似的口吻了，心裏很是高興。

「不管怎麼樣，上東京去罷。」——下了這樣的決心之後，他反而怕再有電報來。假使在朝子給添田捉住了，對她講了許多哀求或是勸慰的話，挫頓了她出奔的心思之後，他現在就趕去又有什麼用呢？「以後永遠不見你了，請你當作無緣的死了心罷。」——這樣說着把門口的紙槅子緊緊地關上，無情地把他趕回來的窘境不會等待着他嗎？那樣一想，他一刻子也不能猶豫。在長於奸智的添田任什麼花言巧語他都沒有說不出來的。那樣着懦弱的她，結果一定會屈從了她丈夫的意志。可是電報沒有來以前還不要緊。也許現在正是爭辯得很激烈的時候罷。在她的心腸沒有軟化以前還是絕好機會。失去了這個機會，二次休想有再來的時候 —— 穗積立時就坐了那晚的火車回到東京。

「運命」—— 年輕的時候，有獨自給夜車搖着旅行長途的經驗的人，在那時候時常會想到自己的運命罷。實在火車旅行很容易起這種瞑想的。等愛人，等愛人，等得很疲倦的穗積的心，剛在車廂裏一坐定就開始想他的運命。「一個人的身上不知在什麼時候會起何種變化。在僅僅一個禮拜以前，自己會想到給這樣淒厲的情火所捲嗎？」把這三四天匆匆的經過回顧起來，穗積有些覺得像陷在把自己的性格根本改變的騷動之中，這又像經過了兩年三年的長日月，又像不過一瞬間便給送到這裏來。昨天曾想像朝子變成那醜陋的淫婦般的樣子逃到自己那裏來的穗積，現在卻看見他自己給煩惱燒得發狂，奔向女人那裏去了。「她也是人，也是女人。」—— 這樣想着的他不能不把那句話對他自己說。「我的年紀還輕，還可以說是青年。從小就很沉鬱、懦弱，給人家說是和老頭子一樣，但就是我這樣的人也有爭女人的資格。我的心裏也會湧起這樣旺盛的情熱哩。」—— 從來不曾有過青春時代那種花似的經驗的他，對於這情熱的自覺也覺得很可感謝。

「啊，你沒有看見我的電報嗎？」

一抵東京，立即坐汽車趕到添田家的他剛推開格門走進「土間」，添田就這樣對他說了。這是寒風蕭蕭的早晨，添田的臉上好像昨晚沒有睡似的帶着青腫，一見穗積更加發青了。

「我只接了你的最初的電報。」

「不，後來到昨晚又打了一個，我想讓你擔心不好 —— 打了第一個電報之後，不久就捉了朝子，因為勸她種種的話很費了一些氣力，所以就沒有告訴你的工夫了。」

「那麼，朝姑娘呢？ —— 現在在家沒有？」

「唔，在家。」

他說，但添田並不說「請上來」，卻很泛泛地像攔住他進去似的，站在門口。

「喂，對不起，請你小聲說話。那傢伙現在正在樓上哭着，我這時候不想要她知道你來了。」

「可是我不見她是不好回去的。」

「那你想要見她，見見也不要緊 —— 可是請你等一等。我先有話和你談。」

添田到裏面悄悄地和女僕說了些什麼急走出來。

「那麼一道到前面走走罷。一邊走一邊告訴您。」

說着，把穗積帶到街的轉角的地方，忽然停住腳步。

「好，不必走得太遠了 —— 老實告訴你罷。勸是勸住了，可是還有逃走的危險。」

說的時候他很擔心地時時望着家的那邊。詳細地告訴他事件的始末。

大體上都和穗積所想像的差不多。他到長野去之後的第二天早晨，添田以連宵大醉的氣味兒回到家裏來一看，朝子不在了。問女僕時像有什麼道理似的這樣說：「太太三十分鐘以前出街去了，說是上銀座買東西去了哩。」他一來覺得沒有在那樣早的時候去買東西的道理，二來好像得了什麼預兆似的把屋子裏的東西一查，看見衣櫃子上面留着一封信，「請您恕我的罪，恕我的罪，我到穗積先生那裏去了。雖然長久承您看待，但我想再不回到這個家裏來了。希望您此後也過得更幸福。」像是匆忙中寫的，字跡很是潦草，用鉛筆寫在一張白紙上。

「給妻子丟棄了！變成單身漢了！」

首先襲擊到添田的胸臆的便是這寂寞之感。前此雖然時常說到孤獨，但那都是假的，只有這才是真正的孤獨——這樣的感想一陣陣的逼來。假使是小孩子一定早大聲地哭了。平日雖也曾想像過和妻子離別的時候是怎麼個味兒。但實在不曾想到會有這樣的寂寞。何況這是並無何等預告和商量突然出其不意的。「我自己到底沒有愛她的資格，找一個口實和她離婚罷。」他雖也曾這樣想像過。但他怎麼想到那樣懦弱的、溫順的她會自動的丟了丈夫任意逃到情人那裏去呢？雖是同一寂寞，究竟是趕她出去的還好受一點，給她丟棄了實在不好受。

「我怎能給她丟棄，怎能讓她逃走。」

這種心緒，與其說是堅固的決心，不如說是即刻地本能地驀上添田的心胸。他立時跑到外面，他首先到最近的書店買一本「旅行指南」翻閱由上野方面和飯田町方面出發向長野去的火車時間表，瘋狂了似的跑到有汽車的地方。「不要緊，還不曾坐上火車。」他這樣想。固然是很狼狽，但狼狽之中他的頭腦極敏捷地、正確地活動得可驚。他對於任何事情從不曾這樣拚命、這樣熱烈地幹過。「非這個不能生活。」——這種真摯的慾求他有生以來第一次感到。前此欺弄社會很橫暴地過活着的人，現在才嘗到「不幸」是什麼，覺得這次才真是沒有法子。

「我想這是天罰啊 —— 你也許不懂得，有惡人意識的人更加可怕地感覺着不幸。我只能以為這是應得的報應。」

「那麼，朝姑娘究竟是在哪裏捉住的呢？」

「我順路從駒込局打了一個電報給你之後，首先到飯田町趕到了八點四十八分到鹽尻去的火車。但她確實不曾坐上那個車。我知道到以下十一點十五分的車中間，還有九點五十分有由上野直開江津的，我馬上跑到上野。但那列車裏尋也沒有她，我又回到飯田町來時，她不是在那裏嗎！—— 據說是因為沒有旅費所以到當舖裏想法子去來。」

「在車站裏捉住她時是怎麼一個情形呢？」

「坐在待車室的沙發上用行李遮着自己，看見我進來了，瞪着眼睛，帶着蒼白的臉色一動也不動。我從不曾見過她那樣沉靜、那樣淒厲的表情，多少也像怕我突然動蠻，給恐怖征服了。但其實不然。那是竭力使頭腦保持冷酷，任如何要和我離別的堅決的表情。」

「後來怎麼樣呢？」

「看了她那樣子反而使我吃了一驚。我的心裏描畫着平常那麼溫順的她，在那裏追逐着，但我發見了在那裏那樣待着的她完全不是從前的朝子——「我和你已經是路人了。」——這樣的決心已經可以清楚地看出，我馬上覺得這不是容易對付的。若是平常早要盛氣地責罵她了，但我卻像浴着涼水似的，很畏怯地走攏去。我哀求着對她說「總而言之先回去再說罷。留下的信上的意思我也明白了。你假使定要那麼做我也不勉強留你，可是就這樣走了卻有些不好。」但朝子完全失去了這樣的人情了，像死了的人似的許久許久只凝視着我的臉。這分明是無言的拒絕的意思。隔了一些時候才說了一句「請讓我去罷。我求你」。我堅持着「總之，回去再說」。硬拉着她的手不承認她走，同時這樣慢慢地引起許多人的注目了，朝子沒有法子只好給我拉上了汽車。但是表面上雖然不撐拒我，心裏自然還是反抗，回到家裏來不覺已過了正午了。」

「現在還反抗着嗎？」

「不，現在大體已經平息了。」

這樣說了的時候，穗積的眼中浮着憎恨之色，添田像頗為之失驚，但故意做着不注意的樣子講下去。

「平息是平息了，還不能真正安心。老實說，我這時候頂怕讓你去見她。我所以那樣追趕她也是因為想在她會見你以前捉住她。一旦看見了你她一定要增加她的勇氣，想要勸轉她可就更要費事了。」

「你沒有想到我會回來嗎？」

「啊，我自然也想過你許要來的 —— 同時因為你若來了很麻煩，所以昨天坐汽車回來的路上想打一個電報給你，可是因為她那樣子稍一不留神說不定什麼時候又要逃走的，我的眼睛一刻子也不能離開她，所以沒有到郵局裏去的工夫。後來就拚命地去勸解她，並且想若不是得了她的允許之後打電報給你，說不定反而要引起她的反感……」

「這麼說起來你說昨晚打給我的那電報，是得了朝姑娘的允許的了！」

「不，那倒也不一定。」

添田照平常一樣很曖味地嬉嬉的笑着。

「雖不能說是得了她的允許了，不過大概是不要緊的了，我才悄悄在樓下擬好電報，叫女僕去打的。實在昨天一天我累得可以了。她一回到樓上，靠着桌了，就無論我怎樣勸得舌敝唇焦，她也不說好也不說歹。那種女人一旦下了決心真會那樣強硬的呢。無論我怎樣誠心誠意地流着悔悟的眼淚對她說：「我這趟才充分知道我真是愛你。我再也不胡調了。酒也從今天起絕對戒了不喝，此外無論什麼條件都依從了。」…… 那自然也難怪她不信用我，…… 可是她簡直就不睬。及至給我勸轉了，到了晚上好容易地說「你的嘴太厲害了，我輸給你了」。這才算多少高興了一點，接着便說了許多話，昨晚簡直整晚沒有睡。」

「後來你們的談話到底怎樣結束的呢，請你也告訴我罷。」

「總算把她勸得不必急於離家了 —— 她說『你真是個大騙子，在火車站你怎麼說的呢？因為你說假使你一定要去我也不留你，要我暫且回來一下，所以才回來的』。我說，那我也並不是騙你的。假使定要離開我那也沒有法子，不過叫你再仔細想一想。」

「那麼，假使她仔細想過了，決心依然不變，你也有許她離開的意思嗎？」

添田略變了顏色，旋即用笑容掩飾了。

「不，我沒有離別的意思，我在這一天之中，已經痛切地知道了孤獨的況味是多麼可怕了。我再也不要離婚了。不錯，在火車站的話自然有些撒謊，但在那時候也只好那樣說。」

從他那說「誠心誠意地流着悔悟的眼淚」的口裏滿不在乎的撒謊，真是臉皮不知多厚，穗積想。

「承你特意趕回來，雖然是很可感謝。怎奈有剛說的這些原因，這趟請你別見她罷，對不起，真是對不起。……」

「可是我總想見見朝姑娘。我覺得非見她不可似的。」

「那很討厭 —— 實在我想這本來是不告訴你的好，但既然這樣我只好說出來了。今天早晨她也說想要見你，她說『請讓我見一見穗積先生，你別不放心，我就見了他也決不會那樣逃走的』。她又說，『我非得見見穗積先生對他說明白我的心情求他原諒我。只要穗積先生能夠諒解，我也可以很乾脆地忘記他。因此不如讓我見一見他，反而使以後我心裏清爽得多，可以死心塌地地招扶你。』」

「那麼，不更是見見的好嗎？」

雖然這樣說着，但在穗積的心的深處不能不感着強烈的打擊。「時機已經去了，還是來遲了。」—— 他覺得這樣。

「她雖然說過死心塌地的話，但誰曉得她見了你之後會怎樣呢？何況她正說想要見你、想要見你的時候偏你就來了。這更使我着急。要見她也可以，不過等氣平了之後，慢慢地請你再來罷。很對你不起，就請你這樣辦罷。因為這時候她本人也好容易才平靜了一點哩 —— 我現在很老實地把什麼話都對你說明了，拜託你罷。……」

「添田君，請你等一等。」

穗積說。

「我直到最近為止，都是祝你的幸福不置的一個親密的朋友。但我今天卻不是為着我們的『交情』到這裏來的。」

「唔。」

用鼻頭說着的添田好像也並非不曾預期着這一套。但他的臉色，卻像用石灰刷子新刷過似的更顯得蒼白了。

七

「我是以朝姑娘的愛人的資格來的。」

穗積的話來得簡單而有力。

「我是來迎接朝姑娘的，來收回朝姑娘的。由種種考慮的結果，我是來執行我信為最正當的方法的。」

這話一定曾以死的宣告的權威壓迫了添田的心坎。像給人迎頭痛擊了的人似的。好一會兒他就那麼臉色發青地抖着。他雖然預期過，卻不曾想到穗積會以這樣嚴格的態度站在自己的眼前罷。那個溫和的、優柔寡斷的穗積會有這樣凜然的胸襟嗎？——添田很抱恨地咬着下唇。

「可是，穗積君，朝子說她已經不想你了呢。她說想要會你是要使回頭沒有遺憾的意思呢……」

添田竭力譏笑地，可又竭力不使對方生氣很穩當地說了。哀求與嘲弄混合在他的眼睛裏。

「那也許是這樣，但我已經不能信用你的話了。但凡我不曾用自己的眼睛見過朝子以前，我決不能死心的。」

「那麼，你說你見了她便死心了嗎？你能夠發誓死心？」

「不，我不能發誓——因為朝姑娘究竟怎樣想的不是見過她以後不會曉得，不是曉得了之後我不能決定我的意志——但照你的意思是怎麼樣也不許我見她嗎？」

「不，不是那樣的。假使你說一定要見她，那我一定讓你們見面，自然，我對於你是不能夠說不成的。」

添田看起來都怪可憐的，用失了常度的口吻說。

「可是，你能不能和我這樣的約束呢？—— 你剛才說是來迎接朝子的，我就是怕你說這個。你若是這樣告訴她，她不知道又要怎樣的動搖起來。就不這樣，她的心從來也就是不大堅定的，她是感情很脆弱的。……」

「你不是從來就利用着她那感情脆弱的地方的嗎？」

「是啊，從前是這樣的。」

添田發出很溫存的，像給人打破了額頭趕忙說「願降」一般的聲音。

「但你可能夠不像我一樣利用她的弱點呢？假使她沒有說出請你負起責任的話，你該不會積極地出於那一着罷？雖則你剛才說已經不是我的朋友了，你能不能當作我們的交情的最後的表記，允許我這個要求呢？」

「對不起，這時候我什麼也不能和你約束。」

穗積堅決地這樣說了之後，又附加着說：

「請你無條件地讓我見見她罷。我以朝姑娘的愛人的資格想取自由的行動。不是從朝姑娘自己的口裏聽到她的感想以後，我不願受不相干的人的任何的拘束。不過我說下這一點罷 —— 我想我決不做卑劣的、沒志氣的事。這個信不信自然在你。……」

添田口裏說「讓你們會面」，但及至逼到實行要會面的時候，他卻想種種法子來延挨。回到大門前來時，他說「對不起，請你在這裏等一等，回頭好了的時候我來叫你」。自己先上樓去像談論了許久。穗積在等待着的時候，感覺得他和添田現在已經顯明地是不兩立的仇敵，作着激烈的戀愛戰。自己這樣待着的時候敵人正拚命地在說服她，正掘着殄滅自己的可怕的陷阱。這那有老老實實地等着的必要！應該立時闖到樓上粉碎他的計劃！……可是在這種時候，穗積缺乏把他的決心立刻移到實行的果斷。最傷心的是人的性格無論利害得失怎樣看得清楚也是沒有辦法的。並且想找出何種適合於他的性格的口實，穗積知道他以戰士的資格說明明是個戰勝的希望很少、過於老實的懦弱的人。因為可以戰勝的唯一方法，只有訴之於朝子的同情，所以無論對方用怎樣陰險的手段他不能去對抗他。這不能的地方正是他的誇耀的所在。同時在他也有他那一套的狡猾 —— 他私心期待着對於朝子那樣的女性竭力取謙遜的、謹厚的態度其實是最有利的戰法。

讓他等了三十多分鐘之後添田把他叫到樓上。上樓梯的時候，穗積心裏不能不想像他那親愛的人正作玉容憔悴、紅淚繽紛的可憐的樣子。但他的眼睛裏所遭遇的卻和他的想像完全相反，而是其人從來不曾有過的，堅強的意志底發現的極冷靜的臉色。端端正正地坐在屋子的正中，兩個手擱在前面的磁火盆上，那凝視着由下面上來的他的眼睛裏雖有紅腫的啼痕，卻沒有一滴眼淚，身上也穿得齊齊整整，頭髮也梳得光艷艷的一絲不亂。但穗積一坐下來不久，她的眼淚忽然落到火盆上了。

「你是為什麼來的我已經仔細對她說了。……」

添田說着，瞥瞥地望了她一下便把眼睛轉到穗積那邊，眼角裏帶着他平常那種嬉嬉的奸笑。

「那麼，朝姑娘，你是怎樣想的呢？請你自己親口對我說罷。」

「喂。」

添田從旁飛了個眼色說。

「你充分地把你的意思告訴穗積君罷。」

「我和添田約好了。……」

短的沉默之後，她低着頭說了。因為眼睛和嘴都看不見，所以不知她是怎樣的表情，但她的聲音在穗積聽來像從老遠發來的似的。

「是怎樣約好的呢？」

「只要你允許的話這趟的事我就不再想了。……」

「所謂這趟的事是什麼意思呢？」

「我想暫時信用添田的話，不上你那兒去。……」

說着她搓揉着擱在火盆邊的兩個手，穗積想這是她想藉此忍住那苦痛的煩悶的。

「你是說『暫時』嗎？」

「是。……假使添田以後真正能夠愛我，也許就成為『永久』了。…… 可是假使又被他欺騙了，我想那時候我就得決心了。…… 」

「那麼，你是叫我等待着你明白了他是不是真愛你為止嗎？」

「不，那樣說起來，好像太只顧自己的便宜了。」

那時添田插嘴了。

「假使你真正愛着朝子，便請你再等一兩年看看情形。朝子的心現在早已經到你那裏去了。這她本人明白的說過，我也是承認的。但她說雖是這樣卻又不願意立時捨棄我。雖然有了昨天的事，但我既然表示了真心，她也因為我畢竟是她現在的丈夫，還想竭力愛我。假使能彼此相愛更好，設或辦不到，當然還要到你那裏去的。那時候我也沒有話說 —— 我們大體是這樣商量好了。喂，朝子，是不是這樣的呢？」

穗積不能不承認朝子口裏說着「是」而且雖然很微弱，卻確實點了一點頭。其後繼續着很嚴重的沉默。……

「其實就是這麼回事。朝子算是你的心妻，既然她本人是這樣想，你也是這樣想，想一下原也沒有什麼要緊，不過 …… 」

隔了一會，添田用訥訥然的口吻這樣撫慰着地說。

「你的心妻，原沒有長遠寄居在我這裏的道理。假使朝子的心此後非得改變的時候，就是不能做我的『心妻』的時候，自然得到你那裏去。這也並不要你等得很久。在這將來究竟跟哪一個，一兩年中間我想總要決定的，請你等到那時候罷。……」

「不，假使要我等的話，我等到什麼時候都成，哪怕要我等一輩子。」

穗積說。

「朝姑娘，照剛才的話就把你當作我的『心妻』罷，本來我想要他馬上把你讓給我的；這是最正當的法子。可是你既是說要我等待，我也只好依從你的意思。到了現在雖然在我是很難堪的，但假使你真能愛添田君的話那我也不要緊，而且一定是喜歡的。只要決定我在這個戀愛是完全勝利或是完全失敗就很安心了。到那時候到來為止，我任等多少年都成。」

「還有，這也是朝子的希望。……」

添田像大大地安了心的樣子說。

「要是可能的話，你此後請隨時到我家裏來罷。因為朝子也說是時常能見着你的好，何況在你許也有監視我的必要。……」

穗積口裏什麼也沒有說，但他心裏想添田和他的戀愛戰並沒有在這裏終結。這不過是開始，照着情形也許要繼續一輩子。他心裏發誓無論繼續一輩子也好，到哪裏也好，他是要爭鬥的。

* * * * *

後來整整的一年之間，穗積株守在長野的家裏好像一動都不要動。雖然曾要他「時常去訪問」，但這不會使添田高興是很明白的，就在他自己，去看在那種狀態的「心妻」，也是很痛苦的事 —— 恐怕添田也是看透了這點，才不出乎本心地說出那樣的安慰的話罷。穗積是這樣猜測。他只時常由朝子的來信知道添田近來對她很好，晚上也不大出去玩耍了。「可是總覺得還不能老實相信他」—— 她這樣寫着。「雖然和從前不同，種種很親切地待我使人心裏歡喜，可是時常又覺得乾脆像從前那樣地虐待我反而免得許多留戀。我真是自己不懂得自己在這裏幹什麼。」「同時又必定寫着這樣的句子：「我等着你什麼時候到東京來，添田也說想要見你。」「我想在最近的將來必定有來看你的機會。」回信給她的時候在信頭也時常這樣寫着。但穗積一時實在沒有上東京去的心思。他自然也很想見她，但也很怕見她。假使她的心還沒有離開自己，那麼隔得很遠更加引起相思，並且若是貿然跑去時使人疑心是去迎接她的，因此但凡她有心到這裏來時，不如等她由那邊逃來的好。在穗積只好是等待這個。但是最大的理由還是因為他已經疲倦極了，沒有拿起他的身體怎樣活動的氣力。想起過去的事件，那時會那樣熱狂，兩天三天不睡，在東京長野之間多少次在火車裏動搖、焦躁、憤怒、叫喚，那種狂易激越的動作是從自己的哪地方迸發出來的呢？這簡直使人不可思議。就好像是做了一個什麼惡夢，…… 在那個夢中可怕地掙扎着身體，等到醒覺了後還殘留着說不出的疲勞，像由高的地方撲通地跌下來似的使手足的一節一節都涔涔的痛。感覺得連橫的東西都不高興豎直的那樣的懶惰。…… 說起來大概是這個樣子。以前在朦朧地馳慕着愛人的時代，那種憧憬實在也含着甘美的快樂，但在這樣深入之後，像那種什麼故事中的空想的分子或是感傷的情調早一點也不感覺得，所有的只是對於添田的乾涸的憎恨，和拿起它什麼辦法也沒有的灰色的倦怠。假使憧憬便專是憧憬，憎恨便專是憎恨，旺盛地燃燒起情火來倒還有生的價值。古人有詛咒敵人因而咒死了的，有戀慕女人變成了蛇的，假使有這樣緊張的心情豈不甚好，但他卻好像給人家打了、踐踏了、敲了，也當作這是不得不然的、面壁茫然而坐的情緒。…… 這種苦痛、無聊、寂寞，在這時以前穗積完全不曾想到。假使在這時候他知道會偶然害着什麼重病，漸漸地憔悴而死，他不獨不會拒絕這死，許反而感着幸福罷。沒有自殺的勇氣，並且也懶得去取那樣手段的他，只想有誰會突然來刺殺他。他想那服着長遠的、長遠的，不知什麼時候會被釋放的囚犯的心情一定是這樣的。

朝子懷了妊的消息其後不久達到他的耳裏了。那種消息引起了穗積的心裏像在沉澱腐敗的古池中投下一個小石子似的遲鈍的波紋。他也沒有什麼特別的驚訝和悲哀。…… 他已經連那樣的氣力都沒有了。…… 只感覺得黑暗的眼前比從前更加黑暗，身子的周遭也更加窄狹了、侷促了。一有了小孩子不是都完了嗎？她變成了普通的治家理事的老婆了，給兒子的愛吸引了、滿足了。運命漸漸辛辣地壓迫着穗積。一次也不曾吐露過怨恨的語言，表示過強烈的反抗，就這樣一片片地給破滅下去。自己不能不老老實實地等着這最後的運命的到來嗎？ —— 這樣想着的時候，他的眼裏自然也不免潸着淚珠。假使在戀愛戰場上失敗了也不要緊，完全給人打敗了也沒有話說。可是分明在戀愛上勝利了 —— 至少站在當然應該勝利的地位 —— 卻因為有了孩子，她給她丈夫瞞過，就那樣馬馬虎虎地活下去了。於是穗積不失敗也失敗了。這是他比死還要遺憾的事。假使她是這樣給敷衍過去，而且在那裏還找出了那空幻的「家庭的幸福」甘心那樣活下去時，那麼她是欺騙了穗積了。她對於他不能不負其罪。即算穗積原宥她這個，她仍是自欺，滅亡了她自己的靈魂。許多女人都是這樣墮落，委身於虛偽的幸福以終了此生。可是他不忍見自己的愛人的墮落。萬一她就成了那樣的女人，但他想他腦筋裏的「心妻」應該永久還是高潔的、純美的，他自己也始終做昔日的朝子的戀人。自己一輩子也不能死心的。…… 穗積想像着自己最不幸的場面，而膠執着那種想念，蟄居在長野的家裏。一個月兩個月，不成眠的晚上繼續着。在他，那一年便是一個悠長的牢獄之一日。

朝子來信的次數漸漸稀少了。他想最不幸的想像，照着預感，將成為事實了。那時穗積也不知從什麼時候起早撤去了醫生的招牌，終口鑽在被窩裏奄奄一息地活着。讀什麼也沒有興味，想什麼也不成片段，只是注視着空洞似的自己。有時隨意由手邊的報章雜誌略略地知道添田的名聲好像漸漸在文壇擴大起來，他的創作和行動始終使紙面上熱鬧，成為問題。這個事實對於心與身體都衰弱極了的他的神經不能無所刺激。何以呢？因為添田不獨依然被稱為惡魔派的驍將，同時依然素行不檢，為着女人的事、金錢上的事，受人攻擊、受人譏笑，而且對於他的惡魔的行為都大為喝采。他好像把和穗積的這段情節全都忘懷了，正在那裏志得意滿。這樣說起來，朝子忽然不寫信來了，他猜想也一定有什麼理由。

數年以後穗積也不寫信通知誰，飄然地來到東京。落在學生時代相熟的在龍岡町的寓所，也沒有心思立刻到那人家裏去訪問她，在外面隨意蹓躂蹓躂地過了五六天，有一天在赤門前面的大街上忽然與添田相遇。

「啊呀。」

添田說了一聲。他好像很驚愕，但想遮掩這個便勉強愉快地笑了。

「什麼時候到這邊來的？」

「五六天以前。」

「哦！——為什麼不通知我呢？一定請你到我家裏坐坐。只要你早一點通知我，什麼時候都等着你。因為也老想要見你呢。」

「唔，我本想日內來看你們的。」

穗積口裏這樣曖昧地說了。好一些時候沒有見，添田長得又白又胖，穿着實業家的大少爺般的漂亮的和服，還帶着一個雖作良家女子打扮卻可以看出是藝妓或女優出身的年輕的女人，但他並沒有什麼很窘的樣子，說話的中間傲然表示俯瞰對方的神氣。穗積反而覺得自己有什麼難為情似的。

八

朝子生現在的道子正是這時候。有一天添田到龍岡町的寓所來接他，把不高興去的穗積帶出去，拖到自己家裏的時候——隔了一整年的日月穗積才看見那人，但那正是幾天之後便要臨月的時候。也不知是故意或是偶然，添田在進門以前並不提起，直到開格子門的時候才突然對穗積說：

「啊，不錯，也許你也知道罷。再隔一兩天就要做父親了——你瞧肚子這樣大了。」

雖然知道，但因沒有想到那樣近了。所以穗積像受了一個不意的打擊似的站住了。他不能不追悔他不該隨便跟着人家來。把來呢還是不來呢打不定主意的自己這樣特別拖來的添田的用意，這時才看清楚了。

實在巧妙地中了那惡魔的策略 —— 穗積後來雖然不斷地憎惡添田、嫉妒添田，可沒有像讓他去看那懷着孕的愛人時再使他難過。無論什麼時候，他的憎惡與嫉妒是向添田集注，而對於他的愛人卻從不曾起過非難之心的，只有那次看見走到大門口來的朝子時抱着一種說不出的惡感。那並不是平常那樣溫柔可愛的她，而是像野獸似的醜惡化，臉和身體都很難堪地變了形的醜劣的「姙婦」。穗積幾乎生理地感覺得不知是憎恨、是嫉妒、是憐憫，反正有一股討厭的情緒直衝上心裏來。

「啊呀 —— 快請上來。」

在她那很苦楚地喘着氣，像放下什麼重的東西似的，坐下來道着寒暄的樣子裏 —— 在她那蒼白的、眼角吊上的、消瘦得成了稜形的顏面裏也看不出久別重逢的喜色，只看見那像給不相稱的、大的行李磨折了，弄得那麼飢疲、慵懶、衰頹的情狀。把她弄成這樣難看的添田的可恨自不必說，但穗積不如恨她恨得更厲害。「你居然抱着臨月的肚子毫不羞恥地走到我面前來。」—— 他一定曾瞪着很兇的眼睛望着她罷。她假使稍為理會得他的苦悶 —— 假使能想起一年前那時候的心緒 —— 應該悄悄地躲在屋裏面，決不肯把現在這個樣子暴露在穗積的眼前。這也是女人應有的趣味性啊。可是現在的她，好像連顧慮這些事的神經都失掉了。「姙娠」這事會這樣蹂躪她的肉體，破壞她的心性嗎？這樣想着的時候，對於添田的他的憤怒之火重新冒發了。這不單是嫉妬而是向他這樣殘酷地破壞「女性」的幻影的殘暴的詛咒！那清純的、高潔的朝子已經不在這世界上了。在這裏的只有變成畸形的肉體。那樣的寶石會變成這樣討厭的怪物是誰的罪孽呢？他以為添田所犯的許多可憎的罪惡中沒有比這個再可怕再殘酷的。

但穗積就能這樣捨棄她嗎？他能夠把現在因為道子這個東西使肉與肉、血與血結合着的添田的妻子，當作和她丈夫一樣的污穢的人忘掉嗎？添田之所以那天特別來邀他許是想使他「死心」的。這假使不是由親切的意味出發的，便許是一種嘲笑的意味，就是說「當年的朝子已經不在了。無論你怎樣爭吵已經弄成這樣了。你瞧這個女人的這樣子罷」。可是結果嘲笑穗積雖然成功了，卻決不能使他「死心」，幻滅的悲哀挫頓了他的愛慕不過是一時的事。他很焦心地想要重複看見當年的朝子。當年的朝子 —— 那並不一定要她逃到自己那裏來，即算她永久是添田的所有，但他覺得讓一個女性的「美」毫無痕跡地消失是太可惜了。雖是投給豚豕的珍珠，但他希望珍珠始終要保持珍珠的光輝。何以呢？因為那在他即算不幸而終於失戀，但她不是他畢生不能忘懷的紀念碑，在早晚間浮上他的幻想中的女神的雕像嗎？被人捨棄了還可以忍耐，但看見連紀念碑也給毀壞了，上面再塗上泥污，對於貴重的雕像也加以殘酷的侮辱，這卻太痛苦了。過去的美許不會再迴轉來，但她若是生下了腹中的兒子 —— 縱不能恢復到照千代的當年、Gretchen 的當年，至少該可以恢復一年前那樣的溫婉的身段與嫵媚罷。實在假使她始終有着懷孕當時那樣醜惡的肚子和消瘦的臉兒，喘着氣過着日子時，他也許僅僅因為這一點，憎恨到極點，刺殺了添田罷。攘奪別人的戀愛的罪惡固然很重，但毀滅了堂堂地存在於這個世界的一個「美」的罪惡可更重。……

經過了一個月，經過了兩個月，隨着嬰兒的道子天天的成長，產後的母親的姿態與血色也好容易一天天地復原了 —— 為了看看這個稍慰他的惆悵，穗積時常來訪問她。「抱着基督的瑪麗亞」—— 他每看見做了母親的愛人，便想起清淨神聖的那種畫像。鬆着衣領了，把嬰兒放在膝頭上，讓那小手掌撫弄着胸前一邊餵着奶奶的樣了。那豐滿的乳房一帶的肌膚比她的臉色看來還要滑潤、潔白，穗積一想到這個人的這一部分的美時，不知道怎麼樣總覺得臉上發熱。可是朝子對於對方的這種心緒幾乎像無神經似的。她的眸子裏燦爛着慈愛，眼鼻間回復着溫和，但這已經整個兒地是「母親」的慈愛與溫和了，還是和當年的她大兩樣。自然在這裏可以看出當年的她所不曾有過的異樣的美。但穗積所怕的就是連這種「母性的美」也不知道她能支持到什麼時候，她的腦筋裏充滿着「道子可愛」的一念，因而感謝把這個給了她的皇天，深深地陶醉在這種幸福中間忘去一切過去的悲哀，以及對於丈夫的怨恨，一切都好像很滿足了。這在溫柔的她許是自然的經路。但假使是這樣，她受丈夫的影響漸漸魯鈍愚昧起來，結果完全墮落成為「生孩子的機械」的好在那還能留下什麼美呢？珍珠也終於變成了無價值的石子了。

就在這期間添田的不端的品行依然不曾停止。夫婦間有了孩子，結局不過使他比從前更有放蕩的餘裕，更增加了自由。而且對於朝子的前途像完全安心了似的。「任怎麼說，她已經是我的了。她已經那樣地滿足了，決逃不到哪裏去」—— 穗積時常感覺得添田的眼睛帶着那種誇耀與嘲笑望着自己。「到我家裏去坐坐罷」，一點事情也沒有來邀他去看他那像已經死了似的老實柔順到極點的妻子，有時忽又帶着他的情婦幹子來看他，那種惡毒的幹法，使人猜他是專以使穗積焦急嘆恨為能事的。這樣還要繼續和添田的交際顯然是很不自然的事。何況穗積早已和添田絕交了。但他還等着應從朝子口裏聽得的回答。「朝姑娘，…… 我在這個戀愛關係不管是完全勝利或是完全失敗，只要決定了究竟是哪一樣就安心了。到那時為止無論等待多少年都可以。」對於在添田家的樓上他所約束的話，朝子應該什麼時候給一次回答。「暫且忍耐着罷。」那時候她說過。「假使再受欺騙。那時候一定下決心的。請你等兩三年再看罷。」同時她不也曾這樣說過嗎？啊，這兩三年的日月快又要過去了！穗積並非以她的話為矛盾叫她「趕快決心」！假使到了現在沒有捨棄添田的心思，他便想要她親口這樣明白地宣告，她多好堅決地說「就請你等着也沒有用了」。在她也應該感着這種義務。難道說她連那個義務都忘了嗎？或是雖然知道卻故意不接觸，想把那問題馬馬虎虎地葬送嗎？「可是我決不能馬馬虎虎地葬送它」，穗積強硬地決定了。「我任多少年也要等待她的回答。她縱忘了，我可一輩子不能忘記，而且任到什麼時候非得到回答不可。……」

那時候添田正熱中於女優幹子，是文壇與一般社會周知的事實。不僅這樣，當時添田所發表的創作，雖然改換着種種形式，但沒有一篇的着想不是由他和她的戀愛出發的。幹子總是寫成了一個才氣縱橫的妖婦，再加上被她的魔力征服着的男子，和被那男子虐待，視同贅疣，卻又毫無志氣黏牢着她的丈夫的愚鈍的妻子 —— 添田把這些人物種種樣樣地組合起來，有時甚至照着事實赤條條地寫出來。在那裏面的關於朝子的描寫，在穗積看來，是難堪的侮辱，自不待說，而更使他的憤懣激昂的卻是對於這種罪惡的作品的「大眾」的喝采。他看見他的愛人在公眾的前面，給一個人盡量地嘲笑，還加上種種毆辱、踐踏，但公眾反而拍手歡迎那個人的殘酷的演藝。那個人得意起來，毫無愧悔之色地更把他的罪孽加緊。穗積 —— 雖然是長遠忘記了文筆趣味的他 —— 之所以不知從何時起重複一點點地開始做詩歌、小說翻譯等的工作，雖說是除此以外別無自慰寂寥之術，一面也因為激於對添田及圍繞添田的公眾的反感。他因為此後還不知道要把和添田的交際繼續到什麼時候為止，所以不曾把自己和愛人的情節露骨地寫出來。但是像在他所最愛翻譯的德國故事裏面莫不很哀傷地滲透着對於一個可憐的女性的愛慕和善良而懦弱的人受着虐待的悲哀。

「我讀過你前些日子的詩，那中間很表現着你的實感哩。」

添田也曾用惡毒的眼光這樣地說過。在文壇上比他後進得多的穗積那種暗暗和他敵對的作品漸次得一般的承認，在添田不能無所不安。但在表面上他裝着好像毫不在乎的樣子一見了總是笑嬉嬉的用那種誇勝的調子談着。

自從道子生後差不多過了四年歲月了。其間穗積回到故鄉長野不過僅僅一次。因為醫院方面不能老那麼擱着，便讓給一個相熟的醫學士了。弄完了一些必要的手續以後立即回到東京，他現在成了一介書生在旅店的二樓過日子了。說起醫生時代的紀念算只有口邊所蓄的那規規矩矩的八字鬍鬚，除了穿着久留米白點布和服繫着黑綢紗腰帶時常到外面散步以外，也沒有什麼往來的朋友。每月就靠着由家鄉寄來的醫院的房租和僅少的稿費過活。生來的陰鬱、厭人、沉默等脾氣比以前更加厲害了，在散步的順路，偶然過訪她的家裏 —— 這與其說是一種樂趣，不如說許多時候是使他感覺得難堪的 —— 但無奈這一件事就是他所以能夠毫無目的地苟且偷生的力量

「穗積君，對不起同我一道上我家裏去罷。老實說，我有五天不在家了，一個人不好回去。」

添田時常有這樣說着，在早上很早或是晚上很晚，跑到他的寓所來的事。

「我就同你一道去又有什麼用呢？」

「不，一個人回去她又要哭起來，很討厭，回頭又要吵架了。還是有誰同去，彼此都好些。喂，好不好呢？幫幫我的忙罷。」

於是他搔着頭很高興地笑了 —— 這種時候的穗積對於那拚命地要害苦人家的對方的態度總是老老實實地，低着頭做他愚弄的工具。「既然落下了這個人的陷阱，朝子那樣苦我也跟着她苦罷。」到了現在這個即算不能添朝子的勇氣，安慰她，但卻能堅固他自己的意氣，懦弱的他只好用這樣的辦法消極地抵抗了。

「可是朝子又究竟是怎樣的安排呢？」—— 穗積雖不懂得添田這個人，不懂得那樣捧添田的社會。但是懂得朝子的心事的時候總算還好一點，但現在連這個也有些莫測高深起來了。生了道子的當時即算給極表面的幸福眩惑了，但經過了四年的日月，她丈夫的無情更加厲害，連那極表面的幸福應該早捨棄了她了。不單止在家庭受虐待，還要在作品裏面做 Model 供人家作踐，在讀者面前供人家恥笑 —— 對於這樣過着的她自己，她是怎樣觀察的呢？難道說她丈夫平常發表的那些所謂「惡魔派」的作品她從不曾看過嗎？難道說讀過以後不曾想到那寫的是她自己嗎？她竟變成了那樣的愚蠢了嗎？把「苦楚」這個東西習慣到某程度，反而會悠悠自在起來 —— 好像女人特別是這樣，她時常在眼淚中間也會說出簡直像照千代當年的很天真的笑話。穗積不覺也跟着耽溺在那種無甚深意的閒談裏面，彼此相視，忘去了過去的一切。近來他最幸福的是他和她及添田三人表面上像什麼事也沒有的、親密的交好似的、促膝談心的時候。「有客人來了的時候丈夫總是很高興的。」—— 僅因着這個理由朝子也歡喜穗積來，添田也在他來的時候給應酬帶過了，不大那麼罵他的妻子，時常用高興的語調縱談文學。在那種時候從旁邊看去誰不說那三個人是極要好的朋友？他們就像彼此之間毫無仇恨、毫無隔閡似的。…… 又好像雖有仇恨現在也忘得乾乾淨淨而承認一方面完全勝利，一方面完全失敗了似的。……實在那樣不很好嗎？不是一切都很自然地圓滿地收束了嗎？但凡像這樣三個人含笑相向，…… 但凡能這樣繼續一生，不是沒有什麼不足嗎？到了現在除此以外還能有什麼奢望呢？ —— 穗積有時候這樣感覺着。添田顯明地相信自己的勝利。朝子也恐怕甘心受着她丈夫的征服了罷。只有穗積胸底還藏着敵愾心，在維持着暗默裏承認自己敗北似的不徹底的交際。「我自己真卑怯得很。」他不能不這樣想了。這真是自己欺瞞着自己的良心，只為着想見愛人的面卻和不是朋友的人做着朋友的樣子。我為什麼不能堂堂地捨棄她呢，若不然為什麼不堂堂地鬥爭呢……」

雖是這樣想着，他依然無所決定，繼續着曖昧的交際。添田之所以更加欺負人雖是添田自己的罪過，而穗積這種意志薄弱的性質當然更加助長它。和火不得柴不能燃燒一樣，添田的惡若沒有他這種適於作惡的對手也決不能那樣增長的。在一個惡人的心眼裏穗積這樣的弱人就像擺在餓狗前面的餌食。狗不能自己抑制它的食慾，當然會舞爪張牙撲向那餌食的。「你像這樣老跟着我時我總是要嘲弄你的，你不高興時便請快快地死心離開我的眼前罷。」—— 添田的幹法也好像是這樣的。於是好像是說「你還不告饒嗎，你還不告饒嗎？」他以故設疑陣的態度來播弄他。

「可是我是很弱的 —— 我完全是卑怯的，沒有法子。」

穗積的心裏這樣答覆。

「請你竭力播弄我罷。看看我是要到了怎樣程度才忍耐不住了，你充分地欺負我罷。因為我自己對於自己的沒有出息也實在冷了心了。」

九

穗積所寫的《秋思》那部抒情詩和《一個獨身者的生活》那部小說，漸漸引起文壇的視聽正是那時候的事。《秋思》那詩集是把半年前隨時投登在雜誌報章上的詩稿集成一冊的，那中間的一行行不用說都含着戀慕着她的哀切的音調。在鬱悶的時候、無聊的時候、悲愁的時候，恐怕沒有比他自己再愛讀那詩集的罷。在門外面散步的時候、在靠着書桌的時候、在倚在枕頭上的時候，像撫弄着人家不知道的貴重的珠玉似的，他把那些詩歌的一節一節在心頭反覆，有時也拿在嘴上吟哦。他當作「心妻」的她 —— 現在雖做着很淺陋的人家的妻子，甚至成了一個女兒的母親，但穗積在這些吟咏中覺得有一個和當年一般無二的她呼之欲出，於是他向着自己詩裏的她鞏固他的愛慾，呈獻他的熱情。他幾乎黏貼在他的詩上 —— 像一個將溺水的人抓着一把草葉似的，他緊緊地抱着那集子繼續他那苦痛的餘生，像不啼血就不能生活的小鳥似的他歌着。

《一個獨身者的生活》是寫一境遇頗和他相似的一個文人的生活，是登載在某雜誌增刊號的約有兩百 Page 的小說。不，形式雖是小說，但從作者的心緒說，不過是把《秋思》那種悲哀的音調移到散文裏罷了。那個故事之所以能惻惻地動讀者的心的也還是那中間的「詩」的力量。還有一宗是當時他和添田的戀愛爭鬥不知從什麼時候早成了文壇佳話，拿起添田那種詐偽的橫暴的行為和穗積的可傷的殘破的半生對照，許多的同情漸漸集於後者了。穗積也不知道是不是意識着這個，他在那故事裏面頗為大膽地在朦朦朧朧使人感覺得的程度把事實暴露出來了。他本沒有藉藝術來發洩自己的私憤的意思。他不獨還不到那樣看輕自己會由那樣卑劣的動機寫作品，並且假使用自己的筆力真能剝掉對方的面皮，把他從社會驅逐出去。那麼前此傲然逞志的添田會全由世間斷送漸次陷入窮途了——他想到了那個情形的時候，自己與其覺得痛快，恐怕反而有寂寞之感。在得意忘形地放蕩着的時候還好一點，一旦他真到了落魄江湖，連每天吃飯都成問題的時候，前此上了鏽的他們的夫婦關係不會因此反而強固地結合起來嗎？那時候添田的心裏不會喚起真實的愛，他倆不會反而真心實意地抱合起來嗎？穗積假使真祈禱着朝子的幸福時便應該希望他倆導入那種境遇。但同時穗積不能不預備在文壇上完全戰勝添田的時候，便是在戀愛的戰場上完全失敗的時候。那樣一來，在自己是一切都完結了。藝術上勝利的榮冠，社會上捧場的喝采，在失掉了朝子的自己能有什麼慰藉呢？那就是勝利也算失敗了。越是勝利越是決定了他的失敗，越是給人們捧場越增加他內心的寂寞。這是他所受不了的。他的真正的心理是把一切都歸給敵人，只要得一個朝子。從前也有多少次想要發表自己戀愛的故事，但一想到那種滑稽的運命會等着自己卻又不敢輕易取排擊敵人的態度。在他卻也有這樣的盤算的。

「你終於寫出來了嗎？」

《一個孤獨者的生活》登出後不久，添田有一天偶然來訪問他，在談着什麼別的話的時候順便這樣說。他也沒有什麼傷害了感情的樣子，卻鷹揚地笑了一聲，只差說「那樣的東西嚇不了我」。

「唔，寫了。…… 」

說着在穗積方面反而狼狽起來，漲紅了臉了。

「我原不想發表那樣的東西的，可是一來我若不想什麼法子賺幾個錢的稿費，生活也太苦了，二來在現在的我除了那樣也沒有別的東西好寫，所以終於寫成那樣的東西了。……你若是不高興的話我情願賠不是。因為我並非故意寫的，反正那不算是小說，那不過是發發牢騷。…… 」

「哈哈。 」

添田坐在窗口捧着他的大肚子笑。

「得了。辯解幹嗎呢？我又沒有放在心上。…… 豈止不曾放在心上，我覺得那還寫得不夠味兒呢。」

「不夠味？那是什麼意思？」

「既然寫到那裏來了，幹嗎不更進一層把我這個人赤裸裸地寫出來呢？我從來就自稱惡人的，你也用不着客氣。惡人就是惡人，只要你能把那惡人的心理充分深刻地寫出來，我死也滿足。不但是我，我想天下許多惡人也一定歡喜得瞑目的。不寫到那樣也還不能算認真的作品。」

添田最初是好像不服輸的口調，但在某一瞬間他痙攣地抖着嘴邊的筋肉，臉色也蒼白起來了。穗積心裏想「他到底也有幾分真實呢」。

「那假使是偉大的作家一定能寫到那樣的。可是目下的我一點也沒有那種野心。我這一生自然也不見得沒有想寫那樣作品的心思，不過照混混沌沌過着日子的現在的狀態，反正也寫不出好東西來。你老是說你自己是惡人惡人，可是我想你到底是不是惡人，世界上到底有沒有善惡，這我簡直一點也鬧不清楚。」

「可是你愛上了我的老婆這件事總算是事實了。」

「唔，可以這樣說 —— 因為此外也沒有別的事實好寫，所以寫的時候務必不干礙你，只從事實中選出僅僅關係我自己的。但我現在很恨你，比從前更恨你了。……」

「哼哼」，添田似乎用鼻頭笑了一笑，但穗積不顧，繼續着說。

「……這種恨沒有消以前我不能以公平的理解寫你的心理。因此就是這一趟的那篇東西在敘述事件的必要上雖然也接觸了你的事情，可的確不曾表示什麼非難你的語句和態度。……自然，像你騙了我哪，上了你的當哪，這樣的話也許有兩三句，但這個程度的話只好請你原諒。好在你是『超人』啦。」

「超人？這稍微有點難懂。」

說着，像很肉麻似的皺了皺眉頭的添田其實心裏一定，感着一種阿諛。他把手插在懷裏，搖曳着他那溫暖的兩袖，很得意地轉了轉身子。

「阿哈哈哈。」

接着穗積也搔着頭，大聲地笑了。那種笑聲就是他自己聽起來也好像很追從的，他心裏雖然想着「在這樣的地方我不能太卑屈了」，但依然沒有法子變更那種口調。

「可不是『超人』嗎？你從來做了許多壞事這是天下周知的事實。欺騙女人，借了人家的錢不還，欺壓我這樣的弱者，簡直像世界上沒有什麼可怕的東西似的橫行無忌，還堂堂地把那些情形發表在小說裏。社會上的人看了那個雖然罵你是「惡黨惡黨」，卻依然許你這惡黨在那裏高視闊步，豈止是允許甚至還驚奇喝采，這不是很不可思議的嗎？假使這換了我，只要稍為做一點壞事馬上要給人敲破頭，還要受各方面的攻擊。即算人家不打擊我，自己也早小小地縮做一團，到底也沒有到社會上露面的勇氣。我不是說你的處世術比我好，或是比我狡猾，我是說你有一宗好處就是無論你怎樣橫行無忌，社會上可以原諒你。這就是所謂『超人』了。」

「阿哈哈哈，那也許是不錯的。在那一點你是有點窮性的。」

「因此我就在這種意義也得恨你。既然一方面可以容許你這樣橫行的人，為什麼我卻不能不這樣很傴促地、畏畏縮縮地過着呢？這樣想起來，雖不覺得社會不好，而對於沒有窮性的人不能不抱一種反感。假使不該『反感』就改稱『羨望』也可以。」

「那麼要算你那種反感表現在那篇小說裏了。」

「那許是表現了一些。一來我想那個程度的事恐怕寫出來你也滿不在乎，何況我們兩人中間的交涉，文壇上也大概曉得了，沒有十分隱瞞的必要。」

「那麼，從我們彼此的立場也可以想像到這樣的事了。」

添田從袖裏取出闊機布質地的香煙匣子悠悠地吐着 Westminster 的煙輪，用剛才那樣得意的臉色說。

「因為你說此外沒有什麼可寫的，那麼，你此後許要不斷地發表那樣的作品罷。我，誠然像你所說的，並不怕那些，可是也許被你激勵起來，寫的東西要更加惡魔一點。就是說彼此把文壇做舞台來吵架，不管彼此情願不情願，順着自然之勢不得不鬥爭起來。這在我固然一點也不要緊……不過說事實上可以是這樣的，可是……」

「可是那樣一來我可不成了！」

穗積突然大聲地這樣說，好像沒有志氣的人似的，又搔着頭格格的笑。

「為什麼呢？」

「為什麼？那麼着，結果一定要弄得你生氣，我可就不能再這樣和你交際了，是不是？見不了你原不要緊，見不了朝姑娘我可有點不便。那在我是非常的打擊啊……」

「不要緊，你安心罷。任你怎樣寫我也不在乎。只要你不會怕見我自己先逃了。」

「那也許有點害怕罷。但我只要能見到朝姑娘，那樣的事，也只好忍耐些了。只要你不生氣的話。…… 怎麼樣，不要緊罷？」

「唔，不要緊。」

「假使不要緊就成了，這一點我們得約得好好的喲。」

「阿哈哈哈。」

添田翻了天似的大笑起來，很憐憫似的斜視着那怯漢穗積的樣子。

「喂，怎麼樣，到外面去散散步，回頭一塊兒吃飯去好不好？」後來暢快地談了一回又像笑話又像議論的閒談，添田這樣說着，邀起穗積到大學後門的豐國館去。兩個人對着牛肉邊爐時，他獨自喝着酒，用平常那種惡棍式的口吻很有趣地談着他怎樣和女優幹子要好，兩三天以前怎樣打過老婆，可是她這幾天又怎樣完全貼服了。固然那天晚上也有些給勝利的快感陶醉了的地方，但他也並非故意來挖苦穗積的。不如說他把平素那樣壞念頭都忘了，卻因為壓根兒蔑視了對方，把他當作完全的劣敗者、無能力者，而忘其所以地誇示着自己的偉大。

「你為什麼又打朝姑娘呢？」

「哪裏，沒有什麼道理。不過我對於那傢伙做的事情沒有一樣看得順眼的。早一些日子我同幹子一塊兒上帝國旅館去跳舞的時候要她給我拿晚禮服出來，一瞧，領子沒有一條乾淨的。我說「蠢東西怎麼沒有拿出去洗！」她說「我想這裏還有這許多乾淨的呢」，你猜她怎麼樣，她拿出好幾條雙領子來了。……」

「怎麼，雙領子不成嗎？」

「也不是一定不成，不過我平常穿晚禮服的時候，總是戴單領子的。我說『這樣的事也一定要人家告訴才會做嗎？你這傢伙簡直連替丈夫管衣服都管不了，還是讓我自己來罷，你與我滾到那邊去』。她忽然眼淚汪汪地哭起來，說『因為你一點也不愛我』哪、什麼哪，最後說『你討了我這樣的蠢人做老婆只當是你的運氣不好，別那樣嫌我，還是親切一點教我罷。像你那樣兇惡地罵我反而把我呆住了，什麼也不曉得了。我求你愛我罷。你說愛我罷』。說着那傢伙簡直像歇斯迭里似的拖着我哩。」

「那也難怪她不要起歇斯迭里啊，那樣的時候若是打她，她不會更加興奮，發起橫來嗎？」

「可是我的辦法是不管她歇斯迭里也好，發瘋也好，絕對不去溫存她、勸慰她的。也許那些辦法要比較妥當些，可是到了對方是自己所不歡喜的女人的時候就沒有那樣的忍耐心了，徒然引發了我的無明火，總是沒頭沒腦地給她一頓拳頭腳尖，沒有什麼道理講，結果比溫存她勸慰她還要乾脆得多。你決不可以當她是什麼歇斯迭里同她客氣。讓她哭也好，叫也好，只管壓伏她就得了。那樣一來她馬上平靜了，頂多是抽抽噎噎地哭一頓了事。我這裏卻是要哭時隨便你哭去的態度，早什麼也不管地跑到門外面去了。」

「可憐人們要是遇了你還有什麼歇斯迭里哪什麼好講。……」

穗積與其說是非難不如是讚美的口吻說了。但其實他心裏浮現着那傷心人的影子，一種無法排遣的心情偷偷地坌湧上來，不覺眼皮也熱起來了。

「我到底是在幹什麼呢？和這個一生忘不了的情敵在一塊兒吃牛鍋，還行所無事地談笑着。看起來添田比起我來要老實得多、天真爛漫得多。假使卑怯是罪惡，那麼我不算是個了不得的惡棍嗎？」—— 這樣想起來穗積覺得有一種討厭的、說不出的心理，就像那煮得半熟的牛肉似的夾生味兒，只好繼續着曖昧的優柔不斷的微笑。

「喂，喝罷，你也喝一杯！」

添田拿起酒瓶勸着那被迫着勉強喝了兩三杯已經滿面通紅的穗積。

「真是沒有法子！」

「不，不成，不成！不喝不成！你就因為不喝酒所以不成，所以那樣沒有志氣。」

「知道我是沒有志氣的就請你憐憫我一下罷。」

「哈哈哈，所以我不是憐憫着你嗎？我不是無論怎樣總和你交際嗎？—— 不要緊啊。我決不會生氣的。你想見我的老婆的時候你儘管去見她，假使那樣的老婆你也不嫌棄的話。……」

「那樣的老婆也成，假使你那樣嫌棄她，何不因着憐憫我索性讓給我呢。」

「哈哈哈哈，那可辦不到！」

說着添田不讓人家看見他的面部仰天大笑。

「就是我想奉讓，怎奈她本人也早已不肯了啊，因為已經有了孩子了，怎麼樣也離不開了。起初我不服氣地緊緊地抓住了她，可是她卻生起孩子來了，那真是個討厭的東西。這麼着任你怎樣敲打也休想她走了。想到這裏更使我生氣」

「她生了孩子，在我也是很嚴重的打擊啊 —— 因為你就怎樣不服氣，但現在你的氣也該消得不能再消了。假使沒有孩子的話早承你相讓了也說不定呢。……」

「那麼，你想只要那孩子生病死了就成了嗎？」

「哪裏的話 —— 固然我也曾當作小說的情節那樣想像過。不過結果是一樣的。最初不生小孩倒好，一旦生下來又死掉了，因着那種悲哀，你們夫妻倆許更加不能離開了 —— 我想寫一篇這樣的小說。」

「不錯，寫得好的話也是一篇很好的東西 —— 不過假使用這樣的情節就是你很陰險地、裝得好像完全沒有志氣似的、暗地裏把我謀死，可怎麼樣呢？」

「那我也想像過的。但這個比起上面的那篇來可更加難寫了。謀死你以後的心理和事件的發展真是複雜得很，可以有種種的情形。」

「唔，唔。」

說着添田仰面躺下來，兩個手交叉枕在頭下，擺出一種文壇先輩的架子，聽着。

十

那天晚上他們倆用那種調子繼續談着，等到離開豐國館的時候已經是十點多鐘了。

「那麼，我在這裏少陪了。」

添田走到電車路上時這樣說着站住了。許是很醉了罷，呼吸也粗急得很。

「我看，我送你一程罷。……」

「不，我這會兒還想到一個地方去。」

於是添田很威勢地「喂！」的一聲，喚那在街頭等客的黃包車。

「今晚又是到幹子那裏去嗎？」

「唔，不錯。反正今晚是不回去的了。後天總是在家的，你來罷，假使你那樣想看見朝子的話。……」

在車上讓車夫用毛毯蓋着膝頭的時候添田很高興地豪快地笑了。

「只要你讓我見她，我每天都來的。那麼後天你一定在家了？」

「唔，總是在家的 —— 要是來，晚邊來罷。」

雖然是秋天，但已經是快到初冬的薄寒中人的晚上，所以添田緊披着上了獺皮領子的黑駱駝絨的大衣。本來他有一種誇豪奢的脾氣，講究穿那種很闊綽的衣服使人家當他是大少爺而不願人家知道他是文士，同時他那種肥滿的體格也相當的使他和那衣裳相稱。穗積悄然地站在街路上充滿着近於羨望的感情仰望着車子上那在黑夜裏都顯得白白胖胖的添田的臉兒裹在那很溫暖的毛皮領子裏面。這時「可恨的人」、「情敵」—— 這樣的反感已經一點兒都沒有了，只想着「我也要像這個人一樣厚着臉皮橫行無忌，可多麼好」，就像對於一個什麼偉大人物一樣的感想。

可是到了那「後天」的晚邊，他像散步一樣向小石川那方面走去的時候，忽然想道：「就是我自己的臉皮也不能算是不厚的了。」穗積獨自一個人好笑了。「無論她丈夫怎樣允許了，可是像我這樣厚起臉皮去看那已經不見得怎樣愛我的別人家的老婆的人，世界上怕沒有幾個。人家丈夫固然是那樣的丈夫，我這情夫也就夠混蛋了。可是我自己還要騙自己說是趁着散步順便去走一走的，這真是更可笑了。」在一路上就像看見他自己的滑稽的樣子映在鏡子裏似的，心裏好笑得很。但他的腳步自然就轉到他平常慣走的那條橫街去了。

「哎呀，你來了嗎！—— 現在正演着一齣全武行呢。」

應該是今天剛回來的，可又像安排到哪裏去似的，穿着和早幾天完全不同的漂亮的晚禮服的添田站在房子的正中這樣說。不錯，恐怕真吵過什麼激烈的架罷，櫃屜子哪、領子和襯衣哪，還有許多東西都撒了一滿地，桌上的花瓶也打翻了，在這中間朝子背對着這邊，臉兒朝着廳子上，兩個膝頭靠着楣邊地那麼蹲着 —— 蓬亂着鬆了把子的頭髮，悄悄地正用鼻紙揩着眼淚哩。「這可不是添田知道我會來故意演這樣的戲文給我看的嗎？」—— 首先使穗積感覺得的便是這種猜想。穗積知道自己做着添田的傀儡。單止那個還不要緊，但一想到那為着演給自己看，常常得做他所謂「全武行」的配角，在那殘酷的鞭撻下面呻吟痛楚的親愛的人的身上時，穗積首先不能不埋怨他自己。「只要我不到這兒來就得了。因為我在這兒，添田更增加他的惡魔的氣焰，更加虐待朝子。這麼說來，使她不幸的可不是我嗎？添田也許為着打擊我才那樣打朝子的，可知道打朝子的不是添田而是我自己，就是我在這裏使她痛苦呢。」

「添田君，要打朝姑娘時請打我罷。應該挨那鞭子的人在這兒哩。」

穗積的心裏是這樣的。他覺得就這樣說着俯伏在添田的面前都可以。但是 ——

「討厭，『全武行』哪什麼的，瞧你又說得那樣了不得

啦 —— 沒有什麼，穗積先生。」

朝子紅着兩個眼圈兒含着嫣然的微笑這樣說。她一面收着鼻涕，一面把抽屜依然插上櫃子裏，把花瓶擺好，用沒有什麼的表情把地下散亂的東西都收拾好。照她那態度推測起來，假使穗積說願意代她挨打，恐怕她一定要說「謝謝罷，用不着你費心」的罷。「夫妻倆的事情，夫妻倆了結，用不着別人來管。」—— 她一定這樣說罷。穗積好像覺得自己的眼前陡然間在暗暗地低低地沉下去似的。覺得這坐着各有各的心思的三個人的客堂裏面就像荒涼的沙漠一樣，而且寂寥的並不只他自己一個人，添田和朝子也都被趕逐在這荒漠之中，一任風沙吹颭，雨雪侵凌，誰也沒有人來救助，都漸漸這樣地零落地死去……

「怎麼樣，我現在要上跳舞場去，你高興同去玩玩嗎？去見識見識一下也值得哩。」

添田一面把穿着折痕很整齊的褲子的兩條腿伸出來躺着，從袋子裏拿出錶來，用滿不在乎的樣子說。

「可是，你不是今天剛回的嗎？……」

「唔，因此才演出剛才那樣全武行了。不過那樣的事已經過去了。無論怎麼樣現在是要出去的，你同我一道去怎麼樣呢？」

「去也可以，可是今晚你若不回來，我也要給人家埋怨的哩。」

這樣說着的時候，朝子突然又背着穗積抽抽噎噎了一回，忽然又站起來跑到隔壁屋子裏去了，一會兒只聽得那裏面有可愛的道子的嬌啼聲。那孩子剛才許躲在暗地裏窺着她爹媽吵架的樣子罷。很膽小似的緊抱着母親的膝頭，臉挨着臉從紙槅子縫裏凝視着父親這邊的那小眼睛裏，燦爛着一顆顆大的淚珠 —— 平常是神經質的，雖然多病卻很聰明的孩子，不大親她的爸爸，而親「穗積叔叔」的，但他覺得這孩子的眼睛美麗之中卻很可怕。「給這孩子怨恨着的怕不只她的父親吧？」他不能不這樣想。

「你真是個『超人』—— 不是連孩子也哭着嗎？」

因着添田勉強催他「去去」沒有辦法只好跟着出來的穗積，一出大門便這樣說。

「哪裏，這是她慣玩的那一套。隨便一件什麼事情她就用孩子做枷來枷我。」

添田聳着肩笑了。

今天吵架的起頭是這樣的 —— 穗積因為是多回的事，那樣的話已經不願意聽了，但據添田用凱旋將軍似的口吻很得意地說明的話 —— 因為正是月底了，預備了一百五十塊錢任怎麼樣得開銷賬目的。添田卻恃蠻地要拿去五十塊，這樣便開始爭端了。「你雖把朝子恭維得像一個理想的會治家的老婆似的，其實她做起家庭的主婦來簡直就沒有運用經濟的資格。幸虧我是個文士還不要緊，假使她做了商人的老婆可真吃不消了。」—— 那麼照添田的意見，反正詩人小說家的收入是不規則的，每月的開銷沒有法子按時候付清，而且照着他的意思巧妙地處理家務使做丈夫的不擔心思，這應該是他們妻子的責任。可是朝子不但沒有這個資格，更有使人不高興的是她連這責任的自覺都沒有。第一她就不會對付那些要賬的，她以為三十號一來什麼都得付清的。付自然也得付出一些，但家裏總得剩下多少的餘裕才成，她卻不顧前後，隨着人家要多少給多少，因此存下的錢就這個手裏進，那個手裏出去了。

「因此她是個蠢東西。」

添田說。

「在這個地方已經住上五六年了。拉人家三兩個月的賬也不算什麼。因為一來不曉得什麼時候會有急用，二來我自己隨時也有零用錢不夠的時候。多少需要留下一點，她也不懂得。我問她一個月到底要用多少錢，要她記起賬來，細細地查一查，這她也做不到。她的數理觀念簡直就等於零。這種沒有教育的女人真沒有法子。」

「不，這與其說是教育，恐怕還是性質的關係啊。比方你透支了稿費可以毫不在乎地不顧信用，那樣的把戲我可就玩不了。善於對付要賬的女人有時候固然也有很便利的地方，但在我反而覺得有點可怕。那一種馴良的地方正是你太太的長處呢。」

「不過，你想連廚房裏的賬都管不了的那種女人還有什麼可取呢？幹嗎娶這樣的女人來做老婆呢？—— 這樣想起來更使人生氣了。」

穗積不答他的話，卻故意問他別的事情。

「那麼，你總算把那五十塊錢搜括來了哪？」

「我氣極了，拿了一百塊錢來了 —— 那裏，平常也不是這樣的，因為昨晚和前晚都在外邊過夜，剛回來馬上又說要出去，她有點不高興起來，硬不肯告訴我錢在哪裏，我說『你不拿出來，好！』我把櫃子箱子信手亂翻終於給我找出來了，這下她拚命來搶。任怎麼樣也不讓我拿走啊……」

「哦，那麼說抵抗得很厲害了。這因為是很緊要的錢罷。」

「她的意思與其說是不讓我拿錢，不如說是不想讓我走。我的脾氣是吃不了那個的，氣起來反而非走不可。可是她一輩子也不懂得丈夫的心理，真是個蠢東西。後來沒有法子，她只好說那麼今天晚上請你一定要回來的啊。你想既是這樣，幹嗎起初不那樣說着好好的拿出來呢？現在無論有什麼事，今晚可是不回去的了。兩晚三晚儘可能的不回家，儘所有的錢都給花掉罷。」

兩個人這樣談着走向白山上那邊去了。但那天的「全武行」許是特別的猛烈罷。添田用很興奮的臉色。

「在這裏喝一杯去罷。」

說着跑進一個咖啡店，站着喝了兩三杯威士忌。

「到底我自己為着什麼這樣自在地跟着這個人去看跳舞呢？」穗積和添田並肩坐在向丸之內那方開去的汽車裏獨自這樣想。「我，至少今天的我一點也沒有去窺探那種歡樂之鄉的好奇心。我的心裏只充滿着剛才目擊的情景，和由添田的話裏所能想像的那可憐的她的姿態。可是我卻又信人家的勸誘跟人家出來，和這殘酷的丈夫一塊兒去幹那些逍遙自在的勾當，我該是怎樣一種奇妙的人啊……」但這種心理他並非不能說明。到某一程度「這一來是因為我就想留在那裏慰藉她和道姑娘，但我已經沒有那樣的資格了」。這種怪的僻見頗有作用。還有一種 —— 自然這也是由那種僻見產生的，就是「既承他特別相邀，若是不同他來，好像有點故意對他表示不必要的好意」—— 使人家覺得他全是以朝子為目的來交際的，對於添田沒有什麼感情。不，不是「覺得」而是事實上是這樣，就是他自己和添田都公然承認的。不過這個時候他好像不願意讓朝子感覺得這樣……「那麼為什麼不斷絕對於朝子的念頭呢？既然不能斷絕為什麼又不願意她感覺得這樣呢？為什麼要這樣囉囉嗦嗦地，哪一邊都不是地，像鐘擺似的活着呢？……」這樣想來想去，穗積自己對於自己也莫名其妙了，只起了一種自暴自棄的念頭，好像說：「管他罷。反正我自己很憂鬱，為着把這憂鬱深刻化，管它跳舞場也好，什麼也好，隨便你把我帶到那地方去罷。儘管金鼓喧天的在我的眼前鬧着跳着罷。瞧一瞧包圍在那種熱鬧的狂亂的群集中間時，這孤獨的我究竟是怎樣一種心理。這樣試一遍也不壞罷。……」

跳舞是在旅館的 Grill Room 開始的。老實說，穗積既不明白 Grill Room 是什麼意思，連到這個近來剛剛起成、以樣式新奇著名於時的旅館的內部來也都是第一次。剛進來那一瞬間，他的身子一輕，像給人高高地提到了另一個世界似的，不如他所預期的那樣鬱悶。屋子內部是個半圓形劇場的樣子。中央很寬大，幾乎直聳到那高的屋頂。周圍就像一格格的擺東西的架子似的，有三層或是四層的台階。並且很奢華地在四處的柱頭和凸出的邊上點着許多電球，那些電球的裝置大體都是先反射在牆壁上然後間接地照明着場子裏的。穗積有了以多少的平靜，甚至幾分的空想與興趣來觀察這情境的餘裕。那喧囂的爵士樂隊（Jazz Band）和華彩絢爛的舞客好像完全與自己無關的，就好像璀璨在遠處的星光或是浪花似的，並不特別討厭。

「你覺得怎麼樣，穗積先生，你的 First Impression？」

幹子已經在場子裏一個屋角上佔了一個台子，等着添田。

「不比想像的那樣壞。陡然同到這樣怪的地方來，這樣看着，引起我種種的空想。—— 倒也覺得很愉快。」

「那麼，你學一學跳舞，怎麼樣？」

「跳舞嗎！哪可 …… 」

穗積笑着，紅着臉搔頭髮。

「那麼，你喝喝酒好罷。單那樣坐着看沒有趣。」

「唔，喝一杯也可以。」

添田替他叫了一種 Jim-cocktail 便催着幹子跳舞去了。

因為是很好喝的甜酒，不覺很大意地一點點喝下去了，穗積漸漸覺得身上火似的暖熱起來，頭上也有點感着發昏似的醉意。但很妙的是雖是這樣卻不像平常那樣的難過。難過也是難過，但在那給人壓着胸部似的呼息不匀的感覺中間不知道怎麼樣卻有一種盪氣迴腸的快美之感。他想「假使給朝子捨棄了走到外國去，…… 是啊，假使去了我一定是這樣的情味罷。可是這樣又怕什麼呢？就這樣不也很好嗎？這樣不是也大可以生活嗎？ ……」穗積聽得那非常有底勁兒的洋洋盈耳卻又不大聽得慣的曲調的巴利東的歌。樂隊裏有一個年輕的西洋人站起來，睥睨着廣場的群眾，做着各種奇妙的身段合着音樂像是正唱着一支很有趣的歌兒。他那面龐活像王爾德。許是光線的關係罷，他的眼睛就在西洋人裏面也顯得異樣的蔚藍，頭髮是紅的。跳舞着的女人們雖然有一半是日本人，但誰都好像是和穗積沒有關係的人種。從什麼時候日本也產出了這樣的女人了嗎？頭的梳法、眉毛的畫法，以及種種地方都好像施着種種精細的技巧，她們的眼睛、鼻子也彷彿帶着西洋人的味兒，都是那麼老練得很的樣子。拿起朝子那樣的女性比起來，她們確是另一個人種。她們是住在和生長在信州山裏的穗積和朝子完全不同的世界的人們。

「我和朝子假使生長在西洋可怎麼樣？假使我們倆是紅顏的少男少女，現在要是能夠像在那邊跳着的那一對年輕的情侶似的攜手跳舞的話，…… 假使有那樣的時代的話。…… 」

穗積想着這樣的事。

十一

從剛才起已經跳過多少次了，…… 哪一種是 Waltz 或是 One Step 這穗積一點也不懂得。只覺得那使人躍躍欲動的音樂的流波不斷地在他的耳裏震響着。他的前面還有一杯沒有喝完的 Cocktail，他一面慢慢地像舔着似的啜飲着那酒，隨意聽着音樂時，就好像大波小波以及種種東西不斷地打他旁邊通過似的。…… 喳、喳、喳地一面搖撼着滿堂而湧起來的那強烈的音響，就像遠遠地退了潮以後忽然又聽得微弱的波音，這波濤慢慢地加高，看着看着汪洋澎湃起來，穗積覺得連自己這凝然不動的身子都被這狂流捲起去了一樣。「流罷，流罷，隨便流到哪裏去罷。」—— 他有這樣的感想。「眼前一切的東西，輝輝煌煌的無數的電燈，跳舞着的群集，高敞的屋頂，兩層、三層、四層台階上的人們，…… 這些東西都給這洪水捲成一塊兒流起去。這熱鬧的 Dance Hall 就像一艘巨大的船正在海洋上進行。我自己卻成了那船上的乘客的一員，很渺小地伏在那甲板的一角。我也不知道這個船要開到哪裏去，只好委之於自然的運命。誰也不來理我。他們的話是不懂什麼意思的外國話。只曉得這同一條船上和我隔得很開地乘着添田和幹子。…… 」

這在穗積是不可思議的聯想。使他想起五六年前為着收回愛人由長野到東京去的晚車裏面那長得可怕的，無法排遣的旅行。「那時候我也是獨自一個。可是那時我還有希望、有情熱、有男兒的意氣。但那一些東西現在都到哪裏去了呢？虧着誰把我弄到這樣難堪的呢？這就是所謂慘敗了。因此我才能這樣喝着酒，也不覺得可悲，也不覺得可恨。這個狀態便是供人踐踏慣了的狀態。不知不覺地使我墮落到這樣了。現在想起來，那時是坐夜車去的。那是我對於戀愛的最後的努力，而且那便是絕頂了。以那為一個轉換點我漸漸被坑陷在泥沼裏了。…… 」照千代，…… Gretchen，…… 被他們那樣稱呼的時候的她的影子，忽然呈現在穗積的眼底了。病着肺尖、提着藥瓶每天到他的病室來的朝子。從那病院的診察室，隔着玻璃窗，正當她坐在椅子上的頭上的天空可以看見冬天早上的信濃諸山帶淡紫色地露着寒冷的肌肉。穗積在那屋子裏拉着她的手，診脈，輕輕地敲着她的胸脯，聽她的內臟的聲響。「我，這樣的單弱真是能夠活得長久嗎？」蒲柳般的體質的她常是這樣問他。…… 好容易她開始自立起來，是啊，那時候她才十六七歲罷，在某一個宴會的廳上舞着《京都的四季》做餘興的時候。…… 她也曾有過在那種華燈影裏舞扇輕翻的良宵啊。那時候對她寄着朦朧的愛慕的青年醫學士便是他了。從那無可追還的遙遠的過去歲月直到今天之間的一切的情事，成為一個長的連鎖無涯際地使人想起來。……

「怎麼樣了，穗積先生，那杯酒還沒有喝完嗎？」

一面說着，回到桌上的是幹子。那後面就像從者似的跟着添田，並且趕忙替她搬好椅子的位置，還替她披上大衣。

「啊，大衣請擱在那邊 —— 倒不如請你替我搧一搧呢。跳得太吃力了，出了一身冷汗。」

她從帶子中間取出一把扇子，添田接着輕輕地替她搧起來 —— 她是個額頭很窄、圓圓的臉兒、眼睛很大、嘴唇很薄、低的獅子鼻的女人，和照千代的年輕的時候的容貌比起來雖然不成比較，但添田中意的恐怕是她的媚態和西洋人的表情罷。穗積雖然對於這個女人從不曾感着什麼興味，但只記得她那非常柔軟而肥白的手指頭。看了那個他有點想起做小孩的時候喜歡的那麵疙瘩，那些指頭上時常燦爛着很怪異的指環，都像添田買給她的。今晚她右手的無名指上又帶着新的寶石了，正中輝耀着玉蟲色的巨大的眼珠，周圍嵌着金鋼鑽的細粒。

「那戒指很不壞，什麼時候買的？」

穗積說。

「兩三天以前才做好的。你看這個怎麼樣 —— 」

幹子正想從指頭上取下來給他看，但她突然皺着眉頭。

「啊呀，緊得很，真是緊得很！—— 本來我的指頭又粗又短，與其帶那種精緻的還是這種粗大的東西合適得多。不過他說假使做得小一點緊緊地嵌在肉上，指頭要顯得柔軟些，所以特意要他做小一點。可是緊，緊得很 …… 簡直不容易取出來。……」

「用不着勉強去取它，因為不是戒指好看，是帶着戒指那個手好看啦。」

「那麼說，你就看看這個手罷。」

那粉嫩的、雪白的、像麵疙瘩似的物質猛然擱在穗積的掌上。他覺得是一種濕潤的含着毛毛汗的優婉的東西。

「怎麼樣？合適嗎？」

「合適得很 —— 確實這種魔性的圖案同你的指頭很調和。這樣看去把女優的指頭的特徵完全顯出來了。」

「什麼緣故呢？」

「什麼緣故可說不出來。」

穗積不知不覺地捻着她的指頭弄着那寶石。

「那恐怕是這玉蟲色的色調的關係罷 —— 這到底是什麼石頭哩。隨着光線的明暗，色彩的變化非常的好。看去很淒厲的有一種妖魔似的味兒。」

「那麼，你說我是妖魔嗎？」

「哈哈哈哈，也不是那樣的說法，不過 ……」

「女優大概都是妖魔啊。」

添田說着乾了一杯 Whisky-Soda。

「那是叫 Alexandrite 的寶石。白天裏看是紫色，到晚上變成紅色。這是輕薄人的象徵啊。」

「好嗎，你那樣說。—— 今晚我不同你去了。」

「哦？那麼難道你另外還有約嗎？」

添田嬉嬉的笑着，斜眼瞪着那使性子的幹子的臉。

「想要買的東西都要人家買了，當然用不着我這樣的人了，是不是。」

「好嗎，那麼你這個撈什子戒指還給你罷。」

「得罪，得罪，剛才是說笑話的。第一你就想把它取出來也取不下不好玩得很嗎？」

「只要上點肥皂馬上就取出來了。我一定還給你，請穗積先生做證人罷。」

他們兩人這樣的打情罵趣。穗積一時不能不靜靜地聽着。照他們談話的模樣，添田要帶她到箱根去。幹子說是安排跳舞來的，所以故意穿得很少。到箱根去一定要着涼的，下一趟去罷。添田的脾氣是一旦想做什麼不管怎樣都要做到的。他說再跳一次舞就坐汽車到東京驛趕十一點到國府津去的火車。

「好，就這樣決定了。因為我今晚無論怎麼樣是不回家的。」

「唔，又來了 —— 那麼又和太太吵架了嗎。」

「一點不錯。這是穗積可以做證人的 —— 對不對，穗積君？」

「噯呀，叫我來做證人可太不人情了。」

「真是哩，穗積先生才難為情哩。」

幹子說。

「幹嗎老是那樣在朋友面前給太太過不去呢？這沒有什麼可驕傲的啊。」

「不是我對他驕傲，是他自己拚命要看我的老婆也沒有法子。」

「哈哈哈哈。這個酒席可吃不消。」

穗積說，可是在平常那樣的卑屈的心理中有一種好像歡喜那種卑屈似的，給他們兩人開玩笑反而愉快似的異樣的高興。「有點作怪我好像很醉了。」他一面這樣想着，但他還是愉快。

「可是既然穗積先生那樣愛上了她，把她收飾得好一點送給他不就得了嗎。老是聽得你說討厭她、討厭她，卻又不能夠離開她。看起來你還是沒有志氣呢 —— 穗積先生，對不對？」

「哈哈哈哈。」

穗積很掩飾地大聲地笑了。在那一瞬間添田好像露出了一點不高興的樣子……

「在沒有志氣一點我沒有攻擊別人的資格。恐怕我是第一個弱者罷。」

「你自己標榜着自己是弱者還算老實的。像這個人的一樣專是口裏說得了不得。」

幹子回顧着添田說。

「你不是這樣的嗎？你說。」

「哼。」

「哼什麼啊，不承認的話就把太太送給穗積先生看看。」

「可是不幸我的老婆又是沒有我不能過日子的啊。」

「吹什麼牛啊！」

「事實上是這樣的又有什麼辦法呢。無論怎樣打她、踢她，她總不肯離開我。」

「真的嗎？穗積先生，真是這樣的嗎？」

「慚愧得很，好像真是那樣的，這我倒可以作證。」

卑屈到了這個程度反而很有趣，在那裏自有享樂的世界。「率性更卑屈一點竭力供他們開玩笑使他們歡喜罷？……」忽然穗積浮上了某種滑稽的空想。「添田這東西雖然這樣傲然地把我不看在眼下，可是假使我始終裝做弱者暗暗地復仇，可怎麼樣呢？」——想起來，那種方法也有的是。「比方說，用秘密的手段使幹子生病。我現在雖是個窮文人，但從前也算是一位醫學士。那樣的事也沒有什麼難做。想法子使她害什麼重的流行病，使她那肥嫩得像麵疙瘩的純白的指頭黃瘦起來，指頭上的戒指可以隨便脫落。那麼，添田一定很着急地守在她旁邊看病。於是添田也傳染了，假使沒有傳染也可以使他傳染的。於是結果兩個人都痛苦地死了。…… 不，添田是很薄情的，假使幹子害了可厭的病他也許到她的旁邊來都不來的。可是那麼着，朝子可幸福了。只要幹子死了的話 —— 不，這還是不成能。拋棄了幹子，添田一定會找第二第三的幹子。一直不回到朝子那裏來。比什麼都好的辦法，…… 是使現在在這裏，在我的眼前穿着晚禮服、拿着威士忌杯子露着惡魔一樣的微笑的、肥胖的、凸肚子的添田這個人物一天忽然從地上消滅。那麼着朝子不用說，就是我也多少可以幸福。只要我能極陰險地、謹慎地，用誰也不注意的方法，很巧妙地謀死添田的時候 …… 是啊，那是非常容易的事。只要比現在再卑屈、再厚臉皮一點便毫不費力地可以做到。……」

穗積又獨自一個留在桌邊了。因為不知什麼時候他們又起身跳舞去了。穗積的腦裏好像想小說的情節似的長時間玩弄着那種空想。「…… 本來我雖然是弱者，但弱自弱，卻有一種怪執拗的地方。強的人在某種機會可以忽然斷折，可是我像蒟蒻似的黏巴巴的不容易斷折。我這樣地受着難堪的待遇卻還是這樣活着。照這樣子就陷入再難堪的境地也許能意外地不覺得什麼。像現在這樣供敵人開玩笑和打定主意殺掉自己的敵人，在墮落的程度上可有多大的不同呢？除掉一個人從這個世界上消失的事實以外，在我的心情上能起什麼變化呢？儌倖社會上，特別是文壇上，一般的同情集注在我的身上。我已經被公認為老實的、循謹的好人。即算弄死了添田，恐怕沒有一個人會疑到我身上罷。就是朝子也一定連做夢都不會注意到那點。如是，我不難慰藉她，恢復她的愛，圓圓滿滿地結婚。社會上一定說是『正義勝利，惡魔滅亡了』，大家都賞讚我說『難得你忍耐了這麼長久的日子，支持這樣長久的純潔的戀愛』。我只要照樣曖昧地卑屈地，嬉嬉的笑着就得了。…… 對啊，把這個寫做一篇小說不好嗎？ …… 大家以為添田是惡魔、我是善人的時候，我反漸漸變成了真正的惡魔。若是把這種心理的過程描寫出來的確有趣。…… 」

* * * * *

一塊兒坐汽車到東京驛把他們兩人送上了到箱根去的車之後已經十一點半鐘了。那時本還有電車，但酒還沒有醒，因此穗積冒着寒風蹌蹌踉踉地走回龍岡町的公寓了。清朗的天空裏高懸着寒月一輪，海上 Building 的建築物像城郭似的朦朦朧朧地矗立着。「添田至少要到後天才得回來，現在去找一找朝子看罷。…… 」這樣想了一下他馬上又像想了一件很蠢的事一樣把它打消了。同時剛才的空想又在腦筋裏反覆了一遍，但把它寫成小說的那一類的興趣早一點沒有了。現在的他既沒有寫成那樣大作的手腕，也沒有那樣的精力。

他接到由箱根寫來的一封信和環翠樓的畫片是後來第三

天晚上的事。畫片上是和那女人一塊寫的，滿列着開玩笑的話。「……雖然冷但是好得很。紅爐煮酒，至足樂也。」這樣的句子的旁邊添着幹子的俏皮話「穗積先生，別信他撒謊罷，他是不服輸才那麼寫的。別說我，添田也着了涼。可不是活該嗎？穿着晚禮服跑到箱根這樣地方來……哈嚏，哈嚏！」但信是添田一人的手跡——

「昨晚失禮得很，要是說『再失禮一下』可對你不起，不過想拜託你做一點麻煩的事情，不是別的，你接了這封信的時候可否替我去吩咐朝子要她籌一百塊錢來呢？請你對她說因為沒有那筆錢我回不來，並且非趕快辦不可。假使遲了，一百塊還要不夠。你取得了那筆錢便請你費心用電報匯來。這樣的事本不必特別來麻煩你的，但實在因為我不想叫朝子知道我的地方。百來塊錢大概是有辦法的。不過我想與其我自己直接說，不如煩你代說反倒好些。一切都拜託你罷。因為好在在你這也不是十分不願意演的腳色，哈哈。錢在後天正午以前一定要請匯來。」

在這「好在在你這也不是十分不願意演的腳色」，那一句的旁邊加上了一些圈點。這自然是要緊的信，但穗積覺得那中間雜着嘲弄他的意思。因為添田沒有不叫朝子知道他的地方的必要。兩天三天不曉得丈夫到哪裏去了的事在她是很平常的。有時就曉得了地方，朝子也並不想要怎麼樣，頂多不過是抽抽噎噎地躲在家裏哭。那個樣子解釋雖然也許是穗積的偏見，但恐怕是添田以他那種奸猾的興趣故意使穗積心裏作難。他是想在自己不在家的時候，予這兩個弱者以碰頭的機會，看他們會談些什麼話。

「哼，他是作弄我的，好罷，既是這樣我就給你作弄罷。」

—— 即算現在就到她那裏去也快十點鐘了。像這樣深夜和她兩人對談真是多少年來不曾有過的事啊？穗積覺得自己心裏雖不能說是希望，可射進一縷微弱的光明了。他覺得大可以很順從地感謝敵人所賜予的機會。湊巧故鄉寄來的醫院的租金還剩下了五十塊沒有用，他想着若是她不夠的話也可以替她通融 —— 並且暗暗地想像着那哭腫了眼睛的可憐的朝子 —— 他便走回小石川那邊去了。

十二

他那晚多年不曾有過的「和朝子相對」之後，終於毫無所得反而失望歸來的話，在這故事的最初已經表過了。就是添田的想法結局制勝了。「他們兩個東西幹得出什麼來？」他看透了他走的棋子完全的贏了。任怎麼樣添田還是朝子真正的丈夫。做丈夫的添田，在現在看起來比起路旁第三者的穗積更加懂得他「妻子」的心 —— 這個思想在穗積真是難堪的侮辱。他已經連稱她做「心妻」的資格都沒有了 —— 這雖然是早就感覺到的，但從來不曾以這樣明瞭的形式表露出來。

何況還不是出諸添田之口，可恨的敵人不過是暗地裏牽着線，而是由完全不曉得那種企圖的她的態度表示出來的。可愛的人是那樣成為敵人的傀儡而送他以冷酷的嘲笑了。並且還嫣然含笑地說：「勞你的駕明天再來拿錢。」「我真是勞駕哩，恐怕這一生就這樣勞駕完了罷。」—— 他一回到公寓裏來連換寢衣的元氣都沒有了，就和着衣服蒙頭蒙腦地鑽到被窩裏去了。但這與其說是為着睡覺，不如說是為着一晚想到天亮。本來這並非今天晚上才這樣的，而是多少日子以來的習慣，一睡到床上，他的眼睛反而清醒起來。任怎樣想睡，無奈種種的聯想無際限地成群而來，夜越深越加睡不着。那種不眠症最初很使他痛苦，買得到的安眠藥滿都試過，但不是服用得多沒有效驗，就是雖有效驗也只保得一時。到了半夜突然一睜眼時就好像不知不覺地墜落在那黑暗的、寂寥的牢裏似的，以後的心情比最初睡不着的時候還要壞。因此，到了近來知道反正是睡不着的，就像被罰着想到天明地一樣，始終呆望着黑暗裏面 —— 很頑固地、執拗地在黑暗中拚命忍耐地呼吸着。這個弄慣了也不覺得什麼，最苦的是無論怎樣要想到天明卻沒有可想的時候。那在他是比什麼都可怕的刑罰。他不獨被剝奪了「睡眠」，慢慢且會連「思想」都被剝奪去。

「咳，又是晚上了。」

這樣想着，他和普通人相反對，好像說「現在又得做一回工」了。到了沒有什麼可想的時候黑暗已經不是外界了。腦筋裏面完全是黑暗的，他的眼睛連它那裏面的空洞都得注視。這空洞的證據是到了第二天早上一點什麼也不留在記憶中的。

那天晚上穗積可有了什麼可想的呢？或者依然是到了第二天早晨就要消失的泡沫一樣的東西呢？——不，睡不着的穗積的眼裏只映着他和朝子第二天早上重複相對的情景。他對着她想要說的話的每一節就像遠處來的聲音似的幽微地送到耳底。對啊，我有應該問她的話。我曾說過直到她給我答覆為止任等多少年都可以。……一年、兩年、三年、四年，……從那時候起到現在已經是五年了。我是這樣等了五年的歲月。其間生了道子也長得那樣大了。可是她安排讓我等到什麼時候呢？或是忘記了讓我在等着嗎？或是因為時效已過現在也沒有答覆的必要，就不答覆大體也應該知道了，知道了還要始終等着那只能算是我這方面的戇頭嗎？「可是朝姑娘，你可不能這樣馬馬虎虎的下去。」他好像喚着她的幻影一樣向黑暗裏這樣說。「我也許太戇了罷，但若不從你的口裏聽到明確的回答，任等多少年都願意。那不是我們最初的約束嗎？」……如是她的幻影什麼也沒有說，只見她嫣然地笑着。「朝姑娘，請你給我一個回答罷。」穗積再催她一次。「趁今天這個機會一定要請你答覆我。因為你和我兩個人單獨談話的機會恐怕以後不見得會有的。」那時候她低着頭聽見她深深地漏出一聲哀切的嘆息。「穗積先生」，她說。「請你饒了我，別再問我那個罷。因為我想我該早已經答覆你了。⋯⋯我雖沒有說出口，可是我已經用態度充分地對你表示過了。⋯⋯再要說什麼的時候我固然很痛苦，就是你聽的人不是會更加痛苦嗎？」⋯⋯「哦，那麼我才明白了。真是充分明白了。」穗積反覆着這樣悲痛的言辭。「剛才這話算是我等待了五年的你的答覆了。無論怎樣痛苦，⋯⋯我就是想要得到這一句話。」⋯⋯可是，以後的他要怎樣才好呢？回答已經從她得到了，一縷的希望也從此斷絕了。這雖早就預想過的，但卻是多麼的寂寞啊。「從今以後我到底靠什麼去生活呢？⋯⋯我還是太性急了，先還是不問她的好。⋯⋯」

直到第二天早上，從窗子縫裏射進白白的朝光的時候為止，穗積終於眼皮一合也不曾合。後來朦朦朧朧地也不知是做夢是醒着地盹了一刻子，大約是三十分鐘乃至一點鐘光景。⋯⋯其間腦筋裏依然不斷地像起來了一樣。但睜眼一看時只聽得下女推着廊下門板的聲音，屋子裏完全明朗了。

「穗積先生，今天可起得早呢，現在不是剛八點鐘嗎？」

臉泡泡的啣着牙刷走到廊下時，下女這樣的說，很怪地望着他。

「為什麼？八點鐘起來不應該嗎？」

「可不是很稀見的嗎，你平常總是要睡到正午的。」

「那不是睡着啊，那是在被窩裏起來着哩。」

「那麼，今天給你拿早飯來罷！」

「趕快拿來。回頭我要上一個地方去。」

「咦！上哪裏去？」

「到愛人那裏去一下。」

「啊呀，穗積先生也有那樣的人嗎？」

「難道我就不可以有嗎？你別瞧穗積先生不起罷。」

穗積自嘲似的笑了。

那天是從昨晚起的風沒有停止的一個晴爽的寒朝。到了約好的十點鐘去訪她時，娘姨告訴他「太太剛剛出去了，可是一會兒就要回來的，請你等一等」，便引他到樓上屋子裏。一間朝南的很當太陽的八鋪蓆子的屋子，添田把他做了書齋兼客堂，平常老是弄得一榻糊塗的，今天想是因為主人不在家罷，反而收拾得清清雅雅，擦得光光的紫檀木桌子上擺着一個小小的玻璃花瓶，插着幾枝 Cosmos 花，一線線的勻得很平的那磁火缽裏的灰裏溫溫地埋着紅的柴炭。穗積一進到那裏面去首先看見那整齊的房子裏早已經預備好了一個很溫暖的墊子。「可見她還是為着我才做了這樣的準備去的。」這種周到的灑掃是對他的至少的盡心。這樣一想他心裏又舒服了一點。眺望着玻璃窗那面的青空靜靜地抽着香煙時覺得很不愉快的昨晚的記憶毫無痕跡地掃去了。

格門外聽見匆忙的木屐的聲音，道子叫着「媽！」跑出去時是經過了三十分鐘以後的事。

「道子，今天很冷，別到外面去，在家裏和阿花玩罷。」

一邊說着走上二樓來的朝子還呼呼的喘着氣。

「我是趕忙回來的，可是你已經等了好久嗎？」

那麼說着她一邊脫着絨繩子圍巾緊靠着火缽坐了。因為是冒着虎虎的寒風走來的，兩邊的臉凍得像要皴似的發硬起來卻很鮮艷地帶着紅色。

「噯呀，真是沒有這樣冷的。手指頭幾乎要凍脫了——這是怎麼一種天氣哩。」

「這是因為偶然起得太早了些罷。」

「沒有的事，我並不是那樣睡早覺的啊！我看穗積先生倒不是今天起了一個早床嗎？」

「我八點鐘起床很稀見地吃了早飯，給女僕笑了哩。」

「怎樣笑你呢？」

「說是少有的事。該不是着了什麼魔罷。」

穗積今天「着了什麼魔」——這句話不和她是怎樣的解釋的，鼻頭裏「唔哼哼」地含着苦笑，低下頭望着火缽上。

「那麼，款子已經籌好了嗎？」

「籌是籌好了，不過還不夠一百塊錢。」

「多少？」

「怎麼樣也只籌得八十塊錢，真是沒有辦法。」

「照添田君的信上不是滿不在乎地說百來塊錢總是有辦法的嗎？」

「那他自然是滿不在乎的哪。自己跑到箱根去等着寄錢來就成了 —— 可是我今天一清早跑過三家當店了。」

「因此才籌足了八十塊錢嗎？」

「不，那怎麼夠。」

這樣說着搔着頭的朝子的眼裏含着自憐似的微笑。

「無論哪一家也不肯當五十塊錢以上。沒有法子才把用道子名義存下的郵政儲金拿出來了。」

「連小孩子的錢都拿掉太可憐了。」

「可憐也沒有法子。這麼一來家裏一個錢也沒有了 —— 清清爽爽的也許要好些。」

「你是這樣也許要好些，添田君可要怎麼說呢？ —— 假設他說這可不夠，不寄一百塊我不回來，那怎麼辦呢？」

「那我不知道要怎麼辦 —— 我的東西這一來都進了當舖了。」

「不是還有添田君的東西嗎？」

「那有是有，不過他的東西我從不曾動過。因為你知道他是愛考究的。」

穗積好像臉上猛然着了一下。小孩子的東西都可以犧牲但不肯動丈夫的東西 —— 這是她的本心了。他不覺抬頭望着她的面貌。她那眸子裏含着純真的氣宇，就像那天早上的日光似的朗爽玲瓏地輝耀着。那是不可言說的高貴的情緒洋溢着的，自從他和她相知多少年來才看見的異常美麗的容光。

剛才還凍得紅紅的臉兒早又像玉似的潔白，因為她低着頭，那從衣領裏罅露出來的粉頸上的肉色，甚至使人覺得妖艷動人。長野的時代——「照千代」的時代她並沒有這樣豐肥。及至嫁給一無情的丈夫每天受着虐待，反而漸漸變得治家理事的老婆似的胖起來。老實說，穗積今天以前對於她這種心安理得的、容光煥發的胖法不能不感一種不滿，可是這樣對着她看起來雖沒有照千代時代那樣純淨的丰韻，可是她依然還一點不曾失掉她特有的美點，依然是足以牽引他的心魂的朝姑娘。這真是想不到這個甘受辛苦的、極天真純淨的太太究竟哪一點不好，使添田那樣的討厭她呢？——他這樣想着，望着她那豐肥的、白淨的手頸子。那擱在火缽上的兩個手的指頭究竟因操作過勞露出節骨，皮也弄得有點粗糙起來，但就是這樣，在他的眼裏也覺得是很樸素可愛的。

「那麼，朝姑娘這樣辦好不好？——」

在短短的沉默後，穗積說。

「我這裏有五十塊目前還用不着的錢。假使你那方面沒有什麼不便的話，我可以把這筆錢借給你一下。……」

「您說什麼？」

她好像懷疑着自己的耳朵一樣，這樣說着，她圓睜着頂大的眼睛。

「對哪，你也許覺得奇怪，我哪來這筆錢呢？……這樣說好像有點可怪似的，我可不是特意為着你從別地方籌來的。是因為從鄉裏寄來的病院的租金偶然還剩下五十塊沒有用完。並且我這些日子也不是那樣的窮文人，多少也可以收入一點稿費，所以目前這五十塊錢也沒有什麼用。⋯⋯」

他感覺得朝子的表情忽然呆板、緊張起來，但他依然用寧靜的口調繼續着說。

「因此，你覺得怎麼樣呢？與其使用小孩子的儲金，何不拿這個對付一下呢？我已經把那筆錢帶到這裏來了。」

「回頭添田可會怎麼說呢？」

「這我想沒有什麼可說的了。回頭由我把情形告訴添田君，等他手邊寬裕的時候還給我好哪。⋯⋯」

「可是那樣寬裕的時候一輩子也不會有的啊。因為他有了錢都在別方面花得乾乾淨淨，無論怎樣非還不可的債他都老是不肯還的；這是他的脾氣。⋯⋯」

「啊，他那種脾氣我也曉得的。因此就萬一不還給我的時候我也沒有什麼。」

「不，對不起，我不能讓你那樣的費事。」

這樣堅決地說了之後她緊緊地閉着嘴唇，但同時一顆顆的放光的東西落在火缽的灰裏。

十三

「那麼，你不能接受我這筆錢嗎？——」

穗積好像給這樣說着的自己悲痛的聲音感動了似的，說到這裏停了一下。朝子一隻手放在火缽邊上，一隻手抓着火筷，那樣凍硬了一般地俯視着灰裏面。

「那樣做不是很好嗎？幹嗎那樣拘執呢？」

「也不是那樣的緣故，……因為就不這樣也已經麻煩了你好一些事情了。……」

「哪裏，那我一點也沒有什麼。」

「這怎能夠沒有什麼呢？」

眼淚忽然急雨似的一顆顆地落在火缽裏，在炭火上面「淒」地發着微微的聲音蒸發了。瞧不見低着頭的她的臉兒，但瞧見她的鬢髮在顫抖着，瞧見吞着嗚咽的她那喉頸的周圍鼓脹起來，瞧見她那背脊的筋肉在抽掣着。「哭了，哭了，她終於為我哭了」——很不可思議地這種感謝之念首先壓迫着穗積的心胸。同時他覺得在自己的眼裏也湧出了溫熱的東西了。

「謝謝你，朝姑娘。……」

隔了一刻穗積說。

「……我只要承你這樣說就很滿足，這樣就成了。因為只要你把一句話慰藉我就成了。……」

「……不單是添田欺騙了你，就是我，……就是我也欺騙了你。本來早想向你道歉的，可是一直不曾有過這樣的機會，所以就沒有說。……」

「哦，這樣的嗎，那麼我懂得你的意思了。不，我早已懂得了，因為我是執拗的性兒所以總等着你照從前所約的清清楚楚地答覆我的那一天。五年之間，……從那時候起到於今正是五年了啊。」

朝子依然臉向下面抽着洟。她對於穗積說的每一句話都像承認是不錯的，小孩子似的點着頭。穗積心裏想「現在可以分別了，和這個女人真正分別了。」分明是早已想到的事實，但看着在眼前哭軟了的親愛的人的樣子，心裏覺得不想離開她的愛慕之情更加強烈地咬着他的胸臆——「我在你給添田君虐待着的時候始終在明裏暗裏不離開你的旁邊。不管你是怎樣想，我這方面決計把你當作我『心妻』，可是既然聽得你的回答了，那麼從今天起我也沒有來幫你們多餘的忙的資格，也不敢再把你當作什麼『心妻』了。我完全輸在添田君手裏了。雖然心裏有些不服，但只好承認這是事實——朝姑娘，請你把這個當我分別的話罷。像這樣我們兩個人說話的時候以後恐怕不會有哩。」

突然朝子伏在几上，抖顫着身體用激烈的聲音嗚嗚地哭着。

好一會，穗積默然讓她那樣哭。等着她哭夠了再說話。

晴朗朗的、給颯颯的寒風吹乾淨了的早晨的天空，太陽豁然開朗地照耀着屋子裏。充滿着悲哀的穗積的眼睛裏覺得那種明朗與普通早晨的明朗不同，非常的清澄、非常的透徹，就好像把自己和她永久關閉住的水晶宮裏一樣。「什麼時候有過這樣美麗、這樣悲切的早晨呢？」這樣想着，他望一望灑掃得很整潔的屋子裏擦得亮亮地反射的紫檀桌子、火缽的肚子、正廳上的柱子與框子，…… 到眼裏的東西都燦燦地放着光。只有隨着她每次哭着時身子的扭動微微地搖擺着的 Cosmos 花和他吐出的濃紫的煙圈兒，只有這個在那明朗澄澈的空氣裏動着。

「那麼，你安排從今以後再不見我了嗎？」

這樣說着，朝子可沒有止往哭。說話的聲音失去了調子，它的某一部分幽細到不可聞，另一部分裂帛似的尖銳。

「那是得想法子不見你的。添田君若是回來了，想和他細細地談一回話，充分得了他的理解以後便斷絕朋友的關係。本來呢，從那時候起我和添田君已經不是朋友了。卑怯的我、無志氣的我，因為想要看見你，才裝着和他做朋友的樣子。」

到這裏穗積加強語氣說。

「那麼，朝姑娘，請你把那錢拿出來罷。我現在去打電報匯款。因為要不趕快送去又要回不來了。」

「不，這錢我自己匯去！」

朝子堅決地否定了。那正好像給什麼發作襲來了一般的狂易的口調。

「可不 …… 可不是嗎？你又不是他的什麼朋友，怎麼好隨便麻煩你呢？」

「何必那樣說呢，這是我對於你夫婦倆最後的義務啊。」

「你已經完全盡過你的義務了！只有我們才是對不起你！請你和我們絕交罷，這是應當的啊！」

「可是叫我匯錢去是添田君的意思，是你的丈夫的吩咐啊。」

「無論添田是怎樣說的，回頭讓他生我的氣就是了！請你別管我的事罷。反正我 …… 這一輩子我是不想過好日子的啊。……」

「朝姑娘，你這不是太、太過了嗎？」

穗積不覺高聲地叫了。一句話裏含着五年來的長恨。很意外的今天她這樣執拗的舉動難道是想要竭力掩飾她心裏的悲哀和痛苦的嗎？「這一輩子我是不想過好日子的了」—— 這樣說着的她的心裏難道對於穗積的昔日的愛情還有幾分餘燼嗎？可是，假使那樣不是更應該別說那樣固執的話而接受他臨別的盡心嗎？

「請你原諒我！因為再要麻煩你的話，我的心裏可太過不去了。」

穗積當她這話是「已經用不着你了，去罷」。

「那麼，少陪了——這就是我和你的分手了。」

這麼說着他把香煙盒子收到袖兜裏了。只是還想看那伏在几上哭着的朝子的臉兒一眼做個紀念。

「穗積先生！」

她不意地站起來追到紙槅子邊說。

「請你千萬忘了我——只當這個世界上早沒有那時候的朝子了。並且希望你成一個了不得的人——比添田更了不得的、更偉大的作家。」

「謝謝，能不能可不曉得，不過我總竭力地酬達你的好意罷。那麼，你也多多的保重。」

臨下樓梯的時候他迴轉頭來投了最後的一瞥——向那失去了支持身體的氣力斜靠着柱頭歪着鼻子和嘴哭着的那親愛的人的影子上。

十四

「添田君：

箱根那邊怎麼樣好？想這時已經回來了罷。

你不在家的時候，靠着你給我的機會，我和你的太太談過了。談了一些什麼這你大概已經由你太太那裏聽見過了罷。關於這個我想見你一次，這幾天能到我這裏來麼？因為我這方面已經不想來奉訪了。」

穗積發出這樣的信是第二天晚邊。雖然現在就見了添田好像也沒有什麼話好說的，但一想起那太突兀的昨天早晨的事，覺得還想藉她丈夫再惜一次別。同時也含着想要看看在添田的面前很男子漢大丈夫地承認自己的失敗、宣告絕交的時候添田會是怎樣的顏色的好奇心。「添田君」，他想這樣對他說 ——「長遠攪擾了你了。你像在客人的腳邊騙錢的、趕集的小販似的把我愚弄得夠了。我也為着想得到施予，甘心受你的侮辱，叫花子似的向你乞憐。你固然不好，我也太卑鄙了。無論怎樣我自己也對於自己實在太失望了。從今天起我想再也不學那種叫花子的行為。你應該也覺得清爽得多罷。」—— 假使這樣一說，添田不會感着寂寞嗎？心思壞的人一旦失去了那發揮他的壞心的對手，一定要覺得寂寞的。穗積若從他離開，添田也沒有像從來一樣虐待朝子的爭點，他會像剝奪了刑具的獄吏似的無聊罷。

但添田不知怎麼，後來並不曾來過。這種在穗積是無聊的日子不覺過了一個禮拜。也許添田想就這樣絕交罷。他是想既和朝子訣別了用不着去再見穗積嗎？既然不來供我愚弄就用不着那樣的人。不如這方面反給他一個不理 —— 為着使人痛苦、使人飲泣始終是執念很深務必做得很刻毒的添田，就在這個時候也還要使他的拗性嗎？

「你雖然說再不要學叫花子的舉動了，可是不學了以後覺得怎樣呢？不是雖然忍受些侮辱卻還是時常能看看朝子的臉兒在你要幸福些嗎？假使你後悔的話再做叫花子來我這兒罷。我隨時都愚弄你的。」

在穗積的眼裏映着敵人含着那種嘲笑等着他再去乞憐的樣子。

可是這就是最後的、快到完場的孤獨嗎？以後再不會有苦痛來了嗎？所謂別後的寂寥就指這個境界嗎？自己現在住着的地方是那樣一個可怕的牢獄嗎？這樣反省時，穗積瞧了瞧自己的身邊。到昨日為止要想看見時便可看見的人現在已經不能看見了 —— 只要不老想着這一件事，他也不覺得有什麼大不了的悲哀。辛酸苦痛從前已經嘗過多少次了。給人家拋棄、欺負、羞辱也不在乎了，慣了。這完全痺麻了的他的心能夠冷靜地、平和地就像別人的事情一樣凝視着這「最後的孤獨」了。那是一種不可思議的，就像無風狀態一般的心緒。同時也覺得莫非因為打擊太大，結果一時顯不出來，要經過了一個月兩個月才慢慢地會湧現嗎？

有一天早上，是離分別之後約過了半月光景，剛洗過臉的穗積還穿着睡衣，凭着窗子一面喝茶一面展開報紙的時候。

「已經起來了嗎？」

這樣說着，一位女客從紙槅子外邊走進來，那便是朝子。他雖然覺得有些意外，但一看見含着笑的她的眼色的那一瞬間，穗積也不覺輕輕地答道：

「啊呀，請進。」

她是那樣平靜地裝着就像完全是當然的事似的進來的。

「怎麼樣了？又有了什麼事嗎？」

「是啊，添田到今天已經有十天沒有回家了。我想問你或者曉得他的地方，所以來拜訪你的。……」

「我這裏也沒有一點消息，可是該已經不在箱根了罷？」

「那第二天就從箱根回來了，在家裏住了兩三天就一直沒有回來了。」

「那麼，看見了我的信嗎？」

「看見了啊 —— 他還在我的面前讀給我聽了。」

「他說了些什麼沒有？」

「他說『唔，暫且別管他怎樣罷。雖然說不來了，回頭看我叫他再來』。他做着怪樣子笑了哩。」

「唔，這倒像添田君說的話 —— 那麼，因此在叫我到你那裏去以前，倒先使你來我這裏了嗎？」

「可就是哩。—— 雖然本想是不好意思來的。」

這樣說着的時候，她的臉上才帶着兩點難為情的紅暈。

「我想添田一定同那個女人一道住在東京的什麼地方 —— 是什麼地方呢？你猜得出是什麼地方嗎？」

「猜不出 —— 不過幹子每晚要上戲館唱戲的，問問幹子不就曉得了嗎？」

「可是我怎麼好上幹子姑娘那裏去問她呢。」

「那麼，你是說要我代你去問嗎？」

「是啊，對不起。」

「我也想大半是這麼回事。可怎麼啦，那樣嘴硬的。」

穗積用開玩笑的口調說，一面嬉嬉的笑着。

「不是說以後不拜託我做事了嗎，現在那種威風呢？」

「還是除了拜託你沒有別的法子想了 —— 那麼你是說不肯替我去問嗎？」

「這可難說，高興的時候也不妨替你去問問的，不過上趟的話可取消嗎？」

「好啊，取消了罷 —— 因此你千萬替我幫幫忙啊。」

「若是問明白了地方，你去見他嗎？」

「我去有點不好，你不能也替我去嗎？」

「反正是你拜託我一遭，我不妨順便去一去，不過我總不好用繩子把他拖回來啊。」

「那自然不必那樣，他若是不回來就不回也不要緊，只請你傳傳話就得了 —— 家裏現在真沒有辦法。兩三天以前執達吏來把什麼都發封了，說這個月十號以前，若是不設法籌到錢就要把家裏東西拍賣哩。」

「哦，那倒沒有曉得 —— 添田君怎麼又借了那許多錢嗎？」

「因為玩得太厲害了，單止透支稿費怎麼樣也不夠用。他不管是印子錢也好，什麼錢也好，一點也不思前慮後地胡亂借來用。」

「那麼只要說家裏因為這個緣故弄得沒有辦法，要他把高利貸這個問題解決一下就夠了。不回來也不要緊，是不是？」

「那他能夠回來固然更好，但若是勉強催他，他反而要執拗起來的，所以我安排老老實實地等着他 —— 我想他總不會一個月兩個月不回的。」

「這很難說 —— 假使隔一個月兩個月也不回來可怎麼辦呢？」

「討厭，別那樣唬嚇我了。」

「這有什麼，你不是很安心地說『不回來也不要緊』嗎？」

「我哪裏是安心哩，我是太受着他的欺負已經成了慢性了 —— 假使真到了不回來的時候，那我也會親自跑過去，恃蠻也要把他拖回來的。」

「真的嗎？丈夫是那樣一種好東西嗎？」

「不應該好嗎？」

「不是不應該啊，我不過說添田君太幸福了啊。」

穗積這也原是當着笑話說的，但他的嘴唇上的微笑消失了，聲音纏綿在喉嗓裏卻無法掩飾。朝子的表情也同時變了。她故意不回答男的嘆傷，像畏懼他的視線似的低着眼睛默想了一回，便完全說着另一回事。

「可是我想今天也許不能見着你哩。我想你不會說『不是約好不見了嗎？來幹嗎呢？回去罷！』」

「因此你才不要人通報走進來的嗎？」

「不是，我是請過他們通報的，娘姨說『在家，請上來罷』，就把我帶進來了。」

「假使我說『你回去罷』，可怎麼樣哩？」

「那你可別想我隨便就回去罷。像這樣進了這屋子，我想恃蠻也得拜託你的。」

「早曉得這樣把你推出去，不許進門就好了，咳，可惜了。」

「哼，哼。」

朝子鼻子裏笑了。

「那樣的事我是慣了的，嚇不倒我啊。」

穗積漸漸在談話中間覺得自己的心裏發生着一種說「憎惡」—— 許稍為弱一點 —— 是一種對於這女人的淡淡的反感。平常一和她相對，不管後來怎樣，總先覺得自己浴在一種甘美的情緒中間，但今天不知什麼緣故和平常不同，他的心情怪尖銳的。那一來許是自己的心已經那樣的粗獷了，但朝子今天早上確也變了。訣別的那天那樣頑固、那樣執拗的她怎麼會這樣寬心地跑來呢？從前她固然也有悠悠不迫的地方，但那種悠悠不迫之中從不曾失去她那特有的純真。今天早晨的舉動卻有些地方甚至使人感覺得有些厚臉皮了。而最使穗積不愉快的是藏在那種厚臉皮裏面的她那種「不自然的貞淑」。她不是以穗積為目的而是想念她丈夫到這裏來的。僅僅為着想要知道她丈夫的地方，不惜把她的性子和體面都不顧，蹂躪那個誓約跑到這兒來。若許他進一步猜想時，她不是明明料得定懦弱的穗積沒有拒絕她的勇氣才來的嗎？她不是那樣打着無心的笑臉獻着媚態來做她的辯解嗎！—— 這若是昔日的照千代，決不是能弄這樣的手段的女人。穗積所戀愛的朝子應該是使人想像為一切虛偽的東西、技巧的東西的完全相反的一個高貴的女性。

「她也許和我一樣以那最後的一天為轉換點沒落起來了罷？」

他這樣想着，目不轉睛地望着還含着笑的那啞謎似的女人的眸子。

十五

添田躲的地方是離鐵道省線的鶴見車站不遠、靠近山窩裏的 Radium 溫泉的藥草園，這是專供人們帶女人來住的旅館。朝子到公寓裏來的第二天，上戲院子後台找幹子問好了地方的穗積立時就轉身去找他，到了那裏已經是太陽下山了。蒼蒼鬱鬱的寬廣的亭園，這裏哪裏有用樹木圍着的瀟灑的廳室，倒是一個比預想的要好得多的地方。

「啊呀，你畢竟來了嗎！」

添田一見了穗積的樣子就好像早等着似的，這樣說着哈哈地笑了。那房子是離本屋很遠，新建築在那白天裏可以望海的空氣新鮮的崗子上的一所別館，蓆子和木料一切還帶着它的本身的香氣。燃着非常強烈的白光的電燈的屋子裏散亂着各種色彩絢爛的女人的衣裳和飾物。添田也披着像什麼時候幹子縫過的條了緞的褞袍，在長火缽前面打着盤坐，用煙管吸着金絲煙，也許是正坐在電燈光下面的關係罷，比平常還要顯得又白又胖，那種樣子就像個「妖冶的情郎」。

「那麼幹子姑娘也住在這裏了？」

「唔，那傢伙也找到這裏來了 —— 怎麼樣？你看我們這新家庭的樣子？」

添田志得意滿地這樣說了，把屋子的周圍很會心地望了一轉。

「這裏真是一個很幽靜的地方，我每天寫一點點稿子，因為晚上幹子是不在的。」

果然，裏面那台子上，積下了二三十張正寫着的原稿。照那樣子添田似乎早就安居在這個地方，一面和幹子夫婦一般的過着日子，一面從事創作，目前想他歸家是沒有望的。

「我今晚可不是因為上次那封信上的事情來的 —— 反而好像是替朝姑娘來做使者的。」

穗積把昨天的事大體對他說着的時候，添田不過用鼻頭「哼，哼」地應着，忍俊不禁地聽着。等他的話告了一段落，添田才敲着煙管說。

「那麼大體都和我的想像差不多了。」

「你的想像是怎麼樣的？」

「我住的地方不曉得了，朝子心裏很着急跑到你的公寓裏去求你，那麼一來你也不好不見朝子，結果只好受了她的拜託。然後你到幹子的後台去，要她告訴我的地方 —— 我想反正總是這麼一個順序。前幾天我就對幹子說了，穗積快要上你的後台來哩。」

「那麼，你難道是以這個為目的才離開家裏的嗎？」

「不是說目的如此，我是說我若把住的地方瞞住了，事情便會是那樣發展的。」

「可是你看着我的信的時候不是聽說你對朝姑娘這樣說過嗎？ —— 他雖說再也不見你了，我偏要叫他見你。」

「唔，是說過這樣的話，並且事實上不已經是這樣的嗎？」

「因此我就是說這個啊 —— 你瞞住你的地方自然目的也許僅僅在那一點罷。想要和幹子姑娘一道住許是主要的動機罷。但至少你不會感覺得一種興趣，以為這麼着那兩隻傢伙一定要會見的嗎？」

「那是感覺，不是目的。不過那種興趣是有的。但興趣是自然湧出來的，對於那個我想我不應該負什麼責任。」

「責任自然在我，即算你的目的是在那裏。但凡我的意志堅固也不會有這樣的結果。總之，我不說過嗎？我完全給你料定了，始終總陷入你的圈套，這使我不服氣得很啊。」

「阿哈哈哈。那有什麼值得那樣不服氣的呢？」

添田把兩個手插在縕袍的懷裏，用那手輕輕地拍着胸脯，好像很高興的樣子。因為想表示那種綽有餘裕的態度，他故意把臉向着旁邊聽着穗積的談論。

「可真是不服氣啊。因為好像不知道要怎樣給你播弄才夠——也許是我的瞎猜，就是你前些日子由箱根寄來的信不也是一樣嗎？那封信並沒有特意寄給我的必要。單止要寄錢的話直接寫給朝姑娘不就得了嗎。」

「那麼，照你的意思，那封信該怎樣解釋呢？」

「你不說你不想讓朝子知道你的地方所以拜託我嗎？可是這不過是口實，我想你的真正的目的是讓我和朝姑娘兩人見面罷。因此看他們兩人談些什麼話罷。說起來好像這麼一種開玩笑似的意思……」

「哈哈哈。原來你是當作那種意思嗎？……」

「那麼，你本不是那種意思嗎？」

「那多少也許有那種意思，可是不管我的目的在哪裏，反正你接了那封信的時候一定說『這是好機會，此機不可失，趁她丈夫不在家去見見那個女人罷』。你沒有這樣想過嗎？」

「那是想過的，老實說，和朝姑娘單獨見面的機會我不知等了多少年。因此，接了你的信的時候雖然覺着眼見得墮入了你的術中，但我想人家既然要我中計我就將計就計罷。抓住這個不再來的機會罷。」

「那麼說，不是半斤對八兩嗎？不，說起來你還得大大地感謝我哩。」

「是啊，我在某種意義很感謝你 —— 整整五個年頭第一次我才能夠和她談話，這確是虧着你的力。你給我的機會即算是出於惡意，在我也是可感謝的。因此，你的惡作劇若就是那樣為止，那真是沒有什麼可說的了……」

「那句話是什麼意思呢？我有點不大懂得……」

「不，我這時候並不是來埋怨你的，你可別那麼生氣。我所說的也許在你覺得滑稽，不過請你虛心坦懷地聽罷。」

穗積因為自己所說的漸漸激烈地、爭辯地，帶着刺入對方心坎的緊張味了，好像連他自己也覺得可怕起來，趕忙打着掩飾那種調子的怯懦的笑臉說。

「說『等着機會』好像有點不穩當，反正就是說『我想同她兩個人談談話』。看着情形我想聽到從前的回答 —— 就是老早以前和我約過的那回答。本來到了現在就不問反正也曉得了。不過約束是約束，不由她本人口裏清清楚楚地宣告出來我是不甘心的 —— 就是，不管你怎樣，我的心事是沒有了的。」

「哦，原來如此。」

添田依然裝做不曉得似的用嘲弄的口吻說。

「那麼朝子怎樣的呢？你們談得很親熱嗎？」

「不，一點也不親熱。我想她怎樣也應該對我講幾句親切一點的話，也許我說話沒有說得好罷，結果非常的不滿意。」

「那麼，『從今以後再不見面』的話究竟是誰說起的呢？」

「是我說起的，可是朝姑娘那樣執拗的態度，也迫起我要說出那樣的話來——自然那就在我也早已想到這樣的結果，但沒有想到來得那樣急促。分別就分別，不過總得稍為有點什麼……供人回味的餘情才好。……」

「哈哈哈哈。可是那可不能怪我啊。你是怎樣想的？難道說我和朝子商量好了故意叫她那麼執拗嗎？」

「不，那錯了。我所說的不是那個。不滿意是不滿意，但因此我也懂得朝姑娘的心了。假使就那樣分別了反而可以斷絕癡情。可是你的惡作劇並不停止，好好的分別了的，你又使他們會面——這你也許說不是惡作劇，——但怎奈這是很討厭的。」

「討厭的？為什麼？」

「為什麼呢？——一句話就是我不高興再做討飯的叫花子了。」

「『做討飯的』是什麼意思，再詳細一點說罷。」

「可不是嗎？從前的我為着要和朝姑娘見面不是老來求你的慈悲嗎？我被你看清楚了心事，把我戲弄得一榻糊塗，但我不是一點事情也沒有還得追隨着你嗎？」

「唔，那樣說起來也許不錯。不過可不是我要你做叫花子的罷。不是你自己高興做叫花子嗎？」

「那從前是這樣的。一點也不是你的關係。說起來還算是我太沒有志氣了，所以增長了你的壞脾氣。假使我不是這樣卑屈的人，你一定也不會那樣對你的太太不好，對於播弄人家也許沒有那樣高的興趣。因為有我這個人，你也變壞了，朝姑娘也吃着苦頭，連我自己也漸漸情性乖僻起來。因此像這樣交際下去，在我們三人都不好。……」

「可是我不覺得這樣。」

添田給他說了這一句之後，變成了想掩飾也無法掩飾的怪真摯的表情。他那眸子裏含着冰也似的冷酷。

「還是有了你在我們要好些。假使沒有你我想我更得對朝子不好。」

「那為什麼呢？」

「我的壞脾氣是生來如此的，這東西恐怕一輩子也改不過來。從前有你這個人在中間，多少還可以緩和一點，假使沒有你了，那麼就得朝子一個人受罪了——這種心理你恐怕不大曉得，但我很清楚。就是朝子我想也是一樣。既然反正是沒有好日子過的，有了你這個同情者時常幫忙，做做事情或是從旁邊勸慰勸慰，不是還多少有些靠岸嗎？並且任怎麼說你是她從前的愛人啊。……」

添田說到這裏粲然含着可厭的笑。

「可是添田君，那朝姑娘本人已經說過用不着我了呢。……」

「哈哈哈哈。用不着那樣悲觀罷。前次是走到順路上了，不能不那樣，到了現在她也不見怎樣討厭你哩。你瞧後來她不是又到你的公寓裏找你嗎？」

「那麼，你是叫我一輩子做朝姑娘的護兵嗎？」

「你不滿意嗎，做護兵？——你難道說任朝子將來怎樣都不管了，你已經不祝她的幸福了嗎？」

「沒有的事。就是不見面了我也時常在暗中祝她的幸福的。我所謂絕交，是想把我腦子裏關於朝姑娘的清純的記憶珍藏起來不讓它弄髒了。這在我恐怕是唯一的戀愛的紀念哩。」

「這是一種感傷主義，簡直像一個中學生的……」

兩個人是這樣談了好一些時候，一方面剛要短兵相接起來，一方面便馬上把它當笑話說開。因此談話始終不過是圍着一個地方打圈子。穗積所想要曉得的是添田為什麼緣故要那樣膠執地惡作劇，那樣使自己的老婆和朋友痛苦，究竟有什麼樂趣呢？這單是壞脾氣呢？還是在壞脾氣以外另有理由呢？——對於添田的心理作用他更加不懂起來，因此他就從好奇心說也想要知道這心理的真相。但無論追尋到哪裏去，他還是「不曉得」。

「好哪，現在既是和好了，你依然去和她交際罷。又並非我們兩人絕交，你也用不着什麼辯解了。……」

「這真是沒有法子，那麼還是做定了她的護兵嗎？……」

說着話時他們兩人中間不覺擺上了晚飯了，穗積又只好囉囉嗦嗦地紅着臉，搔着頭髮做添田的酒伴。「我是來幹什麼的呢？……對啊，對啊，朝子拜託我有要緊的事來的。關於那高利貸的問題……」在他想起了這件事時，添田自不用說，連他自己也覺得糊糊塗塗地喝醉了，正用很大的聲音說着笑着。談起高利貸的問題，結果徒然成了更加煽動添田的氣焰的材料。「怕發封時還可以倒高利貸的債嗎？值錢的東西都進了當店，就把家裏東西拍賣了也不值幾個錢。這情形高利貸那方面也曉得的。他不過說着嚇唬人罷了。因此但凡丟着不去理它，他沒有辦法了，自然會怎樣來妥協的。我時常用這個辦法害得那般東西向我告饒哩。」——他就像土匪頭子似的姿勢一隻手端着酒杯，一口口地很痛快地喝着，一面誇他怎樣欺負那些高利貸，穗積只好恭恭敬敬地聽着。

「可是太不管的話，朝姑娘固然不好辦，……就是給街坊鄰舍聽了也不成話……」

「不要緊，不要緊，讓它去罷。發封的事也幹過兩三次了，朝子大體也曉得是怎麼回事了。那傢伙不過故意拿那個做口實想迫出我住的地方哩。」

「可是總得有一個回信才好啊……要不然我也太不『忠人之事』了。」

「不，不做一次弄清爽在你不反而要便當些嗎？」

辛辣的嘲笑又開始了，但穗積已經沒有把那嘲笑當嘲笑的氣力了。他想既然這樣也沒有法子，率性什麼也依着敵人所說的做罷。「世界上的事情都看各人心裏怎樣感覺。我這裏說不願再見情人的面了，對方卻說偏要你見。那麼不是用不着客氣嗎？幹嗎要捏出一些古板的道理來逃避這個呢？說做叫花子難為情嗎？——哪裏，沒有的事。叫花子也好，卑怯也好，對方雖是壞心思來的，我卻超越這個。超人？——是啊，誰說我做不了超人。……」

到十點半鐘光景，從黑暗的院子裏聽見了一聲「我回來了」，接着幹子走進屋子來，這時穗積的眼色像從不曾見過這樣東西的驚惶失措。那穿着舞台上的綵衣般的極華麗的衣裳走上迴廊進到廳子裏來的她那濃艷的容光、婀娜的身段，不知如何在他的眼裏感着一種蕩人心魄的妖冶。於是重又喝起酒來，這下更使他酩酊大醉了。

「喂，穗積先生，請致意你的 Sweetheart。」

他給幹子拍着背直送到大門外邊，是那晚將近十二點鐘的事。

十六

上面說過的家裏要封門那件事果不出添田所料，高利貸那方面自己讓步，只要換過一張證書付一點點利息就可以結束了，但就在這個時候添田也沒有說要回家。「這裏有現金和圖章拜託你辦一下，因為這用不着我去。」他用明信片把穗積叫到他那裏來，就像差賬房先生辦什麼事的一樣吩咐了。從前本是朋友，在某一個時候也曾經是很兇惡的敵人，但這近來的穗積在添田的眼裏不過是很順從的奴僕，或是為着繼續發揮他的惡行的極便利的工具罷了。每隔一個月便去領月底的開銷送到朝子那裏去。錢不大夠用的時候，「好哪，就這樣對付着用罷」，把丈夫的橫蠻一字不易地傳給他老婆，又把老婆方面的訴苦轉達給她的丈夫。漸漸秋深了，天氣寒冷起來，「對不起，煩你送到鶴見那邊去罷」。朝子交給他換季的衣服，他挾着那縐綢的包袱到藥草園去，於是「謝謝你，謝謝你的」獎賞了他幾句，三次遇到一次地留他吃晚飯，要他陪着喝酒。

本來他不是那麼會喝酒的，但這麼喝下去時，穗積的酒量也不覺一天天的大起來了。只要喝一合就可以醉的，現在喝五合也沒有什麼困難了。雖然沒有覺得喝着很酣的時候，在某一些機會心裏很有點想酒喝。比方從藥草園回來的路上獨自一個推着酒排的門也不算很稀奇，但這確是從前所不曾有過的事。在某一張桌子的角裏，對着小的杯子像害羞似的，臉兒半遮在手掌裏木然地用手托着腮的他 —— 侍女走到旁邊來也好、飲客找他談閒談也好，只是沒有法子地笑一笑，和誰也不願說話的他 —— 知道這方面的他的恐怕只有穗積自己罷。他望着映在桌旁鏡子裏的消瘦的相貌時，常不由得吃驚：「這難道是我的臉嗎？」人類的臉是會隨着他的心境而有種種的變化的 —— 這個不可爭的真理不是從鏡子裏灼灼地窺着他嗎？「哎呀，我的眼色什麼時候會變得這麼寂寞、這麼陰險的呢？這難道是當年和那照千代談戀愛的男子嗎？額頭、眉毛、頰骨、腮旁處處都顯着暗淡的曖昧的陰影的輪廓。簡直像罪人哪什麼似的隨時不安地轉動着的眼珠，還有那不時泛到口邊的奸惡的微笑 —— 比起這個來，添田的樣子高尚得多了。映在這鏡子裏的這樣子可不是墮了地獄的靈魂、現了原身的惡魔嗎？」

「穗積先生，添田幾時會回來呢？」

說過安心等待丈夫回的朝子，藉着件什麼事情到他公寓裏來訪他時，好幾次這樣地說了。她丈夫離家以來前後快三個月了。三天、四天，有時候將近半個月把道子做對手哭着過日子的事也曾有過，但從不曾像這次這樣長久。平常是但凡等着時丈夫總是會回來的。可是到了這一次 —— 難道說「以後永久不回了」嗎？也曾想過什麼時候怕總會有一次這樣的事情的，但終於成了事實嗎？

「別着急罷，回頭他若想回許就會回來的，總之耐煩地等着罷。」

穗積半帶嘲弄地說，但她已經不能把這當笑話了。

「那麼，假使耐煩等着，一定會回來嗎？」

「那我可包不了。」

「可是包不了是不成的啊。我不是就靠着你一個人嗎？——穗積先生，你一定說包在你身上罷。」

怪可憐地仰望着蹺起腳坐在那窗頭的男子的朝子的舉動在他覺得又是可憐，又是可鄙。「為着丈夫的緣故利用昔日的愛人，她大體是這樣的心思罷。但是這麼着這女人可漸漸變成娼婦一樣了。」——這麼一想結局還是覺得添田可恨。

「那我也時常問過他，不過我去對他說同你去說是一樣的，更加使添田君執拗起來——看起來有我在這裏許反而不妙哩。」

「那我可沒有法子了——連你也那樣執意的。」

「可是有什麼法想呢？照添田君的意思，單只你一人沒有趣，非得連我一道來欺負不可，所以我在這裏更加不成。你不過是連帶一起的啊。」

「連帶一起的也不要緊。假使你為着我受人家的欺負，那我也情願讓他欺負的。」

「那麼謝謝得很。一定請你連帶連帶罷。」

假使對方是娼婦，我這邊便是無恥的東西，厚臉皮和厚臉皮聚在一道——這樣想着時穗積感到一種不可思議的快感。

「是啊，一定和你連帶的。到你替我把添田帶回來為止，不怕你討厭，我總是苦苦地跟着你的。」

「那麼，若是帶來了你就和我絕交嗎？」

「直到添田和幹子姑娘斷絕關係為止 —— 到已經不會有變更的時候為止 —— 到那時候為止我和你做朋友。」

「唔，好一個現金主義的人。那麼，務必使他們的關係不斷在我要合算得多了。」

「你多壞的心啊，穗積先生 —— 想法子叫他們早斷絕關係，你也早娶一個太太不好嗎？」

「誰肯到我這種給人家拋棄了的男子這裏來呢？ —— 你替我介紹一個嗎？」

「一定替你介紹的。可是非請你先把添田帶回來不可。在他回來以前你得是一個人。」

「那為什麼？」

「可不是連帶着的嗎？ —— 單剩了我一個人會要寂寞得沒有法子辦了。」

雖是無心地說着這樣的話，但女人的眼睛裏早含着淚珠了。「又哭着哩。」穗積心裏想，像以前那樣老是掩藏着眼淚固然顯得很疏淡的，但像近來這樣毫不知羞地對他流着也不知是貞女的還是娼婦的眼淚，可更加使他不愉快。「可惡的女人！」—— 有時候他忽然覺得全身的寒毛孔都豎起了似的，變着臉色用充滿着詛咒的眼光凝視着她。一面厭恨她，一面又不能不戀愛她，他對於這不長進的自己有時也不由得要痛恨。並且每在這愛憎的漩渦的後面總看見添田的白牙齒，聽見他那惡意的嘲笑的聲音。我自己承認完全輸了而那個人偏要加我更深的打擊，恨不得粉碎我的骨髓。不，他還不滿足，乃至使在這裏的這個女人變成與她的天性完全相反的不純的東西，使她成為僅僅不塗脂粉的賣春婦了 —— 穗積把他的思考緊迫到那裏時又覺得，「是啊，不錯。這個女人有什麼罪呢？使她這樣墮落的不如說正在她的溫順的地方，她的柔弱的性格的發現」。於是又由「憎」轉到「愛」，在她那眼淚裏面、媚態裏面、秋波裏面看出可貴的殉道者的苦惱，他甚至把這些尊為這世界上最高級的東西 —— 這種經過每逢見着她總要反覆一遍。

＊＊＊＊＊

「朝姑娘。你看過正月號的《新帝國》了沒有，那上面登的添田君那篇小說？」

因為那年的末了，已經快到十二月底了，新年號的雜誌都上了市。但她丈夫還一點沒有回來的樣子，為着託他去籌過年的費用，朝子來訪問的時候，穗積這樣說。

「看過了，我。」

「看過了覺得怎麼樣呢？那篇東西很成了問題啊。」

「哦？那麼，那是傑作嗎？」

「不，不是為那個意味成了問題的，自然那也是很有力的作品。」

那是標題叫「夜路」，在添田像是寫得很得意的一百多頁的惡魔主義的東西。略述那故事的梗概時是寫這裏是一個叫 A 的戲曲家，和他所關係的某戲院的女伶 K 子成了情侶。但一方面 A 有一個叫 F 子的妻子。其間還生了一個可愛的女兒。F 子是就在丈夫捨棄家庭和他的情婦同居以後依然對於丈夫呈獻着犧牲的愛，溫溫存存地受着他的虐待的極貞淑的婦人。A 與其說是丈夫不如說是暴君，F 子與其說是妻子不如說是奴隸。因此 A 就有 F 子也一點不妨礙他的享樂和 K 子的戀愛 —— 隨便一想好像是這樣的，但事實上 F 子的存在依然有妨礙。第一在 A 就是不高興 F 子的「貞淑」。為什麼呢？因為她太過於善良便越給他以精神的痛苦，引起他的良心的苛責。任怎樣想愛 K 子，但一見了 F 子心就軟了，覺得怪可憐的，這很妨礙他們完全的戀愛。他是享樂主義者，若不能徹底的耽溺於那種色慾，是不能滿足的。因此當然的結果他想他得把 F 子這個人從他的眼前，不，從他的心裏毫無痕跡地趕出去。

那時浮上 A 的心目上的是他的朋友、一個叫 B 的洋畫家。B 是 F 子的同鄉人，不獨從小就認識，並且在 F 子做藝妓的時代曾和 A 做對手爭奪過她，就是 F 子也決不是討厭 B 的。後來她屈服於 A 了，B 那方面長久抱着失戀的悲哀，到現在還是獨身。A 想假使她對於丈夫的放蕩忍無可忍，移愛於 B，簡直逃到他那裏去，不但 B 一定很歡喜，自己也免得良心的苛責，三方面都收束得很圓滿。這樣想着他故意給 B

和她以這樣的機會，或是特別唆使他們兩人。對於 F 子甚至給她這樣的啞謎說「B 還愛着你哩」。但 F 子說「怎樣能夠做那樣不合道理的事呢？」又說「既做了你的妻子便請放在你家裏罷，你愛別人那只怪我自己有不到處，任怎樣痛苦我總是忍耐的」。即算問「那麼假使我恃蠻把你趕出去可怎麼辦呢？」她說「那我還是不到 B 先生那裏去」。又說「假使到了那一天，我便帶着孩子回鄉下去，和那孩子兩人孤孤栖栖地過一輩子」。A 對於 F 子那種貞女態度更加沒有辦法了，用了種種手段去虐待她，但她依然很溫順地侍奉着。最後他把一個無情的丈夫為着要和情婦同居殺了他的妻子的情節編成了劇曲，在舞台上表演。他那實際的愛人女伶 K 子便演那情婦。某天晚上 A 帶着 F 子去看那本戲，露着兇惡的笑容這樣告訴她：「你瞧，那主人公就是我。我是那樣一種人，你看見覺得怎樣？你不覺得我可怕嗎？」但 F 子卻哭着逼她丈夫：「我給你殺了也不要緊。與其被你拋棄了，還不如請你殺了罷。」

F 子既然怎麼樣也不恨他，那只好由他這方強制地離婚了。但一想到她會帶着那可憐的小孩子去依那在故鄉開妓館的姊姊寂寞地、悲痛地過那牆角裏的日子時，A 的精神的痛苦一點也不減輕。那因為雖能把她從眼前趕開，卻不能由心裏把她驅遣出去。但凡她還度着不幸的餘生，但凡她還在這世界上的哪一角流着眼淚，那種啼聲縱隔着一百里、兩百里也必定要感通到 A 的心胸，擾亂他的魂夢的。別說沒有能除掉障礙物，他反而一輩子得受詛咒。結局 A 覺得無論怎樣想，沒有和她離婚的法子。假使這樣，那麼剩下來的只有唯有一個手段了。就是除了他做那戲曲的主人公，實行和那相類似的事情以外沒有別的手段。——

那自然也不是完璧的方法。但是 A 想與其讓她活着吃苦，不如使她從這個世界完全無影無蹤反而要愉快些。他至少不愁再受她的哭聲的威脅了，因為那時候她已經住在那麼遠隔的地方，任是怎樣哭，她的聲音決達不到這個世界了。……在那個時候只要想她是已經歸於「烏有」，那樣的人最初就不曾存在過就得了。A 漸漸堅定了這個可怕的決心，為着巧妙地實行這個，他做下細心的計劃和準備。自己好幾天不在家，一天晚上他伏在暗處，攔住由近邊澡堂裏回來的 F 子。「有幾句話要同你說，同我到那邊走一走罷。」悄悄地誰也不讓曉得地把她邀出來。

他帶着她走到預先調查好的沿着某郊外鐵道的一條荒涼的夜路，在那裏對她表明殺意。「我相信你是貞女，你事我極忠實，這是我良心上感謝的。可是因為你是貞女，你活着一天，我的苦痛沒有休止的時候。」—— 他是這個樣子說起頭。F 子最初以為又是平常那一套恐嚇的話，接着半疑半怕，最後知道她丈夫是當真的，嚇得抖起來，不覺扯着丈夫求他憐憫。「你同我既經到了這個地步已經沒有法子了。對不起得很，你只當是命該如此罷。」—— 丈夫最初充滿着夫婦般的愛情擁抱她，或是用以前預備好了的逃避不了的勸慰的話很溫和地促她的覺悟 ——「你不也說過與其被我抛棄不如被我殺死更幸福些嗎？既然是那樣愛我的話，就做我的體心的妻子死了罷。」「死也可以，只是小孩子不放心。」F 子說。「不要緊，那孩子我當作你的遺兒，一定好好地養大她。」丈夫反覆地向她誓約。是這樣 A 終於得了她的同意，扼着喉頸使她昏倒之後，把她拖到鐵路上去給火車壓。她的屍體寸斷在鐵軌的四處，不久便被發見了。但都把她當作悲觀的結果，鐵路自殺的。於是 A 很巧妙地達了目的。

看起來，添田寫這作品時大約是意氣非凡想用這小說的淒慘的場面和大膽的描寫使社會驚駭，以為這作品一旦發表，他的惡魔行為一定更給人們喝采的罷。但許是藥的效用過度了一點，社會上的驚駭出乎他的意料之外。說「作者的態度使人不快的」，說「在藝術的在人間的都使人起一種惡感的」，其他種種非難之聲紛然而起，漸漸成為囂然的一片攻擊作者。為什麼呢？因為這小說的主人公 A 其實是添田自己，F 子是他的妻朝子，女伶 K 子就是女伶幹子，還有洋畫家 B 就是穗積，那文字裏寫得非常露骨，無論誰讀了馬上會注意到的，單把它當故事看可太當真了。就是讓人們看見其中的「事實」了，於是在藝術的玩味以前先不能不感道德的氣憤了。也有人說「藝術家把他那廢頽的私生活悄悄地藏着時還可以忍耐，但，若把那個更施以殘忍的潤色堂堂地表露於公眾之前以為誇耀卻是不許的。應該把他從社會葬送。」中間也有加以更深入的批評的，對於添田發表這篇小說的動機懷着疑慮。那些人們說「這恐怕不是由純粹藝術的感興產生出來的罷。作者的目的恐怕另有所在罷。就是作者和《夜路》主人公為着威脅妻子而寫戲曲是同一樣的心境。作者用這作品一方面對他那可憐的太太朝子吐露他的嫌厭，他方面對於失戀詩人穗積氏加以中傷的嘲罵，並且可能的話，想利用這個來解決目下使作者苦惱的戀愛事件。假使如此，那麼作者的意向更可憎惡了」—— 這個推察誰都以為到某程度是中肯的。因為添田在今日以前曾多少次把他自己的戀愛事件做材料。那雖不像這回那樣顯露，但他假託作品來輕蔑妻子、嘲笑穗積、讚美幹子的事不止一次兩次。添田簡直像把自己的偉大、妻子和穗積的懦弱無能，多少次翻來覆去廣告社會，使他們注意似的。不僅這樣，就是為情婦而殺妻子的情節也不是從這一趟才開始的。隨便什麼的短篇作品中，雖和事實略異其趣不甚寫得顯明，但這樣結構的故事已經發表過好幾篇了。因此社會上看了《夜路》的時候受着一種「又來了」的印象。就是最初當做一篇「小說」讀過的人們這樣給他惡辣地反覆起來，也不能不抱反感。「那個人在小說裏面殺過他老婆三次了。」—— 這樣的流言使對於添田的文壇空氣很險惡，接着使報紙上的三面記事熱鬧起來，某一個報紙上甚至登出幹子和添田的照片。關於這個也有到穗積那裏來找材料的報館訪事。「你什麼時候寫過的那《一個獨身者的生活》和這《夜路》有怎麼一種關係呢？」拿這樣問題問他，他不知怎樣答覆的好。因着添田給人憎惡，同時他和朝子深得一般人的同情自不用說。

「你真是自在得很哩 —— 成了這樣的問題你還完全不曉得嗎？」

「那也不是不曉得，…… 不過我倒不要緊，卻對不起幹姑娘哩。為了添田挨着意外的唾罵。」

「今天早上朝姑娘很好看」—— 這樣想着，穗積以一種不可思議的心理望着那聽了剛才的話，像一點不覺得什麼似的含着很天真的微笑的她。她向明亮的窗子那方坐着，大半就因為這關係罷，她的容采顯得健康而愉快，那無神經的眼色使穗積看起來甚至覺得可羨。越是吃苦越是白胖，快要變成兩重下顎的喉頸那一帶，微帶蔚藍色地反射着天光的豐滿的臉兒，像小孩子似的白來很緊的手頦 —— 畢竟無論什麼時候都不忘記她的儀容，穿着緊峭的棉衣，時常梳着圓髻的鬢腳也理得一絲不亂，可是這個胸無城府的天真爛漫的女人已經在她丈夫的空氣裏殺害過三次了。…… 那胖登登的喉頸的周圍給擠餡袋子似的緊緊地搭着，那柔軟的純白的身體像豬似的給拖到軌上去，在這裏這樣微微笑着的那臉上給火車的輪子一寸寸地壓碎。…… 朝姑娘你不痛嗎？你那肥胖的手哪、腳哪、胸口，不是鮮血淋漓嗎？ …… 看看她那種愉愉快快地裝着沒事的神情，穗積與其覺得可憐，不如說有點怪滑稽的、很無賴的感想。

「幹子倒沒有什麼對不起她啊。我昨天到鶴見去過，看她本人　點也不難過。添田君也說『這樣反而要使她紅起來的』哩 —— 還是你覺得怎麼樣？讀了這個的時候作什麼感想？」

「晚上，看着有些害怕起來，後面的是在白天看完的哩」。

「白天裏看就沒有什麼可怕嗎？」

「白天裏看也真是可怕的小說，好像有鬼氣似的。」

「你要是在那樣的時候可怎麼辦，假使添田說要殺你的話？」

「會真有那樣的事嗎？」

「有沒有是另外一個問題，但無論你是怎樣不着急，看了那個總該有會想像那樣的時候啊。」

「我總竭力不想那樣的事，想起來更加可怕了。」

「早些日子有一個婦人雜誌的記者到我這裏來說『做藝術家的太太的是不是丈夫寫那樣的小說也毫不在乎的呢？』」

「後來你怎麼說呢？」

「我不知道怎麼說好，只說你去問問她們本人罷 —— 怎奈為着這個問題，許多記者，跑來找，我真是沒有辦法。單只那個還不要緊，那般東西還要說出許多好像同情我的話，可更使我生氣了。」

「說了什些麼呢？」

「那有種種的說法，中間也有寫信來的 —— 也有像這樣猛烈地說：『足下是多麼的沒有志氣。給《夜路》的作者那樣嘲弄着，有咬着指頭藏起來的道理嗎？為什麼不奮然而起，從那惡魔的手裏救出那可憐的太太呢？一點也用不着客氣，輿論全部是你的後盾。』到了這步田地，真使人生氣也不是，笑也不是哩。」

「我那裏也時常有女人們寄信來。最多的是說『可憐的太太，假使我處在你的地位應該是怎樣的心理啊。真真地同情你』—— 可是添田那裏一定也接着種種的信。他說了些什麼沒有呢？」

「他說『不愉快得很。要攻擊我的就來罷。要能夠把我打倒的就打倒試試罷』。他依然是氣焰很高的。雖是多少有些不服氣的地方⋯⋯」

「不要緊嗎？不會真正被打倒嗎？這樣給大家憎惡着。」

「哪裏，什麼文壇反正是馬馬虎虎的東西，用不着愁，什麼同情哩、公憤哩，那般東西馬上就忘記了。別說文壇，整個社會也都是這樣。」

在這樣說着的穗積的話裏可真吐露着壓不住的公憤。社會上攻擊添田不自今日始。他們時常罵着「惡魔、惡魔」的，但又歡迎惡魔寫的東西。添田之所以那樣得意忘形，一半是社會養成他的。就是這次在「打倒添田」的口號下不依然去問他的感想，拜託他寫稿子嗎？文士和女伶是一樣的，不管好壞只要著名了就紅起來。……

可是一看見那樣老老實實地擔心她丈夫會不會真被打倒的朝子時，他的公憤漸漸變成了私憤了。「到底是自己的妻子，添田很懂得清楚。你真是一個貞女，完全像那小說裏所說的。」穗積一個人肚子裏用很不舒服的調子說着。那感情露骨地表現在神情上，誰都看得出來。……

十七

這是那年完了到了第二年正月的事，三號傍晚五點鐘前後穗積在新年中第一次到藥草園去。但一走上廳子裏時，在濛濛的香煙氣味和杯盤狼藉的空氣裏，看見三個喝得醉醺醺紅酡酡的臉兒。一個是添田，另外兩人是他從前也有過面識的某雜誌記者。

「喲！」

「來了，果然！」

「啊呀，穗積先生請坐請坐！」

向着給熱鬧的景況壓倒了、茫然站住的他，那三個人一齊咬着似的亂喊，但因為都是亂嚷亂叫的酒醉模糊的聲音，因此，在穗積的耳裏只像破鐘似的亂響着，也不知道誰說了些什麼。

「你瞧，怎麼樣！可不是像我說的嗎？完全說對了不是很怪嗎？」

篩着酒的幹子這樣說着，趕忙扯着他的袖子讓他坐下來。

「穗積先生，恭喜你過新年！」

說着篩了一杯酒舉到他的鼻尖。

「好，請你一口喝乾，雖然是我斟的酒許不中你的意思。」

「哈哈哈哈。」

接着那尾巴，大家都捧腹大笑了。

據說是從正午起就開始喝酒，浸在新年氣象中，添田、幹子和兩個先來的客人，四個人之間正不斷地談着那三角關係，不，嚴密地說來，那四角關係，並且是正以穗積為中心在議論着的時候，偏那中心人物的他飄然地跑進來。

「好得很！喝多少杯都成！你篩的酒也好。」

「『也好』可有點難為情哩。」

「哈哈哈哈。怎麼樣添田先先，為着穗積先生把你太太請來罷？」

「那麼一來，可沒有問題了。大家都圓滿解決了。」

「贊成！」

幹子說了。但添田一句也不回答，打着盤坐把手枕放在兩膝頭上靠着，露着平常那種豪傑的笑。

「可是穗積先生，剛才還談起這個……」（抽去五句）

這樣質問的 A 雜誌記者故意弄着滑稽的語調……（抽去一句）

「哈哈哈哈，你一直就愁着那個，可是……（抽去四句）

把通紅的兩個醉眼淒厲地凝視着穗積，添田說。

「你真來得單刀直入哩！」

穗積也張開口大聲喊着。空着肚子又給突然喝了些酒，不到五分鐘，他自己也很清楚地知道醉意漸漸襲來了。

「可是怎麼的？」

B 雜誌記者像猜什麼謎子似的，灼灼地望着他的臉上，插口說：「穗積先生玩女人的消息，怎麼我們從不曾聽見過呢？」

「那自然哪，這是穗積式的勾當，就玩女人也一定是悄悄瞞着人去的。」

「噯呀，這可太不客氣了，不應該這樣說的啊。」

幹子埋怨着添田，一隻手拿着酒瓶，扭轉身來向着穗積說。

「穗積先生你上哪兒玩過都供出來罷。我真是口緊得很，決不告訴朝姑娘的。」

「真是沒有法子！老實說我什麼地方也不曾去玩過！」

「撒謊，撒謊！」

「不，當真，當真！我真是那樣的！很早以前玩是玩過的。自從那次以後一次也不曾有過。」

「喂，真的嗎？」

添田又大聲地喝問了一句。

「添田君，真的啊 —— 不過我要聲明，這並不是為着那個人守貞節。我也曾想過對方既然不替我守貞節，我又用得着什麼客氣呢，倒要大大地玩它一玩。沒有這樣的勇氣是不成的。但是從那次以後，不知道怎樣，總是鼓不起興致來。……」

「咦？那麼你這五年中間完全沒有接近過女人嗎？」

這樣說着 A 記者圓睜着眼。

「是的，沒有接近過。」

「……？」（抽去一句）

「……（抽去三句）本來我的臉皮薄，最怕羞，在不認識的女人前面是話都不敢說的。假使有人恃蠻拖起我去還好，但這四五年來不湊巧又沒有那種朋友，所以我就懶得去了。」

「可是近來你喝起酒來了，誰保得定呢？懂得酒的味了，對於女人的味也就馬上要去嘗嘗的。」

「那也許是那樣的，以後我也許開始到外面住夜哩。」

今晚可怎麼樣？回去的路上到什麼酒排裏討幾杯威士忌，喝得醉醺醺的到十二層樓底下去走一走罷？—— 一瞬間穗積的腦裏閃動着這樣的念頭。……（抽去二十四句）……

「……」（抽去三句）

……（抽去一句）

「……」（抽去三句）

因着 B 這樣附和，於是談話便落到添田的 ……（抽去

八句）

「不，添田先生！無論怎麼說！」……（抽去兩句）

「……」（抽去五句）

「……」（抽去兩句）

……（抽去兩句）

可是這怪得很！難道有什麼強精的秘訣麼！

「唔，不錯，傳給你們一點秘訣罷。」

這麼說着添田打開桌子的抽屜，拿出一個藥瓶，中間滿滿的盛着不知道叫什麼的就像沙魚的「佃煮」似的燦然發光的玉蟲色的圓形物。

「那是什麼啊？」

「這個叫做 XXXXX，XXX 就是西班牙的蠅子，你瞧，不正像日本的銀蠅似的發着光嗎？這東西對於那件事效力大極了。」

「是嗎，借給我瞧一瞧，瞧一瞧。…… 當真這是蠅子。這樣的東西到底從哪裏弄來的？」

「我是從橫濱一個商家的經理手裏弄來的。據說西洋人愛玩的誰都用這個，在日本就想要買這個恐怕也沒有地方賣哩。」

「怎麼樣，添田先生，你既然有這麼許多，分五六個給我們成不成呢？」

「分給你們也可以，不過這東西的用法可難。因為把它研成粉末時是非常厲害的毒藥！……」

在添田對着兩個報館訪員很得意地解釋藥的效能和使用法的時候，穗積獨自一人喝着酒一聲不響地聽着。「添田恐怕是忘了現在不過一介失戀詩人的穗積原先是做醫生的罷。但說到這蠅子的話，穗積也並非不知道。這正是做 XXXXXX 的原料的東西，德國話叫 XXXXXX，XXXXX。普通的日本人自然不大曉得，但這個藥品在東洋也從古就有的。照他所能記憶的，大體是這蟲的生殖器中含着秘藥的成分。確實的分量雖不記得了，但把它研成粉末只要服用一點點立刻刺激尿道。因此，西洋才把它用成一種色慾亢進劑。但雖然飲用這個東西原不過是一時病的興奮，並非真能使精力旺盛。並且添田雖說這是『很厲害的毒藥』，但他果真知道這是怎樣危險的藥 —— 只要稍為錯一點分量就有性命危險的東西嗎？穗積但凡有殺添田的心思，現在只要把這裏的蠅子偷一兩個去就很容易地可以達到目的。古來用這個藥殺人的例子，在中國在西洋都不少，那有名的法國沙德侯爵也用過這個。候爵把這個拌在朱葛列糖[1]裏面給三個娼女喝了，那些女人們忽然極端地興奮，像狂人似的躁動起來，一個忘其所以地從窗子裏跳下去，兩個起了急性腎臟炎死了。添田恐怕不見得連這些事都曉得罷。……」

[1] 朱葛列糖：巧克力。

「喂，喂，添田君，你蠢透了。我是醫生啊，並且痛恨着你啊。我在這裏，你拿出那樣的藥來你不覺得可怕嗎？稍不小心你的性命就握在我手裏了。你還要壞心壞意地來誘惑我嗎？」

穗積的心裏這樣地說了。並且用恐嚇的口調這樣地說了：「說不定我會受你的誘惑呢。」他覺得假使現在熱心講釋着的添田和熱心傾聽着那個東西的兩個記者，這三個人中間有哪一個記起「穗積是醫生」向他質問的時候，他是很難於回答的，但好在他們誰也沒有想起這個。「我從不給人的。那麼分一點點給你們罷。」添田一面表示很珍貴的樣子在蓆子上鋪上一張紙頭，從瓶子裏倒出二三十個蠅子的屍骸來。兩個記者又各人討了一張紙揀了五六個蠅子包起了。「……但是大家雖然沒有記起，我這時候若不予以從醫生地位的忠告，不依然很不自然嗎？他們現在雖然忘記了，回頭一定要記起來的。『啊，不錯，那麼說起來，穗積不是醫生嗎，他那時候卻一聲不響中。』—— 那樣一留神他們不會覺得奇怪嗎？何況他們兩個既然各人都討了些蠅子，我要不要呢？當然輪着我表示意志了。假使說『給』便老老實實地要了不好嗎？故意不要不也是不自然嗎？不，不對的，我是號稱品行方正的人，要了反而不自然罷。」

「喂，品行方正的人！」

穗積正不知怎樣好的時候，添田果然用這個形容詞來叫他。

「你恐怕用不着這樣的東西罷？」

「我要了也沒有什麼用，⋯⋯ 不過，給我瞧瞧。」

這樣說着穗積在蓆子上拖着，把那堆繩子和紙一道弄到自己的膝頭前來。

「不錯的，這正是 XXXXXX，XXXXX 哩。」

「什麼，你曉得嗎？」

「連名字都不曉得還成嗎，我從前也是一個飯桶醫生哩。」

「啊，不錯，穗積先生是醫學士哩。」

B 記者說。

「對哪對哪，問問你就明白了。這東西怎麼樣？真正有什麼效驗嗎？」

這樣說着的是 A 記者。

「多少也許有些效驗，不過恐怕不像添田君說的那樣有效罷。」

「不，有效有效，非常有效。」

添田進一步說。

「唔，那麼，你服過這個嗎？」

「服過的！我時常帶在身邊用的。」

「不過，我勸你務必少用這樣的藥好。這個真是危險的東西。一個不留心錯了分量也許要起腎臟炎呢。」

「你瞧，對不對！所以我不是屢次對你說過嗎？」

幹子說。

「我不是說一定是有毒的東西要你別用了嗎？——」

「……」(抽去六句)

「那不好嗎，幹姑娘？添田先生為着你不要命哩。」

「……」(抽去兩句)

「……」(抽去一長句)

這樣說着三個人哈哈地笑了。

忽然一留神，幹子好像拿起空罏子到廚房裏去了。屋子裏只有自己和三個男人。三個人中間的A背對着穗積向添田說着什麼笑話。添田拿起銚子正替B篩酒。B伸起端杯子的手去接酒，專注意着那方面。穗積現在不受着三人中間任哪一個的注意。而他的膝頭前面那堆蠅子還那樣擺着。他要偷那蠅子就是現在了。也許是神故意作成他這個機會罷。「嗐，還囉嗦什麼，姑且把偷它下些不好嗎？」耳邊好像聽得有人這樣告他。「這是賜予你的，還有『予而不取』的道理嗎！」好像又聽得這樣催促他，同時由廚房的地板那邊拍打拍打地聽得幹子的腳步聲了。擱在膝頭下的穗積的手幾乎像機械似的溜下去用指尖觸着蠅子。接着他那食指、拇指與中指之間挾着兩個黑黑的、小小的、像豆子似的東西。一會兒起身到廁所去，用廁所的紙悄悄地包着，把它藏在袖兜裏。

＊＊＊＊＊

他偷那蠅子的時候，還並非有一定的決心。不過以演戲的心理那樣做了就是。但其後過了十天光景，像想小說情節似的在腦筋裏構成了一個計劃的穗積，漸漸相信把它見諸實行是最善的方法。他決不是借了酒的力量，而是嚴肅地、冷靜地、深思熟慮的結果。他以為這完全是神的意志，不可動搖的運命。

他所學的醫學的知識很清楚地告訴他可以神不知鬼不覺地殺害添田。那手續就像極精密的、沒有一點一劃的差誤的，某種家屋設計圖似的映在他的心眼裏。比方他在最近的機會拿起由那昆蟲秘密研製下的一定量的藥粉去訪問藥草園。添田多半會留住他像平常那樣請他喝酒、吃晚飯。好在這些時候幹子又上戲園子演戲去了，一定不在那晚餐席上。添田一喝酒來老例要上一兩回便所的，穗積當然有充分的時間悄悄地把藥末拌在敵人的食物裏去。那食物最好是稍為黏巴黏巴的東西——像雲丹❶、海鼠腸、鯀鱇、鹽辛、茶碗蒸之類都可以。而且又好在添田最愛吃越前的雲丹，每日三餐沒有一餐可以缺少的。裝在小小的四方的桐木盒子裏的雲丹就讓那盒子端到桌上來，一面說着「這個我很少給人家的」，早

❶ 雲丹：海膽。

連那盒子角上的都吃掉了。因此穗積恐怕只要同他吃一回飯就很容易達到目的罷。添田一定會毫不留神地和雲丹一道把藥末吃掉的。他也許覺得胃有一點發熱或表示輕微的興奮，但因為喝醉了酒也許連那個都不意識。是這樣經過了幾天之後才覺得尿量減少了，接着顏面和手腳漸漸浮腫起來，後來頭部涔涔作痛，動悸增高，食慾衰退，心臟的力薄弱起來。醫生毫無疑義地下腎臟炎的診斷。但照穗積的推定已經十有八九沒有恢復的希望了，手腳的浮腫一天天厲害起來，尿量更加減少，旋即伴隨着嘔吐與痙攣，最後陷入昏睡狀態，到一兩個禮拜的末了就沒有人了罷。

講到死因毫無可疑之點，任是哪個醫生來檢驗也得承認添田是患腎臟炎，引發了尿毒症而死的。死者生前誇他精力絕倫，並曾豪語過他曾用一種秘藥做色慾亢進劑。此事之不單是豪語，不但由那晚幹子所憂慮的可以證明，還有兩個雜誌記者還討過那種藥，死者的友人穗積氏也曾進過關於那個的忠告。即算故人「時常服用着」的話裏有多少的誇張，又即算自那晚以來一次也不曾服用過，但由故人那種放蕩不檢的生活誘發腎臟炎，也不是什麼奇怪的現象。假使這樣誰也不會猜穗積有嫌疑的罷。他那晚既沒有向添田要藥，並且又長久不做醫生了，現在也沒有很容易得到那藥品的便宜。人們都以為惡魔主義者得了他的當然的報應而死。他有穗積那樣的良友、朝子那樣的良妻，他卻不獨不聽他們的哀訴和忠告，反而嘲笑他們、虐待他們，現在可受了那個天罰了。被殺害的妻子得救了，要殺害她的那無情的丈夫反而先離了這個世界。世人一定向着那樣孤孤栖栖地等着她丈夫回來的那不幸的朝子身上集注着同情之淚罷。同時也向着那明裏暗地為她盡力的失戀詩人穗積的身上。……

假使朝子心裏還多少留着昔日對於穗積的戀愛，那麼，添田死的兩三年之後，他一定可以和她結婚罷。因為她誠如添田在《夜路》中所說的，一旦離了丈夫，帶着孩子去也沒有什麼可以依靠的地方。她只好回到故鄉長野落到她姊姊那裏去罷。幾年之間想着亡夫，在淚眼裏過着日子罷。但悲痛她丈夫之死的她的心同時是憐憫穗積之孤獨的心啊。這兩個東西決不矛盾，而且一邊越強，另一邊也越加急切。和不忠實的丈夫永別了的她，和被無情的戀人拋棄了的她，這兩個靈魂那時候一定互相呼應罷。丈夫在生的時候她想他至少也極熱烈地愛她一次。可是這個希望成了泡影的今天一定會想緊緊地抱在穗積那熱烈的火一般的腕裏，醫她那如飢若渴的愛罷。（一想到那樣的時候的最初一夜，穗積的心裏高高地跳起來了，他感着那就像月光一樣澄澈的、神秘的、幽婉的東西。）關於結合他們兩人，那從前同情他的她的姊姊一定會盡力的，並且會幫着勸她罷。於是在他和她相遇的相近十年之後，昔日之夢才變成真實。「男的女的居然都能那樣忍耐到現在。正當的愛情終於勝利了。」社會上對於新婚的兩人一定呈這樣的讚詞，送以熱烈的采聲。一切過去的痛苦現在齎來十倍的榮光，成了幸福的星星在他們的頭上輝耀。……

照穗積的計算，這個計劃自始至終就像劃一根線似的很容易實現的。四周圍的情形都與穗積有利，前途看不見什麼障礙。菜已經擺好了，他只要老老實實地拿起筷了就成了。這裏留下的唯一的並且最重要的問題是他的良心能否擔得起這個工作。假使萬一發生破綻，那不是從外部而必是從內部生的。他能不能趁着一般人對於他的信賴，利用人們的同情，暗地裏害人性命而泰然自若呢？並且能不能進一步欺騙社會、欺騙愛人，安於所謂「勝利的榮冠」之下呢？

「那是把靈魂賣給惡魔的勾當。那是給神佛拋棄變成一個披着人皮的怪物的勾當。」—— 一種聲音在他耳朵裏細語，但是另一種聲音凜然地否定這個。他本在戀愛戰上勝利了，但為着交情讓給添田，並且誠心誠意地替添田夫婦祝福，希望自己所付的貴重的犧牲有效。他給唯一的友人欺騙他了，甚至連愛人也背叛他了，但他忍着孤獨、屈辱與侮蔑，多麼純潔地、多麼高貴地、多麼美麗地為他們盡力，這只有神明知道。（—— 這樣說着的時候，穗積的眼裏流着敬虔的眼淚。）可是不獨他的溫雅的用心歸於泡影，甚至做了添田的播弄的工具。無論他付多少給多少，他依然接二連三地向穗積要求犧牲。他的目的在活活地給穗積和朝子以痛苦。照這樣子不響，穗積早晚是要滅亡的。

於是問題歸結到二而一的 Alternative。自滅乎？滅人乎？二者必取其一。假使穗積的過去有什麼錯誤，那便是既經給這種選擇逼迫着而只是優柔不斷不能進取其一的一點。因此供給添田的作惡以肥料，使他那「惡的樹」更加繁茂地開花結實。不僅這樣，就是憩在那樹陰下的人們也次第傳染了惡德。使那聖瑪東那像娼婦一樣墮落的是誰的罪呢？不是添田的罪同時又是他的罪嗎？假使這樣那他當然得有以自贖。把從地上消失的「善」的東西、「美」的東西，重新拿到地上來，這不單是為她而是為整個的「人類」。為着達那個目的，刈斷惡樹的根這才是他的使命。假使良心是聽理性的話的，那一定承認他的行為是正當的罷。因為留下「惡」是比「惡」的自身還要惡的。

穗積達到了這種結論。他覺得殺害添田並非把靈魂賣給惡魔而是為着她、為着「人類」消滅惡魔。這一「事實」是她付給他的最後的犧牲。想起來世上哪有像他這樣純真地、獻身地愛着一個女人的嗎？在那裏絲毫沒有卑劣的利己心，只有由救她而救自己的靈魂的尊貴的一念。假使說這一念是利己心，那他除了墮入地獄沒有別法。還是他們兩人和惡魔一道墮入地獄呢？還是奮然除掉惡魔，使他們兩人的靈魂高翔天表呢？—— 到了那種時候，他選擇後者，恐怕神明也會嘉許罷。被他的血污了的手、一生不能讓她看見的這種心的苦悶，由着跪在她的前面而得安慰，由着那無比的愛力而得清純罷。那種苦痛將成為達到聖地的一個過程、一種淨罪之火罷。

是這樣他的決心堅定了。現在他完全什麼也不怕了。愛神把穗積戴在翅膀上飛向那無涯際的雲霄之上去了。

十八

添田害了病以後穗積每天得把病狀報告朝子。

最初添田並不那樣消沉。在那陽光極好的，雖是冬天白天裏卻和和暖暖使人思睡的屋子正中一層層地堆起那很溫熱的鋪着很厚的棉花的奢侈的被褥靜靜地仰臥着，但他還是很有元氣的。

「終於我也睡倒了。偶然受點這樣的罰也是沒有法子的。」

「醫生可怎麼說的呢？」

「據說也是腎臟炎。」

「唔，說起來果然你的臉有一點浮腫起來了。」

穗積用和平常完全沒有兩樣的冷靜細細地打量着病人的樣子。一切都照他所想的，毫無齟齬地進行着。他的計劃着着的成熟，但不可思議地更加引動他那像科學家一樣的冷酷和好奇心。

「所以我不是曾那樣說過嗎？我說那樣的藥是不能用的，一個不留心就要成腎臟炎的。」

「說是說過，但已經害上了這個病有什麼辦法呢？」

「若是病好了，以後可別用了。一定是分量錯了。」

「不，病好了，也許還要用的。」

在那泡泡的已經帶着水氣的眼皮裏的添田的眼睛還頑強地笑着。

「並且還有哩，許是因為我平常絕少躺着的時候罷，害了病受着人家種種的看護倒很不壞。」

「那麼幹姑娘很盡心地看護你嗎？」

「戲一完了她趕忙就回來，晚上和看護婦輪班幾乎沒有離過我，這在那傢伙總算很盡心了。」

「怎麼樣呢，添田君，你太太也說要來看你一次。趁白天幹姑娘不在的時候帶她來好不好呢？」

「謝謝，夠了，用不着了。」

「可是她很着急，…… 因為你從不曾害過病，她說很想要曉得是怎麼樣的情形哩。……」

「情形由你去告訴她不就得了嗎？你告訴她說我雖然這樣躺着，但還是好好的沒有什麼大病，叫她不用着急。」

「可是猜她本人的意思，至少想在你有病的時候在你旁邊看護看護。啊，或是和幹姑娘說明理由，得了她的諒解之後也可以。……」

「我就是不要她來看病。讓那傢伙來了，看了我又嗚嗚地哭起來的時候，那我的病可更要加重了。」

忽然穗積想起多少年前的事了。距今六年前在長野做醫生的時代，他曾替添田診察過流行感冒 —— 以此機緣兩人才成了朋友的 —— 添田在那時候對於病意外地神經過敏。因為曾對他說「你心臟不好，得注意」，他甚至連最愛的酒都一時停止了。那樣看起來，就是這次的病他口裏雖然說着那樣倔強的話，但肚子裏一定多少有點擔心罷。假使朝子來到這裏在枕邊抽抽噎噎地哭着，自己心裏一軟也許要哭起來，那在他不但是怪難看的，而且好像是死的前兆，當然是很可怕的罷。

不日就要死的病人不知道「死」已經那樣近了，到了這時候還依然拚命地說着平日的大話，擺着空架子，這在穗積是很便利的，甚至在他是快心的風景。他務想使這個人就那樣惡魔地死去。「喂，添田君，任你口裏怎樣說，但你的氣已經弱下來了。這雖是你快要死的預告，但是你還始終那樣擺着架子。你到死還不能誠實，不矯正你那傲慢的脾氣，這是充分給神捨棄了的證據啊。」—— 熟視着病人眼睛的穗積的心裏有時浮出這樣壞心思的話。

漸漸如他所預期的，添田的病一天天沉重了。明朗高敞的屋子太陽和和暖暖地射進來，但到了這些日子已經沒有那種愉快的感觸了。屋子裏面有許多白的東西 —— 看護婦的制服、寢床的臥單、陶器的痰盂、洋磁的面盆 —— 這一些清清潔潔的東西，因着那藥的臭味和由擱在火缽上的一個面盆裏發出來的湯婆的水蒸氣使人只覺得悶，只覺得頭上像給什麼東西壓迫着似的沉鬱。添田最初仰起睡着，臉朝着太陽射進來的紙槅子那方，但現在把右邊在下心臟在上向陰暗的壁這邊睡着。因為屋子裏太暖了，病人屢次拜託看護婦給掀開被窩捲到腋下。許是因為動悸得太厲害罷，擱在心臟上邊的冰囊，就像小動物的腹部似的細細地、有力地一下下彈着。進屋子來的人雖看不見望着壁那邊的病人的臉，但他睡着一動也不動的日子，最多使人覺得他還活着的只是心臟，其餘怕不都已經死了。伸在被窩上的左手，本來是又白又肥的，但因着水氣腫得又粗、又黃、又骯髒，拇指之下的那浮腫的掌心對着光亮的這邊，也不是握着，也不是開着，只是把指頭半作圓形而已。僅得窺見的側面之一部就在臉皮上也完全沒有什麼表情。

「怎麼樣了，添田君，很苦嗎？」

穗積問他時在那枕邊轉了一圈走到病人的顏臉的正面坐下。

「唔，苦得很，小便一點也解不出來。……」

雖然是字音很準的用朗朗的聲音回答的，但他的眼睛決不看穗積，就像佛像的金面似的開着半眼，瞳仁藏在眼皮底下去了。並且臉上的任哪一個地方也沒有表情，即算有也因整個臉兒都腫了看不出來。浮腫在眼皮上來得最厲害。就像給毒蟲螫了的一樣，兩個有圓的平滑的表面的桃子似的東西很陰鬱地垂在兩個眼睛上，這簡直把添田的容貌變成了別人的一樣，一見似乎很怕人，但在穗積反而覺得他因此換了一幅怪和善的好的相貌了。

「什麼醫生真是沒有道理的，究竟那些藥是吃了幹嗎的呢？……」

病人漸漸話少了，沒有事情的時候幾個鐘頭也懶得開口，但有時發起脾氣來突然說那樣的話。「現在得想種種法子出尿，只要尿出來浮腫一消，人就輕快了。」醫生這樣說着，每日午前午後來診察兩次，換了許多方子，但藥石幾乎是沒有效果的。四五天中間只有一次尿而且又是極少量的，水氣一天天顯著，顏面皮膚漸腫得垂下來了。

「尿瓶，尿瓶！……好像要小便了。……」

病人一天多少次這樣說着使看護婦驚喜，但放進便器把他抱起來時結果什麼也沒有。幹子不知聽得誰說朝鮮產的山牛蒡吃了是一定出尿的，這也討來給他服用過了，也還是沒有效驗。

醫生雖然還不曾宣告什麼，但最後的日子一天天逼緊了，在穗積已經是毫無疑義的。數年之間使他痛苦、虐待他的愛人的這可恨的仇敵，到了現在已經只有多則十天、少則一個禮拜的餘命了。他早想到他有帶着朝子到這裏來送她丈夫的終的義務，那在穗積自然是最痛苦的場面，而且是得拚命地硬着心腸的時候，但好在那不幸的妻子，縱然號泣在臨終的丈夫的枕邊，而添田的精神多半已經衰微到沒有改悔的力量，他的表情也變成無感覺的了。他因此想把他們夫妻見面的時機竭力使它短，竭力拖延到後面去。

「朝姑娘，這件事請你隨我去辦罷。」

他說。

「醫生也不曾說沒有救了，並且病也沒有到那個程度。」

「可是等到醫生說沒有救了不是已經遲了嗎？」

「遲了？病勢還沒有到那樣沉重呢。尿毒病這東西即萬一十分沉重了，也還不是幾天就死得了的。現在一來有幹子在那裏不便，二來你若是勉強去看他使病人心裏焦急起來反而不好。並且你若是見了他一定要哭的，這很刺激病人的神經。」

「不要緊，我不哭就是。」

「你瞧，你瞧，口裏說不哭，不依然是哭起來了嗎？」

「現在雖然哭了，到了那時候我就不哭了。」

「哈哈，誰曉得。」

「我一定、一定不哭的，你帶我去罷。」

到了那時候你就不說我也帶你去的。哪裏，人一有了要死的大病時自己也會曉得的。就是添田君假使到了那一天，一定說想要見見你和小孩的。」

「可是他要那樣的心軟起來我更加傷心了。」

「若是真有那樣的事可了不得。別着急罷，這樣那樣地鬧着的時候意外地好得很快也說不定。」

關於那件事，一輩子得瞞着自己的愛人的穗積，現在已經踏進了第一步了。他在惡魔的假面之下瞧着那不顧自己和別人而為丈夫憔悴的她。那是恢復了聖母的容光的一個清純、尊貴而崇高的女性。他的心雖然跪在那輝煌的圓光前面吻着那聖像的腳，但他那戴上了的惡魔的假面沒有法子再取下來了。他是使他自己都驚訝的那樣沉着而勇敢。越看着她的眼淚，他的復仇的念頭反而越加堅決。

「幹姑娘，我問你。……」

在有一天晚上穗積要回去，幹子把他送到大門口時他靠近她耳邊這樣說。

「醫生今天不像是打了坎富爾針嗎？」

「是啊，他說心臟很弱哩。」

因着看病連夜睡眠不足的關係罷，臉上看得出消瘦了許多，但幹子的聲音決不是感傷的，而是有氣概的女人似的很乾脆。

「他說這個病最不宜於心臟弱的人，他最擔心的是這點。」

「是啊。添田君的心臟本來是不大強的啊。」

穗積不讓她看見了臉色，坐在門口地板上扣着大衣的鈕扣，向大門外暗處發出這言語來。

「那麼，醫生覺得有幾分希望呢？」

「他說假使出尿就好了，不過照那樣子很難，所以多半沒有希望。」

「沒有希望？醫生這樣說的嗎？」

「是啊，今天才這樣說的。又說不過還不至於那樣快罷，以後漸漸陷入昏睡狀態，一個禮拜總還不要緊。」

「那麼這樣好不好呢？你也大體算是盡了心了，這下馬虎一點給把朝子叫來怎麼樣呢？病人不要告訴他也可以的，只要你諒解了就成了。」

「那好得很。我正那麼想呢。⋯⋯ 假使就這樣死了，我回頭要給人怨恨一輩子的。」

她對於這個病人已經沒有什麼留戀了罷。她一定想着早把他交給了朝子，自己也可以鬆肩了罷 —— 穗積覺得大概看穿了幹子的意思。

「你既是那樣的明白人那就更好了。那一面每天都迫我帶她來，我也弄得沒有法子對付了。」

「你以為我是那樣不明白的嗎？」

「對不起得很，不過這一來可幫了我的大忙了。」

「那麼你也算對得起朝姑娘了。你得多少給我一點報酬才成。」

幹子這樣說着伸出手來，吃吃地笑了。

十 九

「添田君，你太太啊，—— 我帶你太太來了啊。」

添田聽了這聲音時並沒有表示何等的感動，只「唔 ……」地口裏微微地答應了一聲，並不去看那在髣面前的他妻子的容顏，只像對於運命極順從的小羊似的閉着眼睛。但多疑的穗積覺得這有兩樣的解釋 —— 病人的眼皮腫到要勉強用手去撥才得開，現在許是連那樣打開的氣力都沒有了罷？要不然，便是存着狡猾的心思，假裝沒有氣力，一方面求朝子的憐憫，一方面掩飾自己的難為情罷？

「你瞧罷，臉腫得 —— 腫得這個樣子了，雖然想要看你可是睜不開眼睛了。」

「狡猾就狡猾好哪，病到這樣還要不安分。既是如此我就反過來利用你的狡猾罷。」—— 穗積用向着添田那石頭般一聲不響的形兒潑冷水似的心境說了。

「你睜開眼罷，我，我 …… 我來了，你不曉得嗎？」

「不，他曉得了。剛才他不是『唔』了一聲嗎？曉是曉得了就是懶得開口。喂，添田君，曉得了嗎？」

病人又點了一次頭。

「唔，曉得了就成了。我雖沒有告訴你，但因為朝姑娘一定要來，所以我今天帶她來了。道子也一道來了。現在在門口玩着呢。…… 喂，好不好呢？她想在這裏住到你病好了為止，替幹子姑娘幫忙呢。⋯⋯ 喂，這不要緊罷？ ⋯⋯ 你一點也用不着擔心，病不久一定會好的。⋯⋯ 」

於是穗積回顧着朝子說。

「好哪，朝姑娘。別多和病人說話了。冰囊溶了許多了 —— 去給他換一換冰罷。」

好像說「你不可以哭」似的悄悄地對她使了個眼色，禁住她。在這樣做作的穗積的前面朝子什麼也不能說。雖說預先告訴過她「你回頭可別吃驚，他的樣子已經變得很厲害了」，但來到這裏一看依然使她心膽都碎了，已經超過了悲哀、痛惜、淒慘的境界，只覺得全身的寒毛孔都豎起來。不錯，丈夫是個不好的人，他犯過種種可怕的罪。但世界上還有的是惡人，為什麼獨至我的丈夫得受這樣的報應，變成這樣難堪的樣子死去呢？假使自己的力量成的話，至少想使丈夫以舊來的樣子死去，以那麼白白胖胖的堂堂男子的樣子。

為着這個目的她覺得可以捨掉性命。讓丈夫遭這樣的磨難而她自己安然地活着，她覺得很對不起。假使丈夫墮入地獄，她願意緊緊地抱着他一塊兒墮下去，她感覺得從沒有這樣愛過她丈夫。「這個人一點也不是惡人，他不是自己一個人這樣負擔着罪責嗎？」忍着眼淚的她的眼睛裏充溢着這樣的心情。

＊＊＊＊＊

自從朝子到此之後，病人時常嚷起肩頭疼、腰疼來了。

「痛啊，痛啊，…… 苦得很，苦得沒有法子。…… 」

剛一擠出那可憐的哀切的聲音說着時。

「啊，畜生！我苦極了！…… 我這麼苦着，大家都幹什麼去了！你們那些東西看着不管我嗎！」

忽又像淘氣的孩子似的嚷着。因為身體的自由完全失掉了，朝子、幹子和看護婦輪流着招扶他，有時要向那邊，有時要向這邊，不斷地還要替他揉骨節，但病人還是一晚到天亮打起哭聲訴着痛苦，鬧着脾氣，特別對方是朝子的時候還要厲害。

穗積後來還每隔一天來看一次，但他來時總是在白天有太陽的時候。

「道姑娘，今天給你帶好玩的東西來了 —— 到院子裏來。媽有事情，同叔父一塊兒到園子裏來玩罷。」

這樣說着，邀起道子在園子裏玩了一周，雜在三個女人中間看視了病人一點鐘光景，到了天快黑了，幹子要上戲園子去的時候，他說那麼，「我也去罷」，便同着她一道走了，或是還比她先走一步。但幾乎沒有留在幹子之後的事。因為知道晚上到了十一點朝子總是讓看護婦先睡，她一個人坐在枕邊，穗積心裏唯恐置身在那種場面。挾着病人的寢床相對

着的她和他 —— 深更的靜悄悄的晚上 —— 這一種場面對於他是不相宜的，所以他以迴避這個為上策。

但某一次照例兩點鐘稍為過一點到這裏來的他，不意地發見她獨自一個人守在丈夫的旁邊 —— 是彤雲滿天快要下雪的那一天的事。病室裏又是陰暗，又是沉悶。像是背對着穗積、面壁而臥的病人的樣子不大看得見，只有坐在對面替病人按摩着肩頭的朝子的臉兒淡白地映在槅門的紙上。

「啊呀，你一個人嗎？」

穗積及至知道坐在那裏的是她之後這樣說了。

「是啊，我一個人 —— 今天是多麼一個壞天氣啊。外面很冷嗎？」

「那些人呢，怎麼了？」

他不答覆她的問說。

「幹姑娘說今天有什麼『說戲』，剛才出去了。」

「那麼，看護婦呢？」

「今天大夫說是晚上來看病，我說『白天裏好好的去休息會兒罷』，讓她睡覺去了。看婦小姐也真是累了啊。昨晚病人也是很苦，她一點也沒有睡的工夫呢。」

道子好像在園子的哪一塊地方玩着，但老跟在小孩子後面在那時候也覺得不應該，穗積只好坐在病人的枕邊。

「你聽見沒有，穗積先生來了呢。」

朝子說。

「添田君怎麼樣？病好了點沒有？——老是那樣苦着也不成呢。」

但病人突然用很生氣的調子說。

「怎麼樣了！不給揉了嗎？不是叫你別停手嗎？」

「沒有停啊——你瞧，不是一直就這樣替你揉着嗎？」

「蠢東西！我不說不是那地方嗎？」

「那麼是哪裏呢？這裏嗎？」

「還在這邊一點，……還在這邊呢！」

「那麼是哪裏呢？這一邊？不是這裏嗎？」

「唔，是那裏——那裏痛啊，痛得很。……」

「真是怎麼辦呢！——揉一揉多少好一點嗎？」

「一點也好不了。……」

深深地嘆了一口氣之後，病人口裏自言自語地說。

「……老是像這樣、像這樣苦楚的話索性快死了倒好。……」

穗積與其說是可憐，還不如說是以譏笑的感想聽着。這個人看來還不是真捨得死的。雖然口裏說「願意死、願意死」，其實並不願意死。他故意那樣說着來探聽自己的病是否果然有要死的那樣沉重。那種用心在他反而覺得可厭。

「噯呀，你就說什麼死——你真是想糊塗了呢，哪有那樣的事。」

「哪裏，我早曉得了。……任你們，怎樣瞞着我，……我是死定了的。……」

「穗積先生，憑你說罷，會有那樣的事嗎？」

「哪有的事？——添田君，振作一點罷，你不從來是很強的嗎？——」

「是哩，這個人曾經自比超人哩。」——穗積把無饜足的嘲笑的心思藉親切的話說出來。

「你得想着『這樣的事難道能使我灰心嗎？我難道給病征服了嗎？』是這樣拿出你平日的勇氣抵抗一下試試。那麼着病就不知到哪裏去了。」

這話也不知聽見沒有，但病人已經服服貼貼地一聲不響，讓朝子揉着肩頭。屋子裏面靜悄悄的，只有由火缽上面盆裏發出的水蒸氣，和病人的寢衣領子隨着她揉着的手綷綷綩綩地響着的聲音，算記錄着這沉默的時刻。他無聊得很，拾起掉在地下的當天的晨報，正想低頭去看，但遲鈍的陽光又給雲翳遮了，字已經看不清楚。於是站起來，找着頭上的電門的搭的搭地開了兩三次，但電還沒有來。

「暗得很哩。……」

朝子的語音是生怕驚醒剛才好像呼呼地睡着的病人似的低低悄悄的調子。那樣說着抬頭望望電燈罩時，她那雙明眸，因着光線的關係，在那一瞬間閃爍地發光。

「睡着了嗎？」

穗積同樣小聲地問她。

「難說呢。……不知道睡着沒有。……」

「可是好像多少舒服了一點呢。……」

「許是稍為好了些罷。假使能睡得着也好。……」

朝子說，但依然一刻不停地揉着。

「照剛才那樣苦得那麼厲害時，我真是不知道怎麼辦好。連這個人也那樣的說起來了，可知道是痛苦極了哩。」

這樣說着的她的眼裏好像是含着眼淚，穗積由她的聲音微微地感覺得了。說過那句話之後兩人就不響了。好一會，很稀有地和緩的病人的呼吸一聲聲地入耳了。

「穗積君，……穗積君在這裏嗎？……」

病人的嘴唇嗗嗗地動着不意地叫那個名字時，是又經過差不多半點鐘以後的事。病人的嗓音是那麼沙啞、微細，而且像說夢話似的朦朧。

「吭，在這裏啊。」

朝子說。

「在哪裏？」

「在那裏，在你的後面。」

「哦。」

說着又沒有話了，好像在細細地想着什麼。

「請穗積君到這裏來一下。……」

「好，……哦，穗積先生請你到這邊來一來。……」

穗積向着朝子點了點頭。「病人安排說什麼呢？」一想起現在沒有法子逃，他感覺得他的臉色陡然蒼白了。「但是因為光線很暗，恐怕她沒有看見罷。」

「穗積先生來了啊。」

他和朝子並排，把背靠着壁，坐在病人的前面時她說了。病人「唔」地答了一聲，但眼皮低低地垂着，還好像昏昏地徬徨在深深的夢境裏似的。

「添田君，我來了，穗積來了。有什麼事呢？」

「我…… 我太對不起你了。……」

像抽着亂絲似的，一句句地由添田口裏吐出。在那被掩住的兩個眼睛上面也可以看出些謝罪的表情來。

「可是，可是，你一定可以原諒我的罷。…… 我所以對你那樣不好，是因為始終 …… 始終不想叫你離開 …… 朝子的旁邊啊。……」

病人這樣說着，等到急促的呼吸匀和下來又繼續下去。

「我始終 …… 禱告着你能夠愛朝子，種種地待她很親切，…… 從我手裏守護她啊。因為她是個很清純的、清純的女人，給我是太糟榻了她了。……」

穗積所最怕的場面終於到來了。同時聽見朝子那像是竭力堵塞着湧上的悲哀的尖銳的嗚咽了。

「水，…… 倒一杯水給我。」

病人說。朝子取玻璃的水瓶把那長的嘴給啣在顫抖着的病人的嘴唇裏。

「穗積君，⋯⋯ 你，你 ⋯⋯ 好好地愛朝子罷。」

「別這麼說罷。」

「現在是我用刀子刺這惡魔的胸，代替着神來制他的死命的時候了。」—— 穗積堅強地自誓，抬起他那發青的臉兒利箭似的凝視着病人的額頭。

「朝姑娘在等着你的病好啊。你趕快養好了病去愛朝子。⋯⋯」

「不，不成了。我已經不成了。⋯⋯ 我受了天罰，快死了。」

「天罰？你相信那個嗎？」

這樣說着的穗積的嘴邊，泛着那別說病人和朝子，就連他自己也不注意的一點勝利的微笑。

「啊，相信的 —— 我是受着天罰。我奪了朝子，⋯⋯ 你的朝子，明知道是不應該的。因為不這樣我可太寂寞了。⋯⋯」

病人的話沒有說完，朝子「啊」地一聲，吞着眼淚，把整個身子拋出似的伏倒了。她好像不用聲音哭，眼淚洪水般向身子裏倒流，抽動着頸脖、背脊、肩頭、手腕，哭着。

「親愛的！」

說了這一句話後她放聲號哭了。

「我是你的！請你說朝子是你的妻子，⋯⋯ 你的妻子罷！⋯⋯」

「謝謝你，謝謝你啊，朝子。」

「不，不，我求你罷，說是你的妻子……」

「穗積君，說是我的妻子也成嗎？我還活着的這一刻子？」

「即算你死了之後也是一樣的」—— 本要這樣說的穗積突然把話變更了。

「你幹嗎問我呢？朝姑娘自己不那樣說了嗎？」

「謝謝。」

病人再說了一遍。

「朝子啊，你是我的妻子啊……你的臉兒，……你的臉兒給我看看罷……」

「朝姑娘，病人說要看看你啊。坐攏來一些，把他的眼皮撥開，讓他清清楚楚地看見你的臉兒。電燈已經來了罷……」

這樣說着穗積趁此機會站起來，開了電門，把自己的臉藏在燈罩的後面，拿起燈照着枕邊……

穗積的最可怕的場面後來沒有再演了。因為添田從那第二天起就失了意識陷入昏睡狀態了。穗積已經安全了。他好容易脫去危機了。

二十

這惹人憎恨的惡魔主義者的死發表了的時候，社會上毫不吝惜地承認他生前的功績。許多雜誌報紙都揭載了故人的肖像。人們都說「故人總算對文壇寄予了什麼東西的，而且是有獨特的境界的富於才能的作家」，說「那個可厭惡的人不在了，文壇不能無寂寞之感」。他臨終的四五天以前把穗積叫到自己旁邊，懺悔他的罪過，說自己死後把純潔的女人還給純潔的男子的這些事，自然都喚起了社會上好的反響，而且傳為美談，死了的添田、一直奉事他到最後的朝子和對於他們竭盡交情的極限的穗積都一樣地被同情了。這三人那樣成為話柄談資的戀愛的三角關係，這樣結了圓滿之局，人們都以為是大可祝福的。留下的這兩個孤獨者只等添田的周年忌過了就要結婚的消息，也不知道是誰說的，都傳遍了，社會上也把這個當做當然事實。

但其後經過了一年以上的歲月，兩個人還沒有看見有結婚的樣子。朝子自從回到故鄉信州以後是怎樣的情形，誰也不知道消息；穗積呢，依然在本鄉區的寓樓過着無聊的日子。從來就不曾有過像朋友的朋友的他，在添田死後更是極端迴避訪客，厭棄交遊。大約是絕了創作的筆罷，每月的雜誌上也一直不曾發見他的名字。

「穗積先生？哦，那個人我早些日子在銀座遇過一次。」

這樣的話某一天在幹子的後台提起了，但她也不知道詳細。那時候已經和那戲園裏某男伶有了艷聞的幹子對於後來穗積和朝子的關係怎樣了這一事既不感什麼興趣，也沒有什麼關涉。她在銀座街頭遇到了穗積站着談了僅僅兩三分鐘話。不，在那挨過身的時候假使這邊不叫他，對方許就那麼點一點頭匆匆地走過去了的。但她這邊卻喊了一聲「啊呀，久違了」。因為這個情形，所以她問他什麼的時候，他的態度總是怪客氣的，不肯說明白的話。只說「近來有些病，身體的調子不怎麼好，也不想寫什麼東西，只想停止文士生涯再去做醫生。」因此，她以為他快要回到信州去娶了朝子，在長野開業哩。但他說要開業便在東京，又說後來和朝子完全音信不通。但漸漸問去也有不盡然的地方。現在彼此之間是沒有什麼關係的，也不好仔細去問他，就問時對方也不見得肯盡情的告訴她，結果就是那樣別了——要之，幹子的話盡於此。也有人說穗積許是想結婚的，但恐怕朝子沒有再醮的意思罷。她大約是想撫養着她丈夫的遺女，一生守志，做個添田的未亡人罷。因此穗積更加陷入不能得救的境遇，悲觀的結果才那樣厭棄社會，連文壇都不願意露面罷。「但假使如此，那麼最可憐的是穗積了。朝子的貞淑到了這樣也太過度了。她固然要對得起她丈夫，但並非可以對不起穗積的。何況這既然是丈夫的遺志，那麼，接受穗積的戀愛不也是應該的嗎？可不知朝子究竟是怎樣想的。」也有作這種議論的。

這些種種樣樣的世評，自然都有意無意地傳到穗積的耳朵裏來了。但在最初的一年就消失了，社會上不久就好像忘記了這個問題一樣。穗積完全感覺得天地之間只剩下他孤獨的一個人。他被幹子問他的近狀時曾說過「身體的調子不好」，老實說，連他的「心的調子」也一天天地衰弱、腐蝕，像空洞似的張開着孔。「我殺了添田這事還不能算怎樣不好。單就像自己這樣怯懦的人會有那樣的緊張、那樣的熱心，這在我也充分有決行那工作的價值了。我至少得了一種自信就是我也還有為着人、為着戀愛挺身突進的勇氣。但那種緊張和熱心現在到哪裏去了呢？這每天的懶惰和心的空虛是為着什麼呢？」—— 他反省着自己的情境，尋問着自己的心胸。殺人這件事，即算那是用善良的動機做的，而且得了善良的結果，但恐怕依然是違反人類的性情的罷？所謂代神宣罰的念頭恐怕畢竟是他的僭越，神一定要罰他的冒瀆的罷？

在病床上的添田的樣子，不久便時常泛到他的腦裏，並且訪問他深夜的夢魂了。他最初以為這是由於人類的怯弱產生的必然的幻覺，和良心苛責完全是另外一個東西，他還能冷然地返望他的幻影，這樣說：「添田君，你不是受了天罰嗎？這是你自己不好，休怪別人。」漸漸經過些日子，那種幻覺即算不是良心的苛責，但已經漸漸妨害穗積的睡眠，給他的空虛的心裏以某種暗淡的陰翳。正好像湧現及地平線的盡端預告暴風雨快要襲來的一抹陰翳似的 —— 穗積就是分明望見了那不吉的雲影卻不趕快逃到陸地去而隨波飄蕩的一艘小舟。沒有到什麼地方去的一定的目的，也根本沒有可以灣泊的港口的小舟，自無怕風波險惡的理由。與其在這荒涼的海洋上無涯際地飄流，還不如勇敢地與迴瀾怒濤奮鬥而沉沒的來得悲壯。因此，穗積雖然被那個幻覺所苦惱，也還感覺得有生的價值似的。他的胸中所苦悶的是與其抱着「空虛」，寧自有些爭鬥。假使像這樣給苛責的鞭子抽着，身心都癲狂疲困而死是一切殺人者的難免的運命，那麼他只好甘受那種運命，等待死的到來。恐怖之夜雖然繼續着，但他決不求救於酒。時常清醒着很嚴肅地和苦悶相對。

「到了不久朝子總會來救我的罷？」—— 那好像極遙遠的天邊的一顆星子似的那一縷極微弱的希望向他的心窗裏投射小小的光明；但即算那救援的手終於不來他也不覺得那樣的事是可悲的。她的意志在他就等於神的意志。假便她要捨棄他，他只好服服貼貼地被捨棄，並且服服貼貼地消滅。他的希望在使她清純，使她成為「聖者」。假使她以為對她亡夫守貞節安孤獨過此一生是最「清純的」，假使那是對於她那清純的生涯最適合的時候，穗積能有什麼不平呢？他只能俯首於她的意志之前 —— 他的這種悲壯的決心使他竭力把自己身子站在和戀人疏遠的地位。他像和幹子談過的一樣，那時候以來他不曾和朝子通過信，也不曾打聽過她的動靜。就是長野那塊地方也絕足不去。添田的周年忌和三周年忌的時候也曾接過由不認識的人的手寫來的明信片。但好在故人的墓地在交通不便的靜岡縣的鄉下，所以他也沒有去參與那個佛事。

信州那個叫武田的人找到穗積的寓所來是在添田死後第三年冬天已經過去了快又要到第四年冬天的十一月底的某一天早晨。武田一看見穗積，雖是將近十年沒有會了，卻用那老熟人的沒有客氣的口調馬上開始親熱的談話了。「噯，我們彼此都老了啊。說起來你今年是什麼年紀了？在中學校的時候雖然同在一班，好像你比我要小一兩歲哩。」說着這一類的話。「真的嗎？可是照樣子看起來你好像比我年紀輕得多哩。我明年是三十六歲了。」這樣說着，穗積寂寞地笑了。武田後來漸漸談起故鄉的事，「實在我今天是阿蔦要我來的……」這樣他開始傳達他的使命。

阿蔦自然就是指朝子的姐姐蔦代，武田現在好像是她的主人了。據說因為當日照千代的朝子死了丈夫獨自一個的時候，他曾暗暗地含着蔦代的意思來和他商量問「要不要討她」，所以這趟又託他來說。「她們說我那時候的話說得不周到，所以應該成功的事倒弄得不成功了。後來還大大地埋怨我呢。」武田一壁搔着頭，說了為着恢復那時候的名譽，今天一定要請他聽他的要求的開場白以後，很鄭重地傳達蔦代的話。她的話是這樣的。本來早應該談起這問題的，但因為不懂得朝子的意思所以不曾提起，但到了近來朝子也漸漸說「因為小孩子可憐所以不想再嫁，但若是穗積先生，一來道子從小就親熱他，並且他也一定愛她的。只要是可以帶着孩子去，也沒有什麼不可以」。所以問題在曉得這方面的意見怎樣，是不是說目前就要娶朝子去，特教武田來打聽一個回信。並且特別聲明的這趟，也和上趟一樣，決不是她姊姊勉強她的，是像剛才所說的，靜待着她自己願意了的。

「大體是這麼個道理。怎麼樣呢？你這方面的意見是？—— 就是有了這個孩子麻煩一點，她們說這不久結果也是得送回添田的家鄉去的，並且回頭要是找得個相當的人家，母親也可以丟手的。只想在這裏攪擾兩三年把她養到十歲上下就成了。」

「是的，既是這麼說，我這方面也沒有異議，就請你這麼轉達罷。好在蔦代姑娘和朝姑娘都是很懂得我的心思的。」

穗積老老實實接受武田傳來的福音，這樣明白地回答了。不能沒有多少擔心的道子的問題，若照剛才說的做，大體也可以如他的預想。他雖沒有特別表示歡喜的顏色，但一時感覺得頭上的天空豁然開朗，深深地吸了一口爽快的空氣。

* * * * *

婚禮是那翌年在信州還帶着薄寒的三月中旬舉行的。穗積安排再做長野的市醫，因此借了一所小小的房子，就在那二樓舉行那奉行故事的質素的儀式。做媒妁的是武田夫婦，那時新郎是三十六歲，新婦是二十八歲。

朝子沒有如想像的那樣消瘦。那種豐艷而嬌嫩的肉體，在新郎的眼裏和當年沒有兩樣。他倆在那天晚上互相擁抱着發起抖來，許久許久互相啜着流在臉上的眼淚。

「你忍耐些罷，在吉慶的晚上哭什麼呢。」

隔了一刻了，朝子說。

「不，連我也哭了啊。」

穗積說。

「朝妹，你還愛我嗎？……吼，是的嗎？」

「是啊，……愛的啊。……」

臉兒雖在暗裏看不見，但知道她這樣大大地點了點頭說了。

「那麼是從什麼時候起呢？」

「從很早以前起，……我自己以為愛着添田，可是當真還是愛着你。那連我自己都沒有知道哪。……對不起，你恕了我罷。……」

「你覺得道子和我哪一個可愛呢？」

「你可愛。」

穗積聽了這個，同時感着和剛才不同的顫慄。

「今晚好冷啊。」

說着忘了自己，緊緊地擁抱着他的愛人。

＊＊＊＊＊

穗積突然飲着自家藥局裏的可加因自殺了，是那年夏天土用（從小暑後十三日至立秋）過後的八月杪的一天。那天晚邊帶了道子到姊姊那裏去了的朝子到晚上九點鐘光景回來時，丈夫閉在二樓的一間屋子裏坐在藤椅子上斷氣了。在屍的頭俯伏着的桌子上放着寫給朝子的細細密密的一封遺書。她由這個才知道謀死道子的父親的是她現在的丈夫這事實。但讀着那信中的言語時不但一點不憎恨現在的丈夫，反而覺得因此更引起了對於前夫的憎恨。

「道子啊，這是你從前的爸爸不好啊。」

這樣說着，她挨着自己女兒的臉哭了。

穗積的遺書沒有全部引用的必要。那是在他自殺的一個月前隨時瞞着他妻子的眼睛，用鉛筆寫在那懷中型的小日記本上的。這裏那裏記入下面這樣的感想。

「在我最大的打擊是添田君臨死的時候後悔自己的罪惡。自然我老早就想像有那樣一個時候。反正人到臨死總是後悔的，但雖然臨死後悔並非因此可以把生前一切的罪孽都取消的。假使這個人沒有死，現在又要來苦我們罷。我心裏這樣想着，所以無論添田君怎樣說，我安排淡然地聽過，並且那時候也比較能夠不在乎地聽過了。但漸漸時候越隔得久了，我越發見是不能輕易聽過的了。我那時候是應該伏在添田君前面說『殺你的是我，請你恕我』的。但我對臨死的人撒謊了，並且嘲笑了他的死。……」

「你說從前就愛我，說現在已經沒有悲悼添田君之死的心思了，說愛我勝過愛道子。你這些話不但一點不使我安慰，反而更使我對着自己的罪孽顫慄起來。我覺得你已經不是昔日的貞純的朝子而漸漸變成和我一樣的惡魔了。我不能不想到你做添田君的妻子時還要比現在貞淑得多、純真得多。假使你始終始終不忘記添田君的話，我反而要安慰些。……但弄成這樣實在使我意外。事情哪裏會是這樣的呢？不過這也並非你不好，都是我……我使你墮落了。」

「假使我向你懺悔那個罪惡，你也許會赦宥我罷。……那麼一來，我不必自殺了也說不定。但是那我不但欺騙社會甚至連你也欺騙了——並且更使你墮落——那到底是我幹不來的事。何況世間老是對我們夫婦表着同情而說亡故的人是惡人，這更使我悲痛。我們，至少我是應該比添田君更受人憎惡的。我是要人家痛恨我。……」

「你近來微微有點覺得我的樣子有些怪了。我生怕你問我。在你的面前我是竭力忍耐着的——並且拚命地抓着你的愛情——但是不成了。在你發那可怕的問以前我應該處決自己。」

「好像是很矛盾的，結果我還是恨添田君。假使沒有添田君多好，而且我們倆若早成了夫婦多好。一個人的罪惡波及三個人。不是因為添田君的一個不好，連你也不好了，我也不好了嗎？並且就在最初的惡人死了之後，我們依然得為那種惡業所苦惱。你和我真是不合算。」

「我再恨添田君一次。假使在那個世界能會着他，我非發洩我的怨恨不可。……」

二十年二月十六日譯

前科犯

一

我是前科犯，但我是藝術家。我那宗可恨的破廉恥罪暴露了，快要送到監獄去時，平常崇拜我的藝術的社會上的那般東西是怎樣的吃驚啊。至少犯罪的性質若與女人有關係，多少總還有法子同情，不合是純粹金錢上的問題，罪名是詐欺取財，也難怪人們都不理我了。就是那直到最後的最後還對我有好感的兩三個朋友，從那時候起也都棄絕我了。不，就是連我自己也棄絕了我自己。

「怎麼這樣混蛋呢，為着一點點錢幹出多麼淺薄愚劣的事情出來。我這也能算是藝術家嗎？人家也那樣恭維，自己也那樣自命是什麼新進美術家，什麼稀世的天才的，卻演出這樣難堪的醜態來，不覺得可恥嗎？」

我自己也這樣罵過自己。我最不甘心的是為着這個事件損傷了我的優越。至於給社會上那般東西罵我詐欺，叫我是惡棍、是無恥之徒，倒沒有什麼那樣難過。（我實在生來就有背德性，人家那樣稱呼我不覺得有什麼不對。）詐欺也好，惡黨也好，我卻具有比世間的善人更優秀的天才和睿智，在這一點我相信我是比他們更優秀的人種（縱不相信卻是那樣辯護自己）。可是該屬於優秀民族的人，卻觸犯了他們的法律要送進黑暗的監牢裏受他們的社會制裁。那麼着，哪裏還有我的優越？或是即算進了監牢，只要我自己心裏留着優越的感情，我也許還有主張「優越」的權利，但可悲的是我已經完全自己看自己不起了。自從一鎖到牢裏來，我平常那種傲慢，不知道消失到哪裏去了。而怯懦的、無氣概的、軟弱的感情卻在我的腦筋裏構起巢來。我覺得對於自己、對於受我詐欺的對手都沒有臉見他。覺得前此以為比他們優越的自己，其實是比他們低級得多的，既不聰明又無勇氣的、可憐的呆子。第一，在那時候以前憎恨我、詛咒我的人自那時候以來忽然態度一變，反對於我的先天的缺陷發生憐憫之情。完全把我當作不具者看待，站在高一級的地方憐惜我的性癖，把我的犯罪當作笑柄。遭他們敵視的我，不知不覺之間給他們滑稽視了，卻自以為這被人憐惜、被人滑稽視是當然的事，於是越加看不起自己。實在到了這個境地，人格也早完了。……

二

那時候，我那樣了還不曾捨棄自己，卻是虧了我的老婆和朋友村上。我真是得從良心上感謝那兩個人。若是沒有那兩個人，我許早自縊死了也說不定。

「關於你的入獄，社會上不大懂得你的人不免要吃一驚，也是當然的事。但有什麼理由連你自己也那樣失望、那樣灰心呢？你犯了破廉恥之罪，這與平常你的性格一點也不矛盾。我們老早就知道在你的生涯中不難發生這趟這樣的事件。我知道你是這樣的人，但我相信你的天才，就是現在也還相信着。連我都可以預想的事，沒有你自己不能預想的道理。你並非因這趟的事才成為可憐的人。你以前就是非凡的藝術家，同時是具備可憐的缺陷的人。你在藝術的世界是優越者，同時你在實際社會是劣敗者。不過在這趟的事件發生以前你總是正視你平常優越的方面，把你那劣敗的方面忘記了的時候很多。但你不過是把它忘記了，卻不能說是不曉得。豈止並非不曉得，你不是很詛咒而且慨嘆你自己這種壞的生性嗎？…… 要之，現在你也用不着什麼頹喪和悔恨了。尤其是為着這趟的事而失去自信真是太滑稽了。你的自信最初就只有對着你的藝術才有存在的理由。但你動輒有把你那旺盛的自信力，不知不覺地擴張到不正當的範圍而賦予你的全人格的傾向。這種錯誤就好像因為某種食物好吃就以為它富於滋養一樣。你的人格最初就等於零，但你的藝術的天才最初就很偉大。就是你做了前科犯的今日，對於你的藝術依然不妨把持自信。人格上的不具者不能做真的藝術家，這種議論雖然好像不錯，但畢竟不過是嫉視你的天才的庸人的俗說。像你這樣可鄙的背德漢仍舊有偉大的藝術作品貢獻於世人，這個事實很雄辯地打破着他們的俗說。你腦子裏的背德性和藝術的空想既然都是天授的，人為地拿起它也沒有什麼辦法。我們和不能止住地球的迴轉一樣，也不能奈何你的犯罪的傾向和藝術的感興。你就在將來也常常要幹些坐監牢的壞事罷。但也常常要發表驚倒天下的創作罷。你是和鼠竊狗偷同種屬的人，同時可以飛躍到但丁和米克蘭詹洛所住的世界。你得自知是個不能在社會的公道上揚手闊步的沒有面目的不具者，在另一面你不妨始終依賴你自己的天才。」

三

把這樣的話村上寫在很長的信裏寄給我。我讀了那封信時有生以來第一次嘗了真正的感激之淚。（我和許多罪人一樣，生來是容易流淚的性分，很長於哭。但真正從肚子裏流淚只有那一次。）我的確虧着那封信得救了。讀了那封信之後，我忽然愛惜性命，終止了自殺之念。一旦捨棄了自己的自信力，重又勃然興起襲到我的心頭。本由「我是社會的不具者」這個前提發現了「我是可憐的劣等人種」這結論因而悲觀的，現在卻由同一的前提引出「我的藝術是天才的」的結論。我自己反省越是羞慚我過去犯的罪惡，越不能不相信我自己藝術的天分。我的勇氣陡然百倍。

我把村上的信擱在膝頭上仔細地瞧着，長時間想着種種的事。不錯，誠如村上所說，我是個可憐的背德狂。這在我自己以及一部分友人之間是老早就曉得的。並且前此我也曾好幾次詐取或盜取過別人的東西。卻為什麼在這趟事件發現之前沒有成什麼大的問題呢？我的朋友、崇拜者、保護者們前此默認我的不道德的，為什麼等到我的行動偶然觸犯了法律，忽然都輕蔑起我來了呢？我被投在牢裏，這事實不過是我具備了罪人的更完全的形式，並非我的內容起了什麼特別的變化。假使他們之所以愛好我、崇拜我、保護我是在我的天才，那麼，我的境遇雖有了外面的變化，遽然地排斥我、忌憚我卻是毫無理由的事。這樣說起來，村上的態度卻始終是徹底的。雖是有些過於自誇的話，他在認識我的天才一點證明了他自己的天才。

多半社會上那般東西，從前沒有想到我是這樣的無恥之徒罷。他們一定以為我時常做些壞事，不過是藝術家常有的不顧細行的結果，並非道地的惡人罷。大體文明社會的人們很少把人當作惡人的。但凡不是石川五右衛門和村井長庵那樣的了不得的惡棍，普通的罪人都總想把他歸在善人那部分。他們大約是不相信「自己所住的這個世界善人很多」就很不愉快罷。因此，他們在自己的周圍發見罪人時，從種種方面辯護說明那人的心理狀態，結果設為一種什麼口實把他當作善人，並且以為這樣的解釋是近代的。

四

比方他們有一個熟人做了什麼壞事被送到檢事局時，他們一定這樣說。

「那傢伙人並不壞，可就是太蠢了。」

像這樣恃蠻地把罪人當成善人。「忠厚」哪，「愚蠢」哪，這一些性質是把那人信作善人的最有力的口實。

他們的口實此外也還有許多。愛生氣、膽小、神經質 —— 這一類的特質，好像都與他們所抱的「惡人」的概念合不上的。

「他拚命想學惡棍但又極容易生氣，到底還是個好人哩。」或是說：「那個人雖然聰明，但膽子很小，幹不出什麼壞事來。」在這樣簡單的理由下就毫不費力地把那人當作善人了。上面也說過的，他們愛把人當善人並非由於對弱者的同情，而是想來掩飾自己的不愉快。我自己是背德狂本是十分明白的事，但幸乎不幸，我具備了他們所據以為善人的特徵，所以長久沒有給放在惡人的部類。我雖不愚蠢，但在某一點確是愛生氣、膽小、神經質、忠厚，而且虧着這個，每做一次壞事他們總說我「你雖然是個好人，……」，結局把那當成一回好事。我也更加恣肆了。

雖然特別蒙社會上把我加在善人之列，同時我自己也並非想做惡人，但任怎麼說我確實是惡人。到底這因為是忠厚，因為是膽小，因為是愛生氣，所以是善人的這種道理從哪裏來的呢？善人與惡人之間沒有劃然的區別，自然在某程度是真理。問題就在那程度，但我不以為善人與惡人的區別是世人所想的那樣的曖昧。由某種觀點看，這兩者間頗有「劃然的」區別。

照我說，善人與惡人的區別，怎麼樣也得歸之於「誠意」與「愛情」之有無，這樣說中間一定有反對的罷。一定說「世界上沒有無誠意的人。任何惡人在那心靈深處，一定潛藏着一腔的誠意」罷。但那簡直是天大的錯誤。我恨不得對他說「至少這裏有一個沒有絲毫誠意與愛情的人，那人就是我」。

「但是你不曾見着人家的不幸而流淚嗎？那不就是你有愛情有誠意的證據嗎？」

假使有這樣詰問我的，那人一定是十足加一的傻瓜。我們看鄉下草台班的廟戲不也會紛紛的落淚嗎？眼淚可以做「誠意」與「愛情」的證據才怪呢。

五

我最初對於眼淚也有很大的信用。給爸爸諄諄地訓誡的時候、唯一的妹妹死去的時候，在那種時候也曾覺得「啊，我做了壞事」、「啊，真是可憐」，眼淚汪汪地痛哭過。「既然出着這樣多眼淚，那麼現在我心裏湧起的感情一定是真實的。我這一趟可真後悔了，真成了善人了。可見我也有誠意。」—— 這樣心裏歡喜的事也不知有多少次。只可惜眼淚這東西並非發源於人類靈魂的深處，而為極表面的氣氛和情調所支配。畢竟對於環繞自己周遭的情調感覺最鋭敏的人最容易出眼淚。

照我的經驗，很不可思議的是惡人比善人對於氣氛的感覺還要鋭敏些。一切帶犯罪性的人沒有所謂獨立的自己的情操，卻完全為周圍的氣氛所左右。他們很長於察識對方的顏色。對方若抱着悲哀的感情，自己也馬上覺得難過；對方若具有高潔的道德的情緒，我自己也馬上覺得像善人似的。因此容易出眼淚的人，惡人比善人還要多。

因為對於氣氛的感覺鋭敏，所以他們往往被人當作神經質，當作聰明：自己雖然幹着惡事，但隨着那時的氣氛，他們可以很憎恨罪惡、攻擊罪惡。這種時候他們的感情並非虛偽的而是心裏老實那麼想着。

我也和許多惡人一樣，是看着對方而改變情緒的人。一和善人談話，我時常覺得自己也成了善人，並且對於對方的一言一句都贊成同感。結果那善人所要說的和想着的事，自然而然就浮現我這方的心裏來。偶然遇着我所說的話切中了對方的意思，因而得了他的贊同時，我就更得了興頭，相信自己是善人。因此，只要和我談過一次話的人好像大概都歡喜我。

我以為惡人欺騙人家，並非對於欺騙這事有什麼興味，不如說是由於想討人歡喜因而順應對方氣分的結果。惡人不是因為欺騙人而是因為得人歡喜很愉快所以才撒那種無心的謊。

「沒有那樣矛盾的道理。既然想討人家歡喜為什麼要做壞事？」

對於這一種疑問我只好這樣答覆：

「唯其是惡人所以他想討人家歡喜。」

這一種心理恐怕除了我這樣生來是惡人的不會真正理解。

惡人對於善惡的種種氣分雖具有敏銳的感受性，但那種氣分異常膚淺得決不能浸潤到他們的靈魂深處。他們的靈魂深處與隨時隨刻變化的氣分無關，儼然地存在着「我是可恨的惡人」的意識。因此一切惡人心裏常常感着孤獨、苦着寂寞。他們想討人家的歡喜，便因為這個緣故。

六

但任怎樣討人歡喜、怎樣融合別人的感情，卻千迴萬轉不能脫離氣分的範圍。越是討人歡喜，越是感情一致，他們的孤獨之感越深。自己和對方無論在表面上看去怎樣的親密而性格的本質有不可踰的差異，自己是先天的背德狂這種乖僻的性癖不斷地纏繞着他們。我是惡人所以不很懂得善人的心理狀態，但據說善人任在何等孤獨的時候還有神明和良心的慰藉。那麼看起來真正懂得孤獨的意味的恐怕只有惡人呢。他們的孤獨的背景絲毫沒有神明哪良心哪那種光明與色彩，有的只是漆黑的慘淡的暗夜。為着減少這種難堪的孤獨，他們不斷地求與世間的交際。因為他們的交際的目的只在很熱鬧地說說笑話、喝喝酒，就和看戲、上館子沒有兩樣。

但人不能單以氣分結合。日子長了，那藏在氣分裏面的靈魂與靈魂見面的時機總有一次要來的。那麼一來惡人便給善人拋棄了。像我是惡人裏面此較聰明的，所以和人家交際的時候始終很留心不使關係太深，免得不能不與人家靈魂相見。為着這個我不知道怎樣用了腦子、痛了神經。無論我是怎樣保持相當的距離竭力繼續表面上的交際，但中間也有他那方不客氣的踏破距離顯露靈魂來挑引親密的交際的。「我是惡棍你別對我那樣好罷。」心裏雖這樣說着，但我也沒有法子，只好露出本性來。結果對於他做了許多對不起人的事，表示了許多極不道德的行為，不用他來絕交，這邊先就疏遠他了。特別是我和別的惡人不同，在各方面都有崇拜者、保護者，所以那種危險非常的多。每逢有錢的、忠厚的、熱心愛好藝術的這種篤志家慕着我的盛名來接近我的時候，我總不由得感一種不安。

「什麼時候也會要同這個人絕交罷。」

這樣一想，一種無可排遣的寂寞襲人而來，遇着那種人的時候，不是毫不客氣地做着壞事早和他絕緣，便是極淡然地和他相交，像避免誘惑似的張着預防線。

七

因為這個關係，我最初就把我的朋友分作兩種。一種是做對不起他的事讓他絕交也不要緊的，一種是非對不起他只是表面上要好的 —— 是這樣分類並且用這種意思去交際。為着實行這個計劃是要非常的苦心的。第一我始終得竭力使屬於前者的朋友和屬於後者的朋友不相接觸。對於前者赤裸裸地發揮我的背德性，對於後者我始終維持藝術家的面目。

我得聲明的是我並非故意從朋友中間選擇那像煞有錢的、容易欺騙的加入前者，他們之所以被分為兩類，多半是因着偶然的機會。心裏想着快要對這個人不起的有時候不知如何也有平平安安過去的事，想着要和這個人做好朋友的在偶然的機會也會拿出壞脾氣來。因此大體上雖然分作兩類，但屬於前者的許漸漸退居後者，後者的人不妨變作前者，他們的運命連我自己都完全不曉得。可是為着成立這個計劃得有一個假設條件，就是「我的朋友對於我的壞事不會有什麼復仇和摘發的」。假使他們在發覺我的惡德的時候沒有嚴守秘密的親切，那麼屬於後者的朋友都會唾棄我的陋劣的品性都疏遠我了。就是以「我的朋友都很誠懇，都是好人」的預想做基礎來建立我的友人操縱策。我相信自己是惡人，同時當社會上的人都是善人。

很可笑的是沒有比惡人再相信別人是善的。他們終年不說一句實話，但並不以為別人也是撒謊。卻以為撒謊的只有自己，別人都是忠實的（因此感着孤獨）。在這個意味上他們是很傻的。惡人是時常欺騙人也是容易受欺騙的人。惡人的性質中假使沒有傻的成分，他們的惡是不會成功的。

「那傢伙很傻所以是好人。」

這種社會上的常識的判斷是極不懂得惡人的心理的。世間的常識是善人的常識，不是惡人的常識。

在上述的兩類朋友以外，還有一種兼具兩類特質的朋友。明知我是可恨的背德漢，吃我的苦頭也不止一兩次，但還是不棄絕我，誠心誠意地和我交際，比方像村上這種人。他們是一方面鄙視我的人格，一方面對於我的天才還有些留戀。

「你太對不起朋友了。你簡直不知羞恥。」

雖是這樣咕嚕咕嚕地鳴着不平，他們卻很耐性地跟着我。雖是討厭透了我的壞脾氣，但一接了我的創作便「啊」地揚起感嘆之聲，就那樣把我的罪惡、妄為，都忘記了。

八

對於這種人我總是不要面子的，只少說「還不夠嗎，還不夠嗎？」我接二連三地做壞事。對於我這樣意志薄弱的人表示他們那種寬大的富於淺薄的理解的態度實在是彼此的不幸，結果不過使我的犯罪更加增長，但注意到這點時兩方面已經陷入想分離也不能分離的境遇了。「又給他欺騙了嗎？可惡！」他們這樣想的時候我這方面也想：「又欺騙了他了。我真對不起人。」因此兩方面都輕易不想絕緣。他們想「為着幾個錢得和那樣的天才藝術家絕交是很可怕的事」，我也想「對於那愛好我的藝術的人不能不屢次欺騙他真是多麼痛苦的事」。我和他們雖對於我自己的惡德發着嘆聲，但仍抱着極不愉快的沉悶的感情繼續着交際……

我這次進監獄，老實說起來，也就因為和這種關係的朋友應該絕交卻不絕交，把關係弄得太深了，我自然一點沒有埋怨那個朋友的道理。豈止不該埋怨，反而該拱手感謝他的。可是我和那個朋友把那種不愉快的感情忍耐太過了。那人若對於我的過分的無恥稍取斷然處置的話也就好了。這樣說好像把自己的不好擱起不說，反而批難無罪的對方似的。但我認我自己是不具者，所以只好靠人家。

我和那人 —— K 男爵要好是距今三四年前我的油畫第一次出品到文展的那年。K 男爵是個長於賞鑒美術的青年貴族，我們朋輩中間都曉得他的名字，所以我那張油畫被男爵買去了在我是比被任何別人買去都要光榮而且幸福的。不但當時連買顏料的錢都不夠的我一舉得了三百元，又因得了有定評的美術批評家男爵的賞識，便同時得了一般社會的賞識了。

「有你這樣的伎倆在西洋是大可以吃飯的，但在日本油畫還不流行，真是沒有法子。」

男爵雖時常這樣說着同情我的窮困，但總算能娶老婆、成家、建築簡單的畫室，馬馬虎虎過得下日子，完全是虧着男爵的力。不但這樣，男爵每有機會還在各種美術雜誌上稱揚我的藝術，祝福我的前途。

當我和男爵交際的最初特別用心地警戒我的壞脾氣。每逢到男爵邸裏看到許多泰西名畫的複製，聽到許多美術上的意見，對於英年早達的男爵的深博的知識和典雅的人品不能不表多大的敬意。

九

「萬一不能不同這樣好的人絕交，那我是多麼悲哀的啊。我的腦筋裏藏着這個人夢想所不到的可恨的邪惡的靈魂，這是多麼可嘆的事實啊。我這一生至少對於這一個人不能讓他看見我的邪惡的靈魂，想法子總要保持清純美麗的交際。」

我每見了男爵的面，心裏總這麼想，總感着好像和誘惑鬥爭着似的危險。因此真正純潔的交際，親密中間自有尊敬，不客氣中間還保持相當的禮節的真正好的友誼恐怕剛剛只保持了一年，兩個人不久就撤除最後的客氣，赤裸裸地相對了。使我兩人的關係進到這步的罪過我總以為雙方都有。假使男爵大我十歲二十歲，具有年長者的壓力的話，我也不會對他那樣不顧廉恥罷。但不幸男爵是和我同歲的年輕人而且又是非常平民主義的、極端長厚的好人。他不喜歡我把他當恩人、當貴族看待，只要我當他是藝術家的一夥。在彼此互呼名姓，發揮狂暴的學生習氣的時期還算好的，但後來不覺我也忘了他是男爵，他也不那麼正正經經地稱讚我的藝術了。這是最不好的事。

邇來三四年間我不知道多少次欺騙他，借了他的錢不還。款額大概多則百元，少則五十元，但 K 與其是愛惜他的金錢，不如說不高興受我的欺騙。尤其是欺騙的方法太冷酷、太狡滑、太厚臉無恥了，似乎很使他不愉快。我去向他借錢時最初五六回他高高興興地借給我了，但漸漸手續麻煩起來，到後來兩個常演着默然相睨的光景。

「你也好我也好，談起這樣的話來彼此都不愉快。就是你為着這樣的事來找我恐怕也不是好過的罷。那我自然很懂得。……」

K 時常像忍不住那呼息很苦的沉默似的這樣開口說。

「……恐怕你一定感着和我同樣的不愉快，你知道我的脾氣是人家問我借錢不能拒絕人家的。因為知道這個弱點，所以逢着你開口時我更不好拒絕你。這事你也應該是很清楚的。」

十

「這麼說起來，好像我在利用着你的弱點，但正因多少知道你的脾氣所以更加難過。不錯，我知道你脾氣是人家問你借錢你不能一口回絕人家的。照你說，是因為你那弱點給我懂得了，所以對於我更不好回絕，但在我這方面因此更不好向你借。知道你的弱點這事倒成了我的弱點了。你對於我有最不好拒絕的情形，我對於你站在最不好開口的地位。因此一談到錢上我們總是要許多麻煩的。明知道如此卻這樣來找你，可知道實在是很困難的時候。」

我也滔滔不絕地用這個調子辯明，K 呢，把他的忠厚老實處整個兒搬出來，我呢，懺悔我的薄志弱行，雙方弄成 "Helpless" 的狀態，等着救星。因為誰都不肯取積極的態度，所以談判很不容易有結果。其間兩人的心裏更加惡躁起來。

「因為話越說越討厭，所以平常總是懶得再說下去了，遵你的台命，但是像你那樣老是發生困難的情形卻是什麼緣故呢？說起來好像不相信你的話，很對不起。……」

K用怪客氣的口吻繞着道兒放出質問之矢。平日也慣作頗為徹底的人心攻擊的，但一觸到借錢的問題，彼此都採着含糊的語法，更助成那種故意的不自然的情勢了。

「要叫我精密地證明困難情形，那我更加得忍受不愉快的心緒。因此那種情形只好請你推察得啦。不過總歸是困難情形，即算是時常發生的，但還是困難情形。

我簡直像淘氣的孩子似的做這樣沒有條理的回答。但並非在這時候故意說着淘氣的話而是自己的心裏真覺得是困難情形。

「那麼在這個困難的時候，假使我不肯借錢可怎麼辦呢？別誤解，我決不是說你撒謊。你自己許完全相信是困難情形罷。但是我想儘管你覺得是很困難，不會有實在沒有什麼困難的時候嗎？你預想着今天到我這裏來借錢大概是成功的。並且你的預想也許會的中的罷（K這樣說着時常是很聰明地齜然而笑）。但假使沒有這種預想，你也許到真正困難的時候為止，茫然地不管罷。你不是有能向我借錢的預想才覺得你的境況困難起來了嗎？」

十一

「可是怎樣才是困難，怎樣才是不困難，這種截然的區別是沒有的。因此你不能說我因為有能從你借到錢的預想才故意造出困難的境況來。任意的兩個事件先後存在的時候，你可不能把後者當作前者的結果罷。」

我終於急起來說出這樣的鬼道理了。本來在鬼道理一點，K 的話也同我的是一樣，但因為有想向他借錢的弱點，所以總是我這方要吃一點虧的。但這在我好像又是一種愉快。何以呢？他在學識一點雖然勝過我，但藝術的感覺要比我遲鈍得多，鬥起美術上的議論來近來往往被我壓服了。K 可以利用這個機會洩他的鬱憤。K 的辦法是很卑怯的。但我也好，K 也好，沒有感覺那是卑怯的餘裕，還是和爭論美術上的問題一樣的心緒。誰也不讓誰拿着錯處。

「那是你心裏那樣想着 —— 但是所謂『困難情形』是指那此外沒有別的方法的窮境啊。因此假使沒有從我這裏借到錢的預想，或是實際上我不借錢，那你怎麼辦呢？」

「怎麼辦嗎？…… 我沒有想到你會不借錢給我，所以怎麼辦好連我自己也完全不曉得，只好說是一點法子沒有了罷。至少我在這樣來找你以前我是想盡了各種法子的。到四處借錢都沒有成功所以才到你這裏來了。因此你若是也不肯，我可沒有人可以找了。」

我這樣把話題由鬼道理移向實際問題這邊來。但 K 又把它扯向鬼道理那邊去。

「假使你的困難情形和從我借到錢的預想沒有何種關係地發展，那麼你不當然得想到被我拒絕的時候嗎？」

「你那樣說我的話也許是不錯的，但你是曉得的，關於金錢上的事我是做到哪裏算哪裏的人，不去想那老遠的將來的事。你問我若是被拒絕了怎麼辦時，不錯，我也想着怎麼辦好呢。但是想來想去也沒有別的法子，只好到了那個時候再說。」

「可不是嗎？你從來就是那種做到哪裏算哪裏的主義弄慣了的。就是任怎樣困難的時候，情形已經是水窮山盡了，但到了那時候自然又會生出解決的法子，意外平安無事地渡過那個難關。就是這趟的事，你所謂到了那個時候再說，並非已經沒有法子想了，卻是總可以馬馬虎虎混過去的意思罷？因此在你這種做到哪裏算哪裏的人，可以說沒有困難的時候。」

十二

到底，K 為什麼要搬出這些鬼道理來也有種種的動機。他說因為我看破了他是忠厚人 —— 他的感情脆弱的性質，所以我去向他借錢他怎麼樣也不能拒絕，但這是一面的真理，從另一面看，若是別人本可以不在乎地借給他的，對於我卻因為懂得他的性質反而不能爽爽快快地借。因為借錢給我覺得不像是施恩，反而像當了傻瓜似的。於是這不肯當傻瓜的努力便發而為這種紆迴曲折的鬼道理了。

既然如此多好乾乾脆脆地辭脫我的請求呢，但這裏始終是他的性格，他不能回絕說「不肯」。結局只好照我所預想的借錢給我，這他自己也很清楚的。誇張一點地說，是自己的行為被別人的意志支配了的意識 —— 這個意識很傷了他的自尊心，因此他總想以何種形式來贏我。錢雖弄去了總不想輸給人家，這是他的真意。錢既然弄去了，事實上也許他是輸了，但至少想使自己覺得好像贏了而予對方以輸了似的心緒。

我的第一個目的是在金錢，因此在議論上早些輸給他就成了，但是我也不能不陷入一種 Dilemma 中，我雖然是沒有面目在社會上立足的無恥之徒，但我卻是非常識地好勝的人，儘管勉強着人家施惠於我，但我不高興服輸。不能這樣哀求他說：「雖然爭論你不過，請你快把錢借給我罷。」

自然，老反抗着 K 的意見時始終不能實行拿錢的計劃了，所以故意竭力讓步使 K 的理論通過。又實在成為理論的對象的是我的性癖，自然我這方面容易失掉冷靜給 K 找出錯處。於是我的心裏湧出一種懸念，就是議論輸給他固然不要緊，但太明白地輸給他時，對方雖想借錢也會失掉借錢的理由了。K 那方面雖是想搬出那些鬼道理來掩飾他不能不借錢的弱點，但並非困難情形的他的意見萬一使得我承認時，可以消滅我借錢的口實的念頭似乎也並非完全沒有。因此我就從利害關係上說，也不能輕易輸給他，可是太贏了更不成。

已經是受動的又有這種憂慮，所以我的理論更加模稜、曖昧起來。K 乘虛俟隙地更發揮奇妙的詭辯，更加他平常以論理的頭腦的明晰自任，動輒有誇示那個的脾氣，因此更不好辦。

十 三

「……你剛才不是說到哪裏是困難情形、哪裏不是困難情形是沒有劃然的區別嗎？那誠然是不錯的。困難情形不在表現在外面的境遇，而在那個人的氣分。隨着氣分隨時都可以感覺得很困難。假使你沒有從我借到錢的預想，你一定不覺得有什麼困難，而用走到哪裏算哪裏主義通過了現在的難關也未可知。……」

「不，沒有那樣的事，不管有沒有那種預想，可實在是困難情形。你若不肯幫忙時可真是沒有法子辦。」

「你說沒有辦法到底怎樣沒有辦法呢？失禮得很，你一年到了不老是說着窮得沒有辦法嗎？」

「那也是不錯的，不過這次可特別困難得厲害，簡直是陷於絕地了。」

「那麼假使被我拒絕了，難道說捲起被窩趁晚上逃跑嗎？」

「逃跑許是不會的，不過四處都拖欠得太多，簡直要臉上發火似的難為情了。……」

本來還是說逃跑於達目的上要好些，但我有一種很妙的虛榮心，那幾乎本能地支配着我的頭腦，所以也沒有顧慮利害得失的餘裕就這樣說了。

「你瞧，既然不必逃跑，也不必捲被窩，那不和從來的困難沒有什麼大兩樣嗎？那自然是很難為情的，但倘若是怕難為情的話，你也不能像從來那樣過日子了。你不老是毫不在乎地幹着很使旁邊的人替你擔心的事的嗎？我想你是對於社會上的德義很沒有神經的、不大着急的人哩。」

給他這麼一說，我不覺打了一個冷噤，K 很明顯地諷刺着我的靈魂了。「既然那樣重道義卻有什麼面目又來找我借錢？你從前借去的錢不是一次也不曾還過嗎？」K 的意見言外暗示着這種議論。我只好不響，眼睛望着下面，暗暗地乞憐。

「平常一議論到這裏，彼此心裏都很不高興，我也不再深入了，總歸我總當你是不着急的人，是這樣看待你多半你也沒有異議罷。因此在你就沒有絕對沒有法子，或是萬分困難的時候。你不過隨着那時候的氣氛感覺得那樣或是不感覺得那樣。假使再極端地說起來你是因為預想可以從我借到錢所以感覺得現在的情形很困難。你自己也許沒有意識着這個，但一定是這樣的。」

十四

K 的臉上輝耀着掩藏不住的勝利之色。他眼角裏瞧了一瞧痙攣地抖着嘴唇的我這打敗了的樣子，像對於自己所想出的理論感着無上的滿足似的點燃一枝新的雪茄，悠悠地靠在安樂椅子上。……

「K 說的話許是實在的。」

那時我心裏想。

我剛才確實相信是困難的情形，但仔細看起來我沒有真正困難的時候。關於錢的問題我從不曾痛切地感覺得難為情過，我總是很放心地說「到那時自有辦法的」。但這「自有辦法」的一面包含着「只要蹂躪世間的道義」的條件。就現在情形說，萬一 K 不肯借我，到底會困難到哪一個程度呢？其實也不過多少難為情一點。那個程度的難為情從來不知遇過多少次，但只要閉着眼睛過去，回頭也沒有什麼了不得。

「……是啊，越想越覺得也不是什麼困難情形。然則我幹嗎又要鬧得這樣厲害呢？幹嗎覺得『困難、困難』呢？」

我自己反省，問着我的心。要之，我所認為「困難」的不是我的實際的境遇，而是我空想的產物。我是任意在腦筋裏想出現實情形不同的東西而為那種幻影所苦惱。……

話雖走上歪道了，但順便在這裏說一句，就是一切帶犯罪性的人多是空想家。（在這個意味上，一般惡人比善人是更好的藝術家。）他們不能如實地看世界，卻不斷地染以空想的色彩。所以他們所看的世界是比善人所看的世界更加富於刺激、富於誘惑的美麗的幻影的世界。這種刺激和誘惑強烈到快脅迫他們的時候，他們便失去了抵抗力而敢於犯罪。在他們，空想比事實更有價值、更有力量。他們為自己所作的幻影所引導去為惡，卻又為那種惡所苦惱。他們往往依着幻想把未來當作現在，把現在也信作未來。因此在他們沒有明顯的時間觀念。他們的腦筋裏只宿着「永遠的惡」。

照普通常識說，以為惡人比善人更為物質的。惡人自己那樣想着的時候也很多。但事實相反。從他們的眼裏看來，物質世界是空想世界的反映，後者是更加實在的。不幸他們所有的靈魂是惡的靈魂，所以只有那種靈魂的活動在他們是真實。

十 五

既經被 K 說服了，省悟了前此威脅着我的不過是單純的幻影，那麼，應該是沒有借錢的必要了。我應該自動地撤回借錢的請求了。但可笑的是我依然不甘心放棄。

「管它困難不困難，總歸是想錢，你糊裏糊塗借給我罷。」

我的心事率直地表白出來就是這樣的話了。沒有什麼理由，可就是拚命地想錢。所謂困難情形即算是幻影，但幻影自幻影，已足夠刺激我的慾望了。

「你說的也許不錯，我事實上也許不那麼困難，但我總覺得是很困難的，我依然是為着這種心緒苦惱着。這樣看起來，我的確還是困難。無論怎麼說，我很困難是當真的。」

給我這樣一說，K 有些難於辯駁。我這話雖是鬼道理，大體上似乎條理井然無隙可乘，但 K 在說服了我使我沉默之後，心裏已經很暢快了。

「關於錢的事和你一爭論起來總是這樣沒有邊際的。我無論怎樣聽着你的說明卻不能發見借錢的理由。但你既然堅持着要借，我也不好不借給你。好，借是借罷 —— 不過這一趟請你一定要還給我。我並不想每逢你向我借錢時講這麼長的道理，但你雖是說『還你、還你』簡單地借起去，但一次也不曾還過，因此我就不高興拿出來了。我借給你的東西原也不要你還，但你，那樣好像很靠得住似的，口裏說『還、還』卻又不還，誰也要心裏不愉快的，並且又不是一次兩次的事啊。」

「啊，曉得了，這實在是我的不是。我也不是有心欺騙你的，但不知不覺地就弄成那樣了。這你大約也就能夠諒解我的，不過總是我的不好。……」

「我也不願意說什麼好壞。反正只要你還給我，我的心裏就舒服了。」

「哦，不要緊。這趟一定還你。」

「你雖是說不要緊，但照例最初許不是有心欺騙我的，卻一點也不可以信用。因此務必請你早把錢還給我，使我當真信用你。那麼期限就是這個月的罷。」

「好的，若是這個月底真是不要緊。因為到了二十號前後我可以進兩百多塊錢。」

等到他肯借錢了我忽然又說起大話來了。但是雖然這樣嘴硬，卻終於沒有還給他。

十六

像這樣子我到當日為止欺騙了K好幾十次，重複厚着面皮去借錢，照例又互相爭論，照例又定下期限，照例又是不還。有着K這樣的忠厚的朋友，是使薄志弱行的我無際限地不顧信義的原因。我有時甚至想「若這樣借錢不還被他絕交了，心裏要多麼輕鬆起來啊」。

想雖是這樣想，兩個人卻一點也沒有絕交，不過不期然而然地使它實現了。任是怎樣寬大的、忠厚的K，到了我對他幹出法律上的欺詐，加上那事件又鬧到法庭裏去了，這時候不管他願不願意，在世人的面前不得不同我斷絕關係。

我記得很清楚，這是去年秋十月底的事。沒有曉得這已經成了大事件了，我又用平常那種老面皮的態度到K那裏去借錢，那天的我許是面皮比從來還要老。為什麼呢？因為距那天十天以前我剛以「真不過兩三天」的條件借過錢來的。那筆錢還沒有還，這趟又向他借比前次相近多一倍的款子，因此我也馬上不便開口。我把關於我性慾生活的懺悔用嚴肅的語調對他訴說了好一會。

那時候我惑溺着從半年前就有關係的一個模特兒女子，為着她我浪費了多大的時間與金錢。她是對於生來有 "Masochisme"（受動淫虐狂）傾向的我最初供給充分滿足的異性。從來勉強填補我奇怪的性慾要求的種種空想 —— 一切可恨的殘酷的血腥的幻影，憑着活人的肉體而實現的便是我和她的關係。但很怪的是腦中的幻影實現，同時空想所特有的美忽然消滅了，只有現實的醜惡無遺恨地暴露出來。

「難道我腦中所描畫的幻景是這樣淺陋、這樣不夠味、這樣骯髒的東西嗎？」

我雖然從事於歡樂卻時常不能不這樣想。我的歡樂由空想滿足的時候始終不失掉一種 Freshness，但一旦移到現實世界便滲進厭倦、疲勞、羞恥等感情，而潑剌的快感便泥濘似的混濁了。應該是很美的她的肉體和在她那肉體下受着虐待的我自己的肉體，漸漸喪失了生動的光輝，終至帶着鉛似的陰鬱而沉悶的暈，與我的空想長以永遠之美璀璨着的相反，這在我是意外的悲哀的發現。

十七

「你讀過葛提耶（Gautier）寫的《波陀雷爾傳》沒有？」

K 聽過我的懺悔之後說。

「葛提耶這樣說過 —— 在波陀雷爾詩中的女性並非一個個的現實的女人，而是典型的『永遠的女性』。他所歌詠的不是 Une Femme，而是 La Femme —— 在你這樣的 Masochist 的腦子裏的女人的幻影，也該不是某一個女性而是有完全之美的永遠的女性，因此一接觸現實馬上便要失望的罷。」

K 的觀察是很正確的。我從前是個極端的女性崇拜者，但是做我的崇拜的對象的不過是我的「惡的心魂」所空想着的女性的幻影。我偶然眷戀一個女人，這只是在那女人中看見自己的任意的幻影。因此幻影與實際的差異一顯明，我就想在別的女人中追尋幻影。像這樣一個又一個地調換着女人而仍反覆着失望與幻滅的悲哀的我，可不懂得世間一般男子所經驗的戀愛的味。要勉強說我也有戀愛的話，那對手只是住在我腦中的幻影之女。（我有老婆，但她與我的戀愛毫無關係是用不着聲明的。）

這樣子想起來，我不能不痛切地感覺得自己是非物質的人。我徹頭徹尾是生活在空想世界的。

由具備着完全之美的空想世界迴轉頭瞧那充滿着不完全、充滿着醜惡的現實世界時，我總感着一種詛咒與輕蔑，於是引起我想把我所懷抱着空想想法子表現在本能世間的要求。這種要求成為性慾本能活動起來時我一定失敗，但成為藝術活動時我的空想才找得了適合的表現。假使有人以為像我這樣的罪人的腦裏，一定有無數骯髒的思想蛆蟲似的叢集着，那麼，請他看我過去所發表的創作罷。充盈在那些繪畫的全幅的豐潤的色彩、幽玄的光澤、端嚴的線條，…… 那種東西無量數地像鏤寶石似的堆塞在我的腦筋之中。「惡的醜」所織出的幻影的世界，簡直像伽藍的壁畫似的莊嚴。

我大體把上面說的意味細細密密地告訴了 K。

「這趟我可當真不敢惹女人了。半年之間為着她把藝術都拋了，我想起真是後悔。我除了藝術以外沒有別的出路。我得想什麼法子趕快離開她才成。」

說到這裏我急轉直下地「因此我想向你借一百塊錢給她，打發她走 …… 」，終於說出老實話來了。

十八

「你這歪子可真繞得不近哩。我也想到大約末了總是這麼回事的。」

K 那確像好人的平和的眼球很痛苦地閃爍着，但他意外地並不吃驚是這樣輕巧地接過了，我剛才那樣嚴肅的深刻的樣子對他作的懺悔，他最初就以一種疑惑的態度聽着，難道

K 對於我已經不相信到這樣嗎？這事實很使我覺得不愉快。「今天很不容易。結果借即算借給我，議論可一定很麻煩的罷。」我直覺地覺得如此。

「……你的懺悔許是真實的罷。但任憑你說怎樣真實，一旦和金錢上的問題結合，我可不能以虛心坦懷聽你這懺悔。你假使有想要我聽信你那真實的懺悔的誠意，在今天這樣要提起借錢的話的時候當然要避開那話。我只好當你為着想要借錢利用那個懺悔。……」

像這樣我們那老例的論戰便開火了。兩個人的談話從這裏起不知要繼續幾個鐘頭。平常有從上午起爭到電燈燃了的時候的例，今天大概不到晚上也不能結束罷。從現在起六七點鐘之間彼此得把論理的樓梯一層層接高，把語言的數目山也似的堆積起來，溜溜地給拖着走，不知到什麼地方才止 —— 想到這點兩人不期從論戰的最初就感着一種苦勞和壓迫，決不能像運動會的遊戲一樣以勇氣騰騰的競爭心來從事。

「可是，我總得把早幾天剛借了你的錢現在又來借的理由，詳細地說給你聽。為着說明這個我勢必對你述我的懺悔。假使懺悔的本身是真實，那怎麼會因着與金錢上的問題結合了就忽然失去真實性呢？」

「那也許不錯罷 —— 但我所覺得滑稽的，是在你那忘記了為借錢而懺悔的根本動機，卻拿出為懺悔而懺悔一樣的嚴肅的口調的你那態度。我是說你超過為借錢的必要上高調懺悔的真實是很可笑的。你好像想依懺悔中所表現的熱誠予我以痛切的感動，利用那種感動向我借錢 —— 實際許不是這樣的，但看起來好像這樣。這使我起一種很怪的心理。你好像想從懺悔的真實性生出『借朋友的錢也不要緊的』Justification 哩。」

「那樣想可是你的瞎猜啊。我的根本動機雖然在借錢，但談話中間忘掉了那個動機，給懺悔本身的興味驅動了不覺一層層深入起來，這我以為是誰都可以有的事。」

十 九

「因此我給了你一次注意了啊。聽起你的懺悔來，我對於你的心境不能不表多大的同情。你將來能夠和那女人脫離，始終委身藝術，我也想是非常好的事。但我希望你充分知道這與借不借錢的問題完全沒有關係 —— 無論你的懺悔多麼可貴，但你並沒有因此可以時常堂堂地向我借錢的理由。我希望你曉得這和你說『因為困難得很所以請你借錢給我』沒有什麼不同。」

「不，那我想是不對的。我從前是因為覺得困難所以要錢，這趟卻不是為我的心緒而是為我的藝術，為着救我的藝術。假使承你愛我的藝術，希望它能健全發達，那麼這趟的錢決不是無意義的。」

「但是你現在即算用我借給你的錢和那個女人脫離，但你從今以後，絕對不會愛上第二第三個女人重複沒頭於肉慾生活嗎？對於這個恐怕你一定不能保證你自己。從前你也曾屢次像這次一樣的後悔。但那種後悔一點也沒有用，你老是反覆着同樣的過失。因此，在將來但凡你不是再變過一次人，那種過失只好認為始終要發生的。那麼着我簡直成了你的揩屁股的。為着期你的藝術的健全發達，此後我永遠得供給你每次和女人脫離關係的費用了。」

「你是那樣想還是不肯信用我的真實的懺悔的緣故罷。我剛才也說過的，這趟可當真後悔了。從今以後我決心想法子再不犯錯誤了。因為你是曉得的，我是個薄志弱行的人，雖不敢說『絕對』的話，但同一個後悔，現在的心緒可和從前完全不同了。」

「你瞧，結果還不是心緒作用嗎？正和本不困難而心裏覺得困難一樣，現在也不是當真的後悔而是心裏覺得好像是當真。因此我這次也不以為借錢給你有什麼意義。即算點綴着『懺悔』這種彩物，但感覺得不愉快的程度和平常一樣。」

但 K 的不愉快好像比平常還要厲害。因此我這方面也更加惡躁起來。為什麼 K 得這樣的瞎猜呢？為着借這麼一點點錢，有這樣把我的弱點暴露出來的必要嗎？K 有什麼利益、什麼根據要那樣執拗地把我的懺悔、我的言語一句一句地來吟味、詮索、追究呢？——這樣一想，我不能不覺得可恨。

二十

「不錯，我的後悔也許不過單純的一種心緒，但我既然這樣痛切地感覺着，正正經經地懺悔着，你也用不着從旁邊把它推翻罷。即算那是一種心緒，我想也沒有受你的批難攻擊的理由。對你懺悔的本人既然說是真實，你就老老實實當它是真實不就成了嗎？」

「我也不是有心來攻擊你、批難你的。不過因為你那懺悔不是單純的懺悔，而與金錢問題關聯起來，我勢必要疑及你的本意。就是老兄也何苦把你那預先做好了薄志弱行的、退步的、靠不住的後悔，故意拿到想要借錢的時候來說呢？因為你對於懺悔的態度不純粹，所以那懺悔的本身也喪失了權威。」

我自然沒有想到我的後悔是靠不住，不過不可思議地我聽着 K 的意見時漸漸失去了自信，自己也以為「真是靠不住的」。好容易自己信為確實的「後悔」，一旦動搖崩潰起來，剩下的就只有「要錢」的一念了。只有這個是確實的。可知我還是懷着可以從 K 借到錢的預想，為着實現那預想後來才加上自白，而又把那個誤認為痛切的後悔的結果。

「早知這樣反不如索性像平常最初就那樣簡單地說『我很苦請你借給我』，或是『我有困難情形請你借給我』，我心裏還要舒服一點。現在既然連你那樣熱心地向我吐露的懺悔我都不能不懷疑，那麼我們兩人間的交情到底不成立了，弄到這樣可畢竟是你的責任。單是一個人的事我也好不管，但為着你連我也漸漸變成老面皮了，我可真是受不了的討厭——我當真一點也不是愛惜這一百兩塊錢。假使你真是困難，我很高興地借給你。不過借了反而有損彼此人格的錢，我是不願意相借的。就是你也不是今天或是昨天的朋友，我們相交了好幾年，也該懂得我的心思的。」K好像要哭了一樣，紅潤着眼睛用這種哀訴的調子說。他似乎甚至於這樣想，假使成的話，他願意把一百塊錢丟在我前面，早些結束這極不愉快的談判。

我聽了K的衷情也忍不住要下淚。「啊，我是怎樣一個惡黨啊。使一個忠厚誠懇而且這麼善良的朋友這樣痛苦，究竟有什麼趣呢？」我不覺想跪倒在K的足下合着兩手說「我真是不好，請你原諒我罷」。

二十一

但雖是這樣感動，我卻怎麼也不肯撤回借錢的請求，在我心裏萌芽着的「要錢」的一念，我實在沒有法子發付它。

我們兩個人好像是從午後兩點鐘前後起直到晚上八點鐘光景，飯也不吃地爭論着。我也沒有什麼別的話好說了，只是不講道理地把這樣的話說來說去：「這趟一定還你，借給我罷。只借一個禮拜，過了一個禮拜我可以進一百五六十塊錢。」

「既然隔一個禮拜就可以進錢，等到那時候又有什麼妨礙呢？和一個女人脫離關係也不爭這一天兩天啊。」

雖是這樣說了，但他似乎知道想以道理說服我是很難的，並且看了我那種眼淚汪汪的樣子多少也有些可憐罷。

「那麼這樣辦好不好呢？好在你自己也承認自己的薄志弱行，這趟出立一張字據給我好不好呢？—— 單只一張字據也還沒有推動你的意志的效力，那麼請你拿出一點什麼抵押品來罷。」

這趟一定要索回借去的錢，不索回不成 —— 這種意氣很明顯地流露在K的嘴邊。

「對啊，有辦法了。中正街大雅堂開的七人展覽會你不是出品了一幅靜物嗎？你就寫一張把那幅畫做一百塊錢賣給我了的憑據罷。那展覽會的會期不是到下個月十號為止嗎？在那個期限以前只要你還給我錢，我隨時都可以把那憑據還給你。假使你不還給我的時候，我看你那幅畫也不壞，就算我買下了罷。」

「那幅畫畫得不怎麼好，掛在你的書齋裏可難為情咧。」

我看了K那種大大的決心不由得心裏暗暗地吃驚，並且感覺得自己明明受着他的侮辱，但還是不翻轉那陋劣的最初一念。

「因此我並不一定要買你那幅畫。我雖叫你寫了一張字據，沒有安排把它發表出去或是怎樣，假使有人買你就賣給他，把那錢還給我就得了。並且你既然一個禮拜以內可以進款又何必着什麼急呢？—— 就是我與其作為逾期不贖沒收了你那幅畫，不如請你在一個禮拜以內還我的錢心裏要好過得多。因為這個緣故才叫你寫這張字據的，這趟你一定不要失信罷。」

字據雖是寫了，萬一還是不還錢，特別若是那張油畫永久掛在這書齋的壁上的話 —— 那麼每一次看見那幅油畫時彼此該怎樣的不愉快啊 —— 這種危懼和不安，在 K 的心裏和我的心裏都湧起了。出立字據的和叫人出立字據的一樣的是背水陣。

「希望我的意志堅強起來。既經划到這樣危險的地步，希望趁這機會至少對於 K 做一個可以信賴的朋友，希望使 K 歡喜。」

我心裏一壁這樣禱告着在那字據上蓋了印。

後來的事社會上都曉得了，用不着再寫了罷。也不是完全沒有法想，但到了一個禮拜之後一百五六十塊錢並沒有到我的手裏。單只這個還不要緊，我不合把那幅畫賣了兩個人，把那筆錢也用掉了。我是料到 K 決不會發表那張字據的。

後來問人家，據說七人展覽會閉會時 K 到箱根的別墅裏去了，卻是平常很恨我的那 K 男爵府的管家特意搭起幹練的架子、很惡毒地上那會場裏去取畫，把我告到官府的大約也是那個管家。我這還不算是惡人嗎？難道還是「忠厚的、有些傻氣的人」嗎？我現在也已經沒有後悔的勇氣了。不但對於 K，就對於社會上一般人，我這樣老老實實地告白着罷。

「我的確是惡人，是一絲兒誠意也沒有的人。因此你們儘管鄙薄我、疏遠我、避開我，別那麼輕易地親近我、尊敬我罷。不過請你們把我的藝術當作真材實貨，認識我這樣無廉恥的人的心裏也有那樣了不得的美的創造。假使藝術的生命是永遠的，那麼請你把產出那個的我的靈魂當作真實的我罷。因為我做惡人不過是我的肉體活在這個世上的很短促的期間啊。」

三月二十三日譯

麒麟

鳳兮鳳兮，何德之衰！

往者不可諫，來者猶可追，

已而已而，今之從政者殆而。

西曆紀元前四百九十三年。據左丘明、孟軻、司馬遷等之紀錄，是魯定公第十三年行過郊祭的春初，孔子讓幾個弟子們從於車之左右，由他故鄉的魯國登上傳道之途。

泗水河畔芳草青青地發芽，防山、尼丘、五峯之頂的雪雖然融了，而那像抓着沙漠之沙而來的匈奴似的北風還吹送着嚴冬的別意。勇敢的子路飛翻着紫貂之裘走在一行的前面。帶着沉思的神情的顏淵、誠篤的禮貌的曾參穿着麻履跟在後面。忠實的御者樊遲，一邊執着駟馬之銜，時時偷視車上的夫子的蒼老的容顏，想起可傷的流浪的師的一生不覺流淚。

某日，一行不覺到了魯之國境，誰也不免傷離惜別地回望故鄉的那方，但過來的路藏在龍山之陰看不見。於是孔子操着琴，用那蒼老的沙啞的嗓子歌道、嘆道：

予欲望魯兮，

龜山蔽之。

手無斧柯，

奈龜山何！

由是接連着三天向北方、向北方地前進。在茫茫的原野裏忽聽見一種安詳舒適的歌聲，那是一個鹿裘上繫着索帶的老人在畦間拾着落穗，一邊在唱。

「由！你聽了那個歌作什麼感想？」

孔子向着子路問。

「那個老人的歌聲裏，聽不出老師的歌中那樣的哀響。他用在大空飛翔的小鳥似的自由奔放的聲音唱着。」

「不錯，你可知他就是古老子的門人，名叫林類。怕已經百歲了吧，還是那樣春一來便到田野裏，多少年間唱着歌，拾着落穗。誰到那裏去同他說說話吧。」

這麼一說，弟子之一的子貢走到壠邊，迎着老人問道：「先生是這麼着唱歌，拾着落穗，難道毫無所恨嗎？」

但老人頭也不回，還是專心地拾着落穗，一步一步地唱個不住。子貢又追着問他，他才停聲，把子貢打量一番之後，說：「我有什麼恨呢？」

「先生幼不勤行，長不競時，老無妻子，死期將近，卻有什麼樂趣在這裏拾着穗，唱着歌呢？」

老人不覺狂笑起來說：「我以為樂的，世上的人都有，但都卻以為憂。我因為幼不勤行，長不競時，老無妻子，死期漸近，所以我才這樣快樂啊。」

「人家都好生而惡死，先生怎麼能以死為樂呢？」—— 子貢再問。

「死與生不過是一往一還。在這裏死，就是在那裏生。我知道為着那求生而齷齪的是一種『惑』，我覺得今日之死與前日之生沒有兩樣。」

老人這麼說又唱起來了。子貢不懂他的話的意思，以告其師。孔子說：「這老頭子很能說話，但還像是個得道而未至盡的人。」

又是接連幾天的長的旅行，不覺過了箕水之流。夫子所戴的緇布之冠被塵埃遮滿了，狐裘也早被風雨褪了色了。

「從魯國來了一個叫孔丘的聖人。他定能授我們那暴虐的君妃以好的教訓和賢明的政治吧。」

一入衛國之都，街頭巷尾的人們指着一行的車子便這麼說。那些人們的臉上都因飢餓與疲勞而憔悴了。家家的牆壁上都湛着嗟嘆與愁慘之色。這國裏美麗的花為着悅宮裏妃子的眼而移栽了，肥的豚為着饜妃子的舌而徵發了。暖麗的春天的太陽無意義地照着灰色的荒涼的街衢，而都城中央的丘上那繡出五彩的虹霓的宮殿吸飽了血的猛獸似的俯瞰着死屍似的市街。宮裏面打起的鐘聲如猛獸的嘯聲一般傳到全國。

孔子又問子路說：「由啊，你聽了那鐘聲覺得怎麼樣？」

「那鐘聲和訴之於天的沉痛的老師的調子不同，也和聽之於天的自由的林類的歌聲不同，它讚美着背天的歡樂，歌着可怕的意義。」

「唔，不錯。那就是昔日衛襄公榨取國中的財富和血汗造成的林鐘。那鐘一響時由御苑的林子反響到別的林子，成為那樣淒厲的聲音。同時又包着苦於虐政的人民的詛咒與眼淚才發出那種可怕的聲音。」

孔子這樣教他。

衛君靈公命人把雲母之屏、瑪瑙之榻運到收國原全景的靈台的欄邊，和服青雲之衣、垂白霓之裳的夫人南子對飲芳醇的秬鬯，遙望着臥在雲霞深處的野山之春。

「天地都泉水似的流着暖麗的光，為什麼我國的民家卻看不見時花之色，聽不見好鳥之聲呢？」

這樣說，靈公皺着疑怪之眉。

「那是因為本國的人民無可讚美我公的仁德、夫人的美貌，才把所有的好花都移入宮牆，甚至連國中的小鳥都一隻隻慕着花香集於御苑。」

侍立君側的宦官雍渠這樣回答。其時適通過靈台下的孔子的車的玉鑾，打破荒涼的街衢的靜寂，珊珊地響來。

「坐着那張車從這裏經過的那人是誰？那人的額像堯，那人的目像舜，那人的項像皋陶，肩像子產，腰以下不及禹者三寸而已。」

南子夫人回頭望着將軍指過去的車影說。

王孫賈替她說明道：「我少時遍歷諸邦，除周之史官老聃以外，還沒有看見像他那樣堂堂的相貌的人。那恐怕就是不得志於故國之政，上傳道之途的魯之聖人孔子罷。他生的時候據說麒麟出現，天聞和樂之音，神女下降。又據說他有牛一般的唇、虎一般的掌、龜一般的背，身長九尺六寸，備文王之體。剛才那個人一定就是他。」

「那叫孔子的聖人拿什麼道術來教人呢？」

靈公乾了一杯，問將軍。

「聖人者握着世間一切知識的鍵，但那人以齊家、治國、平天下之道授予諸國之君的。」

將軍再這樣地說明。

「我求世間的美色而得南子，又萃集四方的財寶而成此宮室。此外我想稱霸天下取得與這樣的夫人、這樣的宮室相稱的威權。我很想把那聖人叫來，請他授我以平天下之道。」

公對着桌子窺探着夫人的紅唇。這因為平日傳出公的心事的不是他自己的語言，而是由南子夫人的紅唇漏出來的語言。

「我想要看看世界上不可思議的東西。那個臉色悲鬱的人若真是聖人，他一定能讓我看見許多不可思議的事。」

說着，夫人抬起夢一般的明眸，遙送着去得遠了的車跡。

孔子的一行剛要走到北宮之前，一位儀容整肅的官長率領着許多隨從，策着屈產的驅馬，空着車右之席恭迎一行。

「我是仲叔圉，奉靈公之命來迎先生的。先生此次之上傳道之途，四方各國都聽得說了。在長的旅途中先生的翡翠之蓋被風吹破，車軛下也發出重濁之音了。請乘此新車，枉駕宮殿，授我公以安民治國的先王之道。為着輕先生的疲勞，在西圃之南的水晶似的溫泉在那裏沸騰着；為着潤先生的咽喉，御園中的芳香的橙、橘，在枝頭含着甘美的汁；為着慰先生的舌，苑囿的檻中肥美的牛、羊、豕抱着巨腹而眠。請兩月、三月，乃至一年、十年，長駐此邦，啟我們蒙蔽的心，開我們的盲瞶的眼。」

說着仲叔圉下車慇懃為禮。

「我所望的與其是有莊嚴的宮殿的王者的富，不如是慕三王之道的君主的誠，萬乘之位不足以逞桀紂之人慾，百里之國足以施堯舜之政。靈公真有除天下之禍、圖庶民之福的大志，我雖埋骨此土亦無所悔。」

孔子這樣答他。

一會兒一行被引到宮殿深處。一行的黑塗之履，在一塵不染的砥石的地板上戛戛的響。

摻摻女手，
可以縫裳。

他們通過多數女官一面齊聲唱着一面拋梭織錦的織室之前。從那綿似的盛開着的桃林之陰，聽見苑囿的牛的懶懶的鳴聲。

靈公聽賢人仲叔圉之謀，遠夫人及一切女子，洗淨歡樂之酒浸透的嘴唇，正其衣冠，招孔子於一室，質以富國強兵為天下王者之道。

但聖人關於傷人之國、損人之命的戰爭之事一言不答。就是關於絞民之血、奪民之財的富國之事也什麼都沒有說。他不談軍事、不談產業，獨嚴正地談道德之可貴；告以以力服人的霸者之道，與以仁懷天下的王者之道的區別 —— 公誠慕王者之德，當先克私慾。

這便是聖人之誡。

從那天起，左右靈公之心的不是夫人之言而是聖人之言。朝則參廟堂問行仁政之道於孔子，夜則到靈台從孔子學天文日時之運行，訪夫人的閨闥的時候差不多沒有了。織錦室裏的梭聲變成習六藝的官人的弓弦之音、啼聲與箠策之聲。有一天公清早獨上靈台展望國中，但見山野唱着嬌小的鳥，民家開着美麗的花，百姓到田裏努力耕作的都歌頌着公的仁德。公的眼中不覺流着感激的熱淚。

「你為什麼那樣哭着呢？」

那時忽然聽見這種聲音，隨着一種蕩魂的甜香撲公之鼻，那是南子夫人口中含的雞舌香，和常常撒在衣上的西域的奇香與薔薇水的氣味。由久已忘記了的美婦人的肉體放出的香氣的魔力，簡直要伸出銳利的爪抓住王一般的靈公之心。

「請你別把你那種不可思議的眼睛望着我，別把你那柔軟的腕縛着我的身體。因為我雖從聖人學克制罪惡的法子，卻還不知道怎樣去抵抗美的力量啊。」

靈公撒開夫人之手，掉過頭去。

「啊，叫孔子的那個人什麼時候竟把你從我的手中奪去了？我從來就不愛你是沒有什麼奇怪，可是你沒有不愛我的道理。」

這麼說時的南子的嘴唇燃着激怒。夫人嫁到這國裏來以前有過宋公子宋朝那樣的密夫。所以夫人之怒不在丈夫的愛情之衰，而在失了支配丈夫的心的力。

「我並非不愛你，從今以後我像丈夫愛妻子一樣的愛你罷。前此我像奴隸事主人、人類崇拜神鬼似的愛着你。舉我的國、我的富、我的民、我的命以買你的歡心，這是我前此的工作。但據聖人的言語，才知道有比這個還貴重的事。從前你的肉體的美在我是最上之力。但聖人的心聲予我以比你的肉體更強的力。」

講到這種勇壯的決心時，公不知不覺抬頭聳肩注視着生氣的夫人的顏面。

「你決不是那種背違我的言語的強者。你真是個可憐的人。世界上沒有比沒自己的力量的人再可憐的。我可以馬上把你由孔子手裏奪回來。你的舌頭剛說出那樣了不得的話，但你的眼睛不是已經恍惚地呆望我嗎？我得着奪一切男子靈魂的方法。我回頭要教那叫孔丘的聖人也做我的俘虜。」

說着，夫人誇耀地笑了一笑，流眄地望着公，衣裙勿勿地發着綷縩之聲離開靈台了。

到那天止保持着平靜的公的心裏已經有兩個力在鬥爭着了。

「到這衛國來的四方君子總是首先要求見我。聽說聖人重禮，為什麼卻不見他來呢？」

是這樣宦者雍渠傳夫人之旨的時候，謙讓的聖人沒有法子逆她的意思。

孔子和一行的弟子趨謁南子的宮殿，北面稽首，面南的繡帷深處只略見夫人的繡履。夫人點首答一行的禮的時候，聽得頸飾的步搖與腕環的瓔珞的珠玉相搏的聲音。

「訪這個衛國看見我的面貌的人，沒有一個不吃一驚說夫人的額像妲己、夫人的眼睛像褒姒。先生若真是聖人，可否請告訴我自三皇五帝的古昔以來，人間有沒有比我再美的呢？」

這麼說着，夫人打開繡帷含着明媚的笑把一行招到膝前。戴着鳳凰之冠，插着黃金之釵、玳瑁之笄，穿着鱗衣霓裳的南子的笑容像太陽般的光耀。

「我只聽得有高的德行的人的事，有美的容貌的人的事我卻不知道。」孔子說。

於是南子再問：「我集了許多不可思議的珍奇的東西。我的櫥裏有大屈的金、垂棘的玉。我的庭子裏有僂句之龜、崑崙之鶴。但是我還不曾看見在誕生聖人時出現的麒麟，也沒有看過聖人胸裏的七竅的心。先生若是真的聖人，可否讓我看看呢？」

於是孔子改容，用嚴格的調子答道：「我不知道什麼不可思議的、珍奇的東西。我所學的都是些都知道、並且不能不知道的事。」

夫人乃柔和其詞地說：「見着我的容貌、聽見我的聲音的人總是愁鎖的眉頭也要展開、沉鬱的容顏也要舒暢的，可是先生卻為什麼老是那樣難過的樣子呢？我覺得一切難過的樣子都是難看的。我知道宋國一個叫宋朝的少年，那個人雖沒有先生這樣高貴的額頭，卻有春空似的和愛的眼睛。還有我的近侍中有一個叫雍渠的宦者，他雖沒有先生這樣嚴厲的聲音，卻有春鳥似的輕倩的舌子。先生若是真正的聖人，便應該有與宏廣的心相稱的和藹的臉色吧。我現在替先生趕掉臉上的愁雲，揩掉煩惱的影子。」

說着顧左右近侍取出一個盒子來。

「我有種種的香，把這香氣吸入煩惱的胸膛時，人會一心地想望着一種美麗的幻影之國。」

在這樣的言語之下，七個戴着金冠、繫着蓮花之帶的女官捧起七個香爐環繞聖人的周圍。

夫人打開香盒，取種種的香一一投到香爐裏。七條重煙透到金繡之帷冉冉地上升。或黃、或紫、或白的檀香的煙中潛藏着南海之底的亙幾百年的奇怪的夢。十二種的鬱金香凝結着育於春霞的芳草之精、把棲於大石口澤中的龍涎鍊固的龍涎香的香、由交州產的蜜香樹的根造成的沉香的氣味，有把人心誘向遼遠的溫美的想像的國的力。但徒然使聖人的臉色更加憂鬱。

夫人很高興地笑着說：「啊，先生的臉色漸漸美麗地光輝起來了。我有種種的酒和杯子。像香的煙給先生的苦痛的靈魂以甜美的汁一樣，酒的點滴也可以使先生莊嚴的身體以輕鬆的安樂吧。」

在這種語言之下，七個戴銀冠、繫蒲桃之帶的女官很恭敬地把各種的酒和杯子搬到桌上。

夫人把珍奇的杯子一一注以美酒相勸。那種酒味之妙用使人生卑賢正的價值而愛美麗的價值之心。盛在通體透碧的瑤杯之中的酒，就和傳達人類所未曾嘗過的天的歡樂的甘露一樣。紙似的淡青玉色的自暖之杯注以冷酒時，少頃便沸騰起來溫潤愁人的腸胃。用南海蝦頭做的蝦頭杯伸着生氣一般的紅的數尺之鬚，像浪的飛沫之玉似的鏤着金銀。但這也徒然使聖人之眉更加顰蹙。

夫人更笑得起勁：「先生的臉色更加好看起來了。我有各種鳥獸之肉。以香的煙濯去靈魂之苦惱、酒之力鬆了身體之拘束的人，非得用豐富的食物培養舌頭不可。」

這樣一說，七個戴珠冠、束菜黄之帶的女官用盤子盛着各種鳥獸之肉搬到桌上來。

夫人又一盤盤地相勸。其中也有主豹之胎，也有丹穴之雛，也有崑山之龍脯，也有封獸之蹯，把那種甘美的肉唧一片在口中時，人心便沒有想起一切善惡的餘裕。但聖人的臉上並沒高興起來。

夫人第三次起勁地笑着說：「啊，先生的風采更加可敬，先生的臉色更加美麗了。嗅了那種幽妙的香，嘗了那種辛辣的酒，吃了那種濃厚的肉的人可以活在一種凡界的人所不能夢見的強烈的、美麗的、荒唐的世界，而逃脫此世的憂煩與苦悶。我現在在先生的眼前把這個世界展開你看罷。」

這話一說完，顧近侍的宦者指示滿遮着室的正面的帷陰，疊着深的皺紋低低垂着的錦帷由中央判而為兩，向左右分開。

帷幕的那一面是對着庭子的階。階下芳草蘼蕪的地面照耀着暖和的春日，無數或仰天、或伏地、或如躍、或如鬥地做着種種姿勢的東西在那裏滾着、壘着、蠢動着。同時聽得時大時小的哀慘淒厲的呼叫。有的像盛開的牡丹似的染着紅色，有的像負傷的班鳩似的顫抖。這是半因犯了此國的峻嚴的法律，半為供這位夫人的眼的刺激，被施酷刑的罪人之群。一個也沒有穿衣的，一個也沒有完膚的。其中也有僅因不合罵了夫人，臉上以炮烙殘毀、頸嵌長枷、耳頸也給刺穿了的男子們。也有僅因惹動了靈公之愛，招了夫人之嫉妒因而被劓鼻、刖足、繫以鐵鎖的美女。把這光景看得入神的南子的容華真像詩人似的美麗、哲人似的嚴肅。

「我時常和靈公同車通過此都的街衢。但見有向靈公以含情的眼色予以流盼的街上的女人，都把她捉來予以這樣的運命。我今天想陪着公和先生在街上走走，看過了那些罪人們，想先生也不會逆我的意思罷？」

這樣說了的夫人的言語中藏着壓人的威力，用溫柔的眼色說殘酷的語言，是這位夫人的慣習。

西曆紀元前四百九十三年春之某日，夾在黃河與淇水間的商墟之地的衛國都城的街市上走着駟馬兩輪的高車。兩個女孺捧着宮扇立於左右，多數文官女官跟在周圍的第一架車上坐着衛之靈公、宦者雍渠，和以妲己、褒姒之心為心的南子夫人。以弟子數輩擁於前後坐在第二架車上的是以堯舜之心為心的鄒邑的聖人孔子。

「啊！那位聖人之德看起來還不及那夫人的暴虐。從今以後那位夫人的言語又會成為這衛國的法律罷。」

「那位聖人的樣子多麼悲哀啊。那位夫人的態度多麼驕傲啊。可是那位夫人的容貌沒有比今天再美的。」

竚立在街頭巷尾的庶民之群口裏這樣說，仰望着行列之經過。

其夕，夫人特別美麗的化粧，把身子躺在她自己的閨中錦繡的茵褥上等到更深，早聽見悄然而來的履聲，有叩閨者。

「啊！你畢竟回來了。你再也永久不可從我的擁抱中逃出去。」

說着夫人張開兩手把靈公抱在她的長袖的裏面。那帶着酒香的柔軟的皓腕，就像結而不可解的縛一樣抱着靈公的身體。

「我恨你。你是個可怕的女人，你是亡我的惡魔，可是我不能離開你。」

靈公的聲音抖着。夫人的眼睛閃着惡的誇耀。

翌日之晨，孔子一行指着曹國重登傳道之途。

「吾未見好德如好色者也。」

這是離衛國時聖人所留的最後的言語。這言語載在他那貴重的《論語》中，傳到今日。

人面瘡

歌川百合枝（Utagawa Yurie）最近有兩三次聽得人家說她所主演的神秘劇，某一部淒厲的、不可思議的影片近來在新宿、澀谷一帶不很有名的電影館開映了，並且周轉於東京市外各館之間。據說那好像是她還在美國 Los Angeles 做 Globe 公司的基本演員，扮着許多腳色的時候所拍的影片之一部。據看過的人說，那片子的末了拍着地球的商標。登場人物除日本人外還有好幾百個白人。日本文的標題叫做「執念」，英文標題的意為「有人的面孔的腫物」，是五本頭的長片，拍得很藝術的，極幽秘玄奇之至。

自然，百合枝在美國所拍的片子發現於日本電影館的這不是第一次。就在她歸國以前也常在由地球公司輸進來的五六種影片之中看見過她的容貌，她那種即與歐美女優為伍亦無甚愧色的、豐而柔滑的肢體，西洋式的嬌媚而加以東洋式的清楚的美貌，早引起國內電影迷的注意。在畫面所表現的她是在日本女人中很少見的活潑，又頗具備膽力與輕捷的身體，雖甚為冒險的攝影她也能含笑從事，最宜於扮演女賊、毒婦、女偵探這一類妖麗的並且需要敏捷的動作的腳色。尤其是從前在淺草敷島館做過的《武士之女》一片，大體寫一個叫 Kikuko（菊子）的日本女孩子為着要探聽某國的軍事上的秘密，縱橫歐亞大陸，有時扮做妓女，有時扮做名媛，有時又扮做江湖賣藝者，演這個女主角 Kikuko 的百合枝那種水流花放的技藝一時使公園觀客的血為之沸騰。她去年受東京日東影片有限公司的招請，以前所未有的大薪水聘她做演員，她於出國四五年後由美國回來也就是因為那個片子博得本國人盛大的歡迎的結果。

可是在百合枝覺得一次也不曾演過「有人的面孔的腫物」這個戲。就由那看過這戲的人把戲的內容和每一個場面詳細地說給她聽，她依然想不出她什麼時候拍過那個戲。那被構成的事件之發端起於一個住在溫暖的、面着像廣重[1]的畫一樣艷美的海的日本某一港灣 —— 也許是長崎一類的地方罷 —— 沿着浦江的街道的遊廊中叫菖蒲太夫（Ayame dayu）的名妓。在這個城市被歌頌為第一美女的名妓為那一到黃昏便不知從何處傳來的尺八（譯者注：日本簫）之聲所誘，在那覽盡一灣風景的青樓的第三層顯着像龍宮少女似的嬌艷的豐姿，凭着欄杆聽得入神，那吹尺八的卻是早就戀慕着她的一個卑賤而骯髒的乞丐。

—— 既生為男子至少也得和那花魁相好一晚便死也瞑目。

這背人私下抱着這種願望的青年，嘆他自己不幸生長貧家又長得醜陋，常在黃昏之中徘徊於海岸的碼頭的陰面，靠着一竿短笛，從遠處暗暗地窺視花魁的容貌，聊慰他的相思。這個可憐的花郎以外被她奪去魂魄的人還很多，但一個

[1] 廣重：歌川廣重，日本浮世繪畫家。

也不曾得過她的真的情熱的報酬。這也難怪，自從她在去年春杪和一個碇泊在這個港灣的美國商船的船員結過白頭之約，她朝朝暮暮都忘不了那白人的樣子，只等着訂過再會的約束的今年秋天。她每聽得那花子的笛聲便朦朧地眺望着灣頭的白帆，耽於默想。

這是那影片的序幕，不久，那美洲海客算是又回到這個港灣了。沉溺在菖蒲太夫之愛的白人想無論如何把她帶回故鄉，但哪處籌起那筆鉅大的贖身的錢呢？於是想把她從遊里[1]盜出來，然後把她藏在商船底下密航到美國去。他為着實行這個計劃，便說通那個吹笛的花郎叫他幫他的忙。某天晚上花魁從妓樓後門悄悄地出來之後，等在那裏的白人便把她裝在一個大的箱裏，載在貨物車上交給花郎看守，他自己裝着沒事的樣子回到商船上去。這花郎把貨車拖到市外寂寞的海濱、他每晚藉蔽霜露的一所古寺的空房，把裝着花魁的箱子藏在正殿的須彌堂旁邊，預備隔過幾天白人趁夜靜更深的時候駕一艘小舟划近寺旁崖下波石相吻的地方，由花郎之手取得那口箱子，安安心心地裝載到本國去。花郎很高興地承認了白人的拜託，但要他在事情成功了的時候給他以金錢以外的報酬。他把從來不曾對人家說過的胸中熱烈的戀情吐露出來。

---

[1] 遊里：江戶時代獲政府認可的風月區。

「但凡是替花魁效勞，我就把生命丟掉也不以為可惜。我與其為着永沒有希望的戀愛所苦，倒不如替花魁那樣愛着的你幫忙使你們兩人的戀愛成功罷。這算是我對於花魁一點小小的盡心。但你若是多少憐惜這個難看的花郎的衷情，請在把花魁藏在古寺的期間，哪怕一晚也好，讓我一親近她的身體。這是我一生一世的請求。……」說着他向他磕了無數個頭，流着眼淚拜求他。「……先生啊，自從去年春天你的船離這個港灣以來，每天每日在她那屋子的欄杆底下走來走去、吹着笛子安慰花魁之心的也是我啊。像我這樣一個花郎，這雖是極不知進退的、折磨人的請求，但是你若肯了，我死也願意。萬一事情發了，罪由我一個人擔當，無論怎麼樣我總幫助你們吧。」

他是這樣苦苦地哀求，那白人也不好乾脆的拒絕他。他想花魁雖是他的很緊要的戀人，但反正她從前是把肉體給許多男子接近的，為着報這花郎的親切，讓她賣一兩夜私情也不要緊。可是聽了這話的本人菖蒲太夫從窗櫺裏望了一望這花郎的樣子，早已嚇得抖起來。從來受着所有的客人們的諂媚、任情使性慣了的驕傲的她，慢說讓那樣一個污垢滿身、形容如鬼的青年接觸她的身體，就是讓他接觸她的袖角也要使她感死以上的痛苦的，於是她與那白人串通，騙着花郎把箱子裝在貨車上。

白人別了花郎回本船去了。花郎把貨車拖進古寺之後，急於想見花魁的玉貌，在那昏暗的正殿的佛像之前便要打開箱蓋。可是那蓋下了嚴重的鎖，怎麼樣也打不開。他抱着那箱子對藏在中間的花魁通夜責那白人的不信，哀訴他的悶悶之情。

「那個白人並非有心欺騙你。一定是他匆忙之中忘了把鑰匙交給你吧。他若是一會來了，我一定叫他打開箱子履行前約的。」她是這樣頻頻地哄騙着那花郎。

是這樣過了兩三天，天還沒有亮的時候，那白人跑來了。他連向花郎謝他忘記鑰匙之罪，然後說：「商船立刻就要起錨離港了。實在沒有工夫應你的請求了，請馬馬虎虎收了這個罷。」丟給了他一些金幣。

那花郎自然沒有高興地受取那種東西的道理。

「既然此後再也沒有看見花魁的玉容的時候，我活着也沒有用。本來我已經決心了要是如了我的願我想投海而死的。可是你們卻把我騙得這樣厲害！花魁既然這樣地嫌棄我，我難道好十分勉強她。不過可否請讓我見她一面做我今生的紀念？至少也讓我在花魁那繡着黃金之花的絢爛的 Kimono 的衣角上接一接吻罷。」他反覆哀求着。

但花魁怎麼樣也不肯。

「任怎麼樣別開這個箱蓋。早把那花郎趕開，把我搬到船上去罷。」她在箱子裏高聲催那白人。

「很對你不起，你聽她那麼說，我怎麼好違背她呢？並且可惜得很，我今天也忘了帶鑰匙來。」白人很困難似的辯解。

「好！既然如此，我現在就在你的眼前，從這個海岸投海。可是我死也得會會花魁，會了我得吐露我的怨恨。」花郎說。

「要死你去死你的罷！」她再在箱子裏罵着。（在影片裏拍出箱子的縱斷面。氣得頭髮都要豎起來的她的表情拍得很自然。）

「我若死了，我的執拗的妄念、我的醜陋的面貌要吃進花魁的肉裏面去，永久也不離開你罷。那時候無論你怎樣後悔可來不及了。」說着，那花郎便由寺前的巖上跳到海中間去了。

白人好容易才安了心，急從衣袋中取出鑰匙來打開箱蓋，一面慰撫着花魁，互賀機謀之成就——到這裏為止的事件都收入一二兩本。

第三本以下，是從離開日本的船上到白人的故鄉——美國的事。最初表現的畫面是裝着花魁的那個箱子和許多貨物一塊被拋放到船艙的角上的光景，與這箱子的縱斷面。她靠着最初貯下的水和麵包維持着生命，在那窄狹的箱子裏面抱着兩個膝頭，把脖子伏在膝頭上，縮着身子。經過兩天三天，右邊的膝頭上忽然生了一個怪的腫毒，腫起得可怕。並且那柔軟的浮腫的表面還有更細的四個小疱頭，漸漸凸起來了。最怪的是那個腫毒一點也不覺得痛，她把那腫起的局部用手去按，或是敲敲。恐怕因為是太想把它壓平的緣故罷，那柔軟的表面一天天地堅硬起來，那四個小的疱頭也漸漸分出明瞭的輪廓來。四個腫起的東西中間，上面兩個像球似的圓，中央一個豎的取細長之形，最下部一個横的蜿蜒像芋頭蟲一樣，可怕得很。行李箱子裏面應該是漆黑的，但從那預先為通空氣做好的一個僅小的間隙裏透進來的光明朦朧地射在她的身邊，尤以在右膝頭的周圍那畫着一個比較鮮明的、和月暈似的圈的光線像滴了一滴水一樣空濛地滲透着。她有時把那患處仔細一看，上面的兩個凸起覺得很有些像生物的眼睛，於是發見中央那細長的像鼻子，下面那芋頭蟲似的東西像嘴唇，那腫起的表面全體俄然一點不錯的成了人的臉！

「這是心理作用吧。」

她這樣的想。但還是像人的臉。更討厭的是那個腫毒雖然和小孩子畫的戲畫一樣由簡單的線條而成，但不知怎樣有些像那花郎的樣子。她剛一注意到這點，她就被一種不可名狀的恐怖所襲，頽然向前面昏倒……

暈去下垂的她的頭正伏在那個膝頭上——這時那腫毒一刻刻成長，不過是簡單之線的眼睛鼻子，口逐漸帶着吹進了生命似的神彩與形態，結果便成了酷肖花郎的面貌的人頭。固然大小要比實物小些，把它縮小到可以嵌在膝頭那麼大，很巧妙地複印（double print）着。這是從前那吹笛子的青年在要投海之前發出詛咒的言語時那種幽鬱的膠熱的表情，經過極偉大的名匠之手雕刻而成似的默然無語地嵌着。

此後充滿着這個人面瘡對於她種種復仇的淒慘的故事。船一抵美國，她把那腫毒的話一句也不向她的戀人提起，兩個人在舊金山的近郊租起房子住着。因為想和他過家庭生活不做船員而就了某公司的辦事員之職的白人，看見她近來甚為陰鬱，很不可解，暗暗地留神之中，某晚忽以偶然的機會卒致發見了這個討厭的秘密，他想要丟了她逃走。她不願意讓戀人逃走，很激烈的爭鬥之中不覺抱着他的咽喉把他弄死了。（她的身體已為怨鬼所附，所以無意識之間有這樣的膂力。）她一時像失了神似的茫然地站在她戀人的屍體之前。這時由那因打架的結果扯得稀碎的她的衣邊的裂縫，窺着白人的屍體的那人面瘡，開始活動那凝然的顏面筋肉獰惡地露齒而笑。（從此人面瘡盛為各種表情，或喜或悲、或瞋目、或吐舌，甚至紛然落淚，歪嘴流涎。）—— 這是它最初的復仇。

其後，她的運命不斷地受着人面瘡的迫害與威嚇，她殺了愛人之後性質忽然一變，一方變成非常多情的大膽的毒婦，而她的美麗的容貌卻比以前更加優婉，更加發揮她的嬌媚，一個一個地騙着白人，吸他們的錢，取他們的命。有時被她犯過的罪的幻影所苛責，由午夜的夢醒來的她雖然很想改心，但總是被人面瘡所阻，嘲笑她的卑怯，唆使她作惡，所以她不知不識之間淪入墮落與悔恨的深淵。她有時做賣淫的妓女，有時做賣藝的藝人。（此劇的女主腳有無論洋裝、日本裝都極調和的、便當的容姿與體格，在這個片子中把它發揮個盡致。）隨着她境遇的轉變，舞台也由舊金山移到紐約，由歐洲各國進來的貴族、富豪、外交官，以及身份極高的紳士們不知道有多少被她迷去了魂，吸去了鮮血。她雖然住起壯麗的邸宅，出進坐汽車，過起貴婦人一般的豪奢的生活來，但孤獨的時候依然被良心的苛責所苦。然而她精神的痛苦越厲害，她的肉體越加豐滿，顏色越加明艷。最後她與某國青年侯爵相愛，很圓滿地結了婚。可是，若是這樣做了侯爵的年輕的夫人，過着平和的日月豈不很好？然而沒有這樣的好事。某晚新婚的夫婦招待許多客人開大晚餐會的時候，她卒將那對她丈夫以及無論誰都深深地隱藏着的人面瘡在滿座之中暴露了。她始終用紗纏着那腫毒，上面再緊緊地穿上襪子，在人前無論什麼時候總不露出膝頭來，但那夜她在跳舞室跳得興高采烈忘記一切的時候，突然一縷鮮紅的血由純白的她那絲襪子上流下來，點點落在地板上。這樣她還不曾注意依然跳着，但平常覺得夫人膝頭上老繫着綳帶很以為怪的侯爵無心地走到旁邊檢視她的傷痕時 —— 人面瘡自己用牙齒咬破襪子吐出長的舌子，眼睛鼻子都流着血，吃吃的笑着。

她當場就發了狂，跑到自己的寢室便用小刀刺其胸，仰面倒在寢台之上。她雖是這樣自殺了，但人面瘡好像還活着似的，依然地笑着。

這是「有人的臉的腫毒」一劇的大略，據說最末了是以人面瘡的表情的Close up（特寫）終結的。

大概這種影片，照例是首先映出寫着原作者和導演的姓名、主角的本名和所扮的人名的，獨至這個影片作者與導演者的名字什麼地方也沒有記載。只有扮菖蒲太夫的女優歌川百合枝很堂堂的介紹了，開宗明義第一章就是她穿着侯爵夫人和花魁的衣裳出來打招扶。而那演着比百合枝更重大的腳色的吹笛子的花郎的日本人到底是誰，雖然是從不曾見過的臉，卻全然沒有說及。

以上的話，是百合枝從捧她的兩三個觀客那裏聽來的。既然是捉着她本人的活像的影片，她一定是什麼時候在哪裏拍過一次的。但她無論如何喚不起演過這樣的戲的記憶。固然為着拍上影片而演戲的時候，不像普通演戲一樣，按着戲曲發展的順序的，因着那時候的便利可以任意由腳本中選擇場景，不管前後的拍起去。有時候甚至有在同一地方，同時拍兩三個完全不同的劇曲中的某景的事。因此電影演員多有不知道自己所演的戲的情節的。尤其是百合枝供職的地球公司導演家取着絕對不把戲的情節告訴演員的方針。演員沒有預先讀腳本、練習之必要，人物的性格完全不知道，只「信而好古」地學着導演所示的動作，照着樣子哭着、笑着，一場一場做起去就得。這樣一來可以防止演出錯誤的解釋，除掉他們的技藝中像在做戲的不自然，使演出添加無數生氣，所以美國的一般公司都取着這種方法。以此百合枝在Globe

公司工作了四五年拍過幾乎無數的鏡頭，可是這些場面成為什麼戲的要素、構成幾種類的戲曲，當時就是她自己也一點想像不出。說起來她就好像製造附屬於某大規模的機械之一局部的齒車或是彈條的工匠一樣。不錯，她前此也扮演過多少次的花魁與貴女。因為擅演女賊和女偵探，所以演藏躲在箱子裏、玩弄男子，或是殺害男子這一類光景的經驗真是達了數不清的回數。因此那中間哪一段哪一段成了《人面瘡》劇之一部，她鬧不清楚也不為無理。何況這個影片用了熟練的技師的 Trick（奇攝），把成為腫毒的花郎的臉印上了她的膝頭，她本人記不起來也許更加是當然的事。

可是話雖這麼說，一旦看見了完成後的整部片子，或是聽見了那戲的情節總是可以想到「啊，那時候所拍是這一段的」。何況這是在長本頭片子中一部很傑出的優秀的影片，她會到今天看也不曾看見，甚至連存在都不知道 —— 這樣的怪事是不會有的。並且她在美國的時候最愛看她自己演的影片，任怎樣短的片子她也一個個地看過了的。就是回到日本之後也因懷戀 Los Angeles 的昔日，看不慣東京各公司那種粗製濫造的片子，每逢在美國時代所拍的片子在公園一帶開映的時候，總偷暇去看看。因此對於她全然想不起的《人面瘡》這個影片，不知何時由地球公司製作輸到日本來，這件事實使百合枝感到「有人的面孔的腫毒」以上的不可思議。

講到不可思議時，以那樣一部藝術的、優秀的影片許久不受世間的歡迎，到近來忽然流轉於近郊的電影館，這也夠不可思議。這部片子究竟什麼時候輸到日本的呢？由哪一個公司手裏首先開映的呢？在發現於東京近郊以前曾在何處徘徊過呢？她偶向在同一公司供職的演員和兩三個辦事員探問，據說誰也不曉得那個東西。有機會的時候本想自己去看看，但因老是在很遠的郊外的街市開映，今日青山，明日品川，始終這麼流轉着，所以她總是把機會錯過了。

因為她自己不能看見，所以對於這個影片的她的好奇心更加刺激了。地球公司聘有一個叫 Jefferson 的極會「複印」的技師拚命地製作「奇攝」影片，因此《人面瘡》這個戲恐怕也是靠他的本領幹出來的。照那愉快、活潑的 Jefferson 的性質一想，也許他故意要讓她大吃一驚，所以窮兇極惡地運用他大膽的匠心。也許除那腫毒的地方以外，全篇到處應用着預想外的、微妙的奇攝 —— 可是既然如此，她更應該看見這個影片了。還有她對於那扮吹笛子的青年的日本演員也不能不抱深深的疑惑。地球公司所僱的日本的演員當時只有三個。那三個人中決沒有一個把長崎那樣的港灣做背景，至少扮做花郎和她一道站在 Camera 前面的事。那把醜形永遠印在她那白緞子似的美麗的膝頭上的日本人到底是誰啊？ —— 越馳騁她的空想，百合枝越覺得自己就好像是那實際的菖蒲太夫，而被那一個奇怪的日本人所詛咒。

「這個難解的啞謎的影片來歷，在日東影片公司裏面或者有誰知道的吧？」

這麼想着的她，忽然注意到多年在公司供職的一個高級辦事員叫 H 的。他是一個從事與外國公司的交易上的通信與英文電影雜誌及說明書的翻譯的人。關於輸到日本的美國影片之製作年代、輸入的經路、片中演員的出身似乎有很精密的知識。她想若是去問他也許可以得着些線索。有一天她走到在日暮里攝影場旁邊的事務所的二層樓輕輕叩着獨自在那裏執務的 H 的肩頭。

「哦，那個片子嗎？…… 唔，我也不能說完全不曉得。……」

H 受着質問，很快地眨着他那溫藹的眼睛好像很狼狽的樣子，不安地把屋子周圍望了一周，起身把百合枝進來時打開的門關好之後，才好像鎮靜了一點，熟視着百合枝的臉。

「……那麼連你自己也不記得拍過那個片子嗎？那麼，就更加是一個不可思議的怪的片子了。老實說關於那個片子我也老早想要問問你的。一來人家聽了不大好，二來說起來也很怕人，所以就一直沒有問你的機會。今天好在誰也不在這裏，說給你聽也好，不過你聽了之後可不要害怕。」

「不要緊啊，既然那樣可怕我更加要聽。」

百合枝強裝着笑容說。

「那個片子實在就是屬於本公司所有的，最近以前借給近郊的電影館演了一些時候。我們公司買那部片子確是在你由美國回來的一個月以前罷。那也不是由地球公司直接買來的，是橫濱一個法國人來找我們公司賣的。那個法國人據說和那部片子一道還在上海買了好一些片子長遠擺在家裏玩。在法國人買來以前似乎在中國和南洋殖民地一帶演得不知多少次，有許多地方弄壞了，受了傷了。可是本公司因正當《武士之女》以來你的牌子最紅的時候，又兼你又簽定了到本公司來的合同 —— 並且那片子雖然弄壞了，但很有精彩，就在你的作品中也不失為一部有特殊風味的、異軍突起的片子，所以出例外的重價買了。可是買了之後，不久關於那個片子就發生一種奇妙的謠言。說若在更深夜靜的時候，獨自一個人，在幽靜的屋子裏把那部片子映放起來看，哪怕是個很大膽的人，怎麼樣也不敢看完。這個可怕的事實是被以前在我們公司供職的 M 技師為着修正片子上的模糊，有一天晚上在這個事務室的樓下，一面放映那個片子，一面檢查它的傷損的偶然的機會發見的。最初誰也不相信 M 的話。後來有兩三個好奇的人輪着試驗了之後，大家都鬧着說：「確實怪得很。那個片子裏有鬼！」

奇怪的事還不止此，那 M 技師因為被那個片子嚇壞了，漸漸有些神經起來，沒有好久公司便把他辭退了。就是 M 以外好奇地去實驗過的人們後來也每晚做惡夢，害着莫名其妙的暈眩病，接連着發生許多想不通的事。我們社長也是實驗過來的一個，後來也害了半個月不知道病名的熱病，吃了很大的虧。你不是曉得社長是那樣一個迷信的神經質的人嗎？那樣一來他一天也不高興把那個片子放在公司裏。病一好，他馬上開秘密會議，提出了兩個意見，一火速把那個片子賣給別的公司，二對於與那個片子有關的你也要解除聘約。可是聽了社長的這個意見，大家都很反對。有的說出那樣高的價錢買進來的東西，公司沒有眼見得要賠本隨便賣給別家公司的必要，有的說影片是另一問題，對於你本人既經特別訂立了合同，甚至還交了多額的定洋，也不必中途毀約，議論甚為紛糾，結果成立了一個妥協案。就是那個片子之作怪只限於深夜僅僅一個人看着的時候，人家既很不容易發見，在公開席上供多數人的觀覽也應該沒有什麼妨礙的。因此倘若社長怎麼樣也不願意放在社內的時候，此刻可以借給別的公司，等到有了肯出相當的價錢的買主時再賣出去。至於和你的合同完全沒有解除的理由。自然，若是那個片子作怪的事實讓社會上的人通知道了你的聲名，片子的價值都很要受影響，所以大家都堅守秘密，就是社內的人也務必不讓他們知道那件事 —— 立了這麼一個案。因此在辦事員與演員的名單大有變更的今日，知道那個秘密的社內幾乎一個也沒有，也不足怪了。最初出席秘密會議的董事們的意思，本想以高價的損失費租給哪一家大公司，因為正當着各公司競爭軋轢很激烈的時候，不能照預料的去做。於是沒有法子便租給京都、大阪、名古屋一帶的小電影館。因為沒有經在報紙上出大大的廣告的有力的戲館老闆之手，所以那樣的好片子無論到哪裏也沒有引起社會的批評。近來在關西一帶算打了一個圈子，所以才出現於東京的近郊。⋯⋯ 關於這個片子的深夜作怪，我雖聽過實驗過的人說，但我自己並沒有親自試過。不過當公司把那個片子買進來，會同警察官和新聞記者第一次試映的時候，我是把全部影片仔細看過的一個人。那時候我覺得奇怪的演那中間的花郎一腳的日本演員，在那個片子中登場的主要男女演員從你起我大體都是熟識的知道名字的人們，只有那個日本人卻是我一次也不曾見過的演員。至少，和你同時在地球公司供職的日本演員都是些什麼人，我是十分知道的。假令我的調查不錯，女演員除你之外還有 E 與 O 兩個，男演員除 S、K、C 三個人之外應該沒有別人。⋯⋯ 對不對？是不是確實只有那幾個人？ ⋯⋯ 可是扮那花郎的日本人不是 S，也不是 K，也不是 C。不知除這三個人以外你還想得出別人不？我要想問你的就是這件事。」

H 是這樣把這長話告一段落。

「我也除那三個人以外想不出別個，可是沒有把我所不知道的別一個演員『複印』進去的形跡嗎？ ⋯⋯ 我想一定是那樣的。」

「『複印』這話我也想過，我也曾聽見人談過奇攝（trick）名人 Jefferson 的大名，我想也許是那樣的罷。不過確有一兩塊地方就是以 Jefferson 那樣的名手，要把他複印進去也就覺得巧妙得太厲害了。假令那完全是複印的，我們只能說Jefferson簡直曉得一種幾乎不是我們所能想像的靈妙不可思議的秘密。怎奈有許多許多可疑之點，在半年以前我也曾把這些疑問拼在一道寫信去質問地球公司。後來不久由公司寄來的回信也很不得要領。據那公司說：「我們這裏沒有拍過『有人的面孔的腫毒』的標題的影戲。不過拉雜地採用那個戲中所表現的那樣的場面作成與那個戲多少相類似的影片的事確實有過。因此恐怕有誰把別的影片的斷片接上那個片子，或是加以一部分的修正與複印，因而製成那樣的偽片吧？在本公司供職中的演員們可決不會有瞞着公司製作那種影片的事。他們每天要到公司的攝影場供職，絕對沒有那種餘裕。還有當Miss Yurie在本公司供職中和她同時聘用的日本男演員是照你所說的，只有S、K、C三個。不過在她供職以前也曾僱過兩三個日本人，最近又新聘了五六個。所以就在本公司把她所不曉得的日本人複印進她的片子中去的事不單止不一定沒有，同時是很可有的事。不過本公司雖然可以做到很困難的甚至破天荒的複印，而關於那種複印到哪一個程度，及如何才可能，卻屬於公司的秘密，很對不起，不能為明瞭的答覆。還有承質問的那片子倘若是假的，本公司自不能緘默，為參考起見很想把那片子檢查一遍，務請以相當的代價讓給敝公司。……」大體是這種意思的信。所以結局還是不懂得那個片子的原身。好像還是如地球公司的回信所寫的，誰把和那個情節相似的片子接上其他的許多片子，再很巧妙地加以修正和複印湊成一個影戲的推測頂有道理。不過假令是那樣的，那麼能做那樣的工作的應該是 Jefferson 以上的名人。但即真有 Jefferson 以上的名人，那樣麻煩的工作決不是單為賺錢的目的所能做的。再連着剛說的那半夜裏的怪事一想時，關於那個片子一定有什麼很妙的因緣。⋯⋯ 這樣說來好像很怪，你在美國的時候不記得有什麼和人家結下仇恨的事嗎？一定那個片子和一個愛着你卻被你嫌棄、欺騙得一場糊塗的人有關係。我想一定是那樣的。那個人那種怨念附在那個片子上了。」

「請等一等。我雖不曾做過被人家的怨念附着的惡事。但那變成腫毒的人的臉究竟是怎樣一種樣子？不是說，是一個很醜陋的人嗎？」

「是的，醜得可怕。不知道是日本人還是南洋土人，那樣的漆黑的顏色的閃閃灼灼的眼睛，臃腫的圓臉盤，全然像腫毒一樣的容貌。年紀是三十歲前後，比影片中的你看起來要老十歲。因為是看了一遍永不會忘記的臉，所以你若是知道他沒有想不出來的。不，不獨是你，就是我們到現在還不知道他是哪裏的什麼人，真是很奇怪的事。為什麼呢？因為就扮吹笛子的花郎時那種深刻極了的演作、就成為腫毒之後陰鬱的淒厲的表情，能夠和他匹敵的演員恐怕只有演《勃拉格的大學生》和《歌烈姆》的主人公的威格納吧。具有那樣有特長的容貌與技藝的唯一的日本人，在內地不要說，就在美國的電影雜誌不單止沒有登過照片，連名字都沒有見過，這已經就是一種怪異了。到今日為止，我們只好相信他是不住在這個世界的人，不過是活動於影片中的幻影。尤其據實驗過那片子的怪異的人們說，誰也不相信他是人的照片，說他是鬼怪，世間決不會有那種演員，說『要不是鬼怪怎麼會發生那樣的怪事』。……」

「因此我想問到底是怎麼一種怪事。剛才雖承你很詳細地告訴了我，可是關於最要緊的怪事，你還沒有對我講。

「老實說：我怕你的神經像會要生病所以故意留着沒有說。可是既然說到這裏來了，索性就說一個痛快罷。我從那後來發了狂的 M 技師聽過他那最詳細的實驗談。極其摘要的說起來，就是那個影片的怪異在那個幻影男子的臉上。本來依 M 技師長期間的經驗，據說『電影片子這東西，在淺草公園的電影館，一面聽着音樂和辯士的說明，在熱鬧的觀覽席上去看的時候，固然起一種愉快的興奮的感情。但若在深夜，僅僅一個人，在寂然無聲的暗室裏映起來看，卻不知什麼緣故總感覺得一種妖異的、怪怕人的心緒。那若是靜的寂寞的片子固不必說，就是花團錦簇的宴會、龍跳虎擲的格鬥那種光景，越是許多人的影子熱鬧地活動，越覺得那不是死的東西，反覺得在看着戲的自己好像要消失不見似的。其中最可怕的是特寫的人的臉露着齒笑着的樣子 —— 這種鏡頭一來不覺全身竦然，搖着齒車的手會突然停下來。在這種時候笑的臉比生氣的臉更可怕』。這是 M 技師常說的。他又說：『並且我自己是技師，這不覺得什麼，假令是每一個演員獨自一個人把自己演的片子搖起來看，不知道要起一種什麼怪的感想。一定覺得影片裏的自己是真正活着的自己，而站在暗處看着的自己反倒覺得是影子似的罷。』他對於普通的片子尚且如此，一旦在這日暮里事務所這種空寂的映寫室裏，深更半夜看《人面瘡》那樣的片子，這時的心裏大約我們也可以想像出來罷。據說從第一本那吹笛子的花郎出現的那一瞬間他已經像被人刺着胸口一樣，全神經好像潑着涼水似的，起了某種不同尋常的預想。那個片子雖然很受了傷，到處都有些朦朧，但這一點也不妨礙，反而添加陰鬱的效果，這不是很妙嗎？又據說從第一本到二本、三本、四本，總算可以勉強看下去，但若仔細地、凝神靜氣地看到第五本的末了，菖蒲太夫的侯爵夫人發狂自殺的時候接着表現的場景，平常的人總要嚇得一時發暈。那個場面是把你的右腳的一半，從膝頭到腳尖特寫（Close up）下來的。隆起在膝頭上的腫毒做出極深刻的表情，好像多年的妄念一旦了清了似的，歪着嘴唇露出一種獨特的、像哭似的笑 —— 同時還突如地極細微、但極確實無疑地聽到那種笑聲！據 M 技師想，說這是外部有多餘的雜音，或是注意略為分散時便聽不見的低聲，因此要聽見他很有凝神靜息之必要。也許那種笑聲在影片放映於公眾之前時也聽得見，不過大家誰也不注意吧？ —— 怎麼樣？就是你，聽了這個話也不很好過罷。哦，我還忘記對你說，那個片子今晚就得讓給地球公司，兩三天以前從巢鴨的叫大正館的電影院拿轉來，現在擱在這事務所的那個架上了。在公司裏放映是給社長嚴禁了的，若是單看看片子一點也不要緊。怎麼樣？我陪着你把這片子給你看一看罷？總而言之，你只要看一看那花郎的臉，也許就可以得到解決這啞謎的線索。……」

H 等着百合枝閃耀着充滿好奇心的眼睛向他點頭，他便從堆在旁邊架上的鑌鐵製的五個圓盒中取下那裝着第一本和第五本的兩盒。在寫字枱上除了蓋，把那像鋼鐵似的耀眼的影片的帶子扯得很長很長，向着明朗的窗戶那邊照給百合枝看。

「喂，你看。這就是那要飯的。……」

說着，H 又把第五本上複印到她的膝頭上的那腫毒的臉給她看。

「你瞧，像這樣，成了腫毒。這確實是複印的，我也知道。你可認識這個人麼？」

「不，我不認識這個人。」她說。這是沒有去尋求過去記憶之必要的那樣明白的、一個未知的日本男人的臉。

「可是 H 先生，這當然是複印進去的。定是什麼地方有這麼一個人的，決不會是鬼怪罷？」

「可是有一個怎麼也不能複印的地方。咯，你瞧這個地方。這是第五本的中部。女主角反抗那腫毒打它的臉時，那臉咬着她的手，把她右手拇指的下端緊咬在牙齒與牙齒之間不肯放，你拚命要把五個指頭拉出來在苦悶着。這種地方是怎麼樣也不好複印的。」

說着，H 把影片交給百合枝之手，取洋火點燃香煙在屋子裏走來走去，還像獨語似的添加幾句 :「 …… 這個片子要歸地球公司所有會成怎麼一種運命啊？我想是那樣精明的那個公司的事一定會把它製出無數的拷貝再正正堂堂地賣出去吧，一定是那樣的。」

御國與五平（一幕）

人物：御國

五平

池田友之丞

時：　德川時代

地：　野州那須野原

茫茫的寂寞的秋天的那須野原的黃昏，由上首到下首是一條有雙行松樹的街道。一株松樹下休息着旅裝的主僕二人。所謂主人是西國武士的寡妻御國，僕人便是家人五平。

五　平：太太，怎麼樣？⋯⋯ 我們得走了罷？⋯⋯

御　國：是啊，不過我還有一點疲倦哩。

五　平：可是天快要晚了 —— 在這樣的平原中間等到天黑了路上不很好走。率性再努力一下巴到前面的旅店裏去吧，固然你一定很吃力的。

御　國：真是女人太不中用了 —— 和我這樣不會走路的人一道，你也一定是很麻煩的罷。

五　平：太太你說哪兒的話？病了那樣久到今天好容易才走了兩天路，那是當然要疲倦的 —— 早知道這樣，在宇都宮再待兩三天就好了。

御　國：不，不，就算我的身體不好，也不能那樣把日子白過去的。⋯⋯ 自從在宇都宮害病不是快兩個月了嗎？……

五　平：那固然不錯，不過任你怎樣的要強，總敵不過病。並且今天從清早起不是又走了三四十里路了嗎？

御　國：走來走去，老看不見一個有人煙的地方，……這裏聽說就是有名的那須野原——啊呀，可真是多麼一個寂寞的地方啊。

五　平：這個平原的前面聽說就是奧州——朝着這平原的路只要再走兩三天就到白河關了。

御　國：啊，說起白河關，從做小孩子的時候起就常聽得說的，……我做小孩子的時候，祖母常告訴我。……

五　平：是的，就是到那白河關，過了那個關，也許我們一直要走到奧州的盡頭去。……

御　國：我的祖母是歡喜和歌的，常對我談起和歌——她說說起歌裏面有名的白河關是離廣島有上千里地的——要走過大阪，走過京都，走過東海道盡頭的江戶，還得再走六百來里路。在關那面還有從前蝦夷住過的那很寬很寬的奧州地方。

五　平：說不定我們要把那很寬很寬的地方通通走到哩。

御　國：離開故鄉已經三年了。今年的秋天又快完了，還不曉得敵人在哪一方。這真是怎麼回事啊？

五　平：這時候故鄉的各位一定都巴巴地望你回去罷。我記得少爺今年也滿六歲了。那真不知道是多麼可愛。

御　國：咳，你快別提起小孩子的事了。你一提起我恨不得立時飛到故鄉去。

五　平：啊呀，我又不留心了，請你別見罪罷 —— 可是，一想到那樣，就更希望早些達到我們的目的了。

御　國：五平啊，我無論怎樣的受苦，為着我老爺的緣故也無所怨，可是你一定 —— 真是對不起你哩。

五　平：太太，請你快別那樣說，我就是怪你隨便什麼事總是說「對不起」。五平我可不是你的下人嗎？……

御　國：那固然也不錯，可是又不是從老太爺時代起的老家人，才不過在我家裏做過兩三年的你 —— 老爺在世的時候我們算是主僕，到了現在，我也不能當你是我的下人了。

五　平：你快別說那樣折磨我的話，既然是老爺的家人，在這樣的時候自然更應該出力了 —— 雖然只有兩三年，可是我受了老爺那樣大的恩典。

御　國：在這樣忘恩負義的人很多的世界，虧得你能記得老爺對你那樣一點點好處，替他這樣出力。老爺在九泉之下也一定感激你的義氣罷。

五　平：若是遇不到仇人，別說五年，就在十年、二十年我也一定跟定着太太你的。我想對方一定是流落到奧州去了。但假使不在奧州，我們又回過頭來上江戶去罷，上京都大阪去罷，上四國罷，九州罷。只要他是在日本，天涯海角我願意永跟着太太流浪的。

御　國：那麼，假使運氣不好，多少年、多少年也遇不到仇人可怎麼樣呢？…… 像這樣每天穿山渡野的，兩個人都不知不覺的快要老起來，頭上生出白髮罷。你和我…… 想起來真是不可思議的因緣哩。

五　平：是的 —— 這樣的世界，像太太你這樣的身份，我們做下人的是挨都挨不攏來的，現在弄成這樣的情形 …… 這真怕是有什麼因緣哩。

御　國：離鄉背井、替夫報仇的身子，在路上害起那樣的大病來。就不這樣已經費了你許多事，想不到又虧你看護了我那麼些時候，真是多難為情的事。……

五　平：報仇也好，看病也好。在我都是一樣的效力，但是那麼沉重的病這樣快就復了原，多半是神佛的保佑罷。假使在你害病的時候遇着了仇人可怎麼樣？—— 對方又是卑怯的池田爺，不知道會弄出什麼事來。我心裏老是這樣着急。

幾分鐘以前，斷斷續續地由遠方送來低微的短笛之聲。御國靜聽着。

御　國：喂，…… 五平，你沒有聽見那尺八的聲音嗎？

五　平：不錯，遠遠地確實有人吹着尺八。那麼是那遊方的和尚來了罷？……

御　國：聽那音調分明是那個遊方僧。…… 前些日子我在宇都宮害病的時候，老在我的窗下吹着的就是那個、就是那調子。

五　平：那個遊方僧自然也是像我們一樣並非有什麼急事，只是在各地飄流的身子，但是像那樣老是跟着我們後面跑，真是個不可思議的人哩。

御　國：那遊方僧可不是從中山道的熊谷起和我們前前後後地同一天到宇都宮的嗎？

五　平：是的。而且在宇都宮，整整兩個月，你害病的那些日子，無論是下雨天也好，颳風天也好，沒有一天不聽見那個人在窗子下面吹尺八的聲音。

御　國：我有點疑心那就是我們的仇人友之丞。但是，……

五　平：我也那樣想過，但是太太你看過那遊方僧的臉兒沒有？……

御　國：早幾天我丟錢到窗子下面的時候，他從那低低戴着的草帽裏面抬頭望了我一眼哩。

五　平：我那時候也看了他一下。那人似乎一點也不像池田爺。

御　國：那是不錯。…… 不過以後再有碰着他的機會我想再仔細看一看他的臉兒。

五　平：我雖不懂得什麼，但是我想那該不是池田爺罷？他是被我們看做仇人的人，並且在家裏又是有名膽小的人，決不敢那樣老是走到我們的身邊來的。

御　國：你雖是那樣說，但是他既對我有那樣無禮的愛戀，還卑怯地暗殺了我們老爺。……我想說不定他會跟着我後面的。……

五　平：假使是安排不要性命的也許會有那樣的事——但是並非只你一個女人，還有我跟着你，那位爺是個愛惜性命的，怎麼敢那樣做呢？那個遊方僧決不是他。池田爺劍術雖然那樣壞，相貌卻是堂堂一表的，就像女人似的白淨柔嫩的面皮，那個遊方僧卻是黑黑的、顴骨很高的一副粗野的相。

御　國：可是，友之丞是那麼一個人。說不定他悄悄地躲在什麼地方忽然跑出來害我們的，你也不可以太大意了。

五　平：我沒有什麼要緊，我只始終留心不可以讓你有什麼差錯，因此你不必擔心我。對方的手段有限得很，若是遭到我們手裏決不讓他活的，但是到現在總碰不到他，這說得壞一點——池田爺總算是命根長的人了。

御　國：自從老爺去世以來，到下一個月就是第四年忌日了。越想越使人恨友之丞那東西——咳，怎麼樣快些報了仇才好。

五　平：那樣的日子總有一天要到的，你用不着那樣着急。…… 只顧說話，天看看地黑起來了。

御　國：恐怕是因為聽說到了奧州罷，晚邊的風吹得使人遍身冷起來。…… 雖則出門已經慣了，今天不知怎麼心裏怪沒有主張的。

五　平：這近邊一個行人都沒有，天晚了更加寂寞 —— 怎麼樣了？你腳趾頭不疼了嗎？

御　國：疲倦是差不多恢復過來了，但是 ……（揉着腳尖）這大腳趾頭的一個泡穿了，這裏涔涔地痛得很。

五　平：啊，在哪兒？讓我看一看 ——

走近御國的腳邊，替她解開草鞋的帶子，脫下襪子，笛聲一時中斷，又漸漸吹近了。

五　平：啊呀，這可一定很痛的吧。皮也破了，腫得紅紅的，這有什麼法想呢？你等一等吧，弄一張紙墊在這裏不讓草鞋帶子挨着就成了 ——

從懷裏取出紙來撕得窄窄的給包着傷口上。

五　平：好，這下怎麼樣？不是稍為好一點嗎？

御　國：啊，好得多了 —— 好久不穿草鞋，馬上就長出這樣的水泡來了。

五　平：再隔兩三天又要穿慣的 —— 好，請你把腳抬起來一下。

說着給她穿上襪，又給她結上草鞋帶。

御　國：五平。那個遊方僧好像漸漸走到這裏來了。……

五　平：（給結完了草鞋帶，留神靜聽。）…… 在城市裏流浪的時候不要去管他，在這樣沒有人煙的原野，又是這樣的晚邊，那樣吹着笛子走着，真是個作怪的傢伙。……

御　國：他一會兒到這裏來了，你替我仔細再看他一次好嗎？

五　平：好的。難得在這裏等着他，率性仔細地盤問他一番罷。

御　國：真是你那樣辦罷。剛才說過的，你總得小心又小心才成。

五　平：太太，你也最好不讓他看見了，我也戴着這頂笠子，裝做不相干的抽一袋煙吧——（戴起笠子向着上首）他已經向這邊走來了。

笛聲更近。御國用手巾蓋上頭，五平燃起煙管低下頭靜靜地等着。……

遊方僧模樣的人從上首出現。低低地戴着草帽，一邊吹着尺八走過兩人身邊，將往下首去。

五　平：喂，師父、師父。

叫到第二聲時，遊方僧中止笛音，默然止步，但仍把笛靠在口邊，頭也不回地站着。

五　平：師父 —— 冒味得很，我有幾句話要問問你 ——

遊方僧：（靜靜地把尺八離開口邊，回望兩人。）

五　平：我看你是前些日子從中山道的熊谷起或就前前後後跟着我們一道到宇都宮的那位，對不對呢？

遊方僧：（用曖昧的小聲）不錯，是跟着你們一道的。

五　平：那麼，我猜得不錯了 —— 不，沒有什麼別的事。不過因為這樣時常碰見好像有什麼怪的因緣似的，所以冒昧地叫你一聲。那麼，你現在往哪地方去呢？

遊方僧：也沒有一定的地方 ——

五　平：可是既然走這條路來該是往奧州去的罷？

遊方僧：……

五　平：假使是的話，常言說得好，「出門靠同伴」，我們同到前面的旅店裏去好不好呢？

遊方僧：……

五　平：師父，怎麼樣了？……為什麼不回答我呢？

遊方僧：你說問我沒有什麼事情，幹嗎那樣隱瞞呢？……你不是分明想看看我的臉兒嗎？……

五　平：……（和御國都呆然望着遊方僧）

遊方僧：你們想看的話，就給你們看罷 ——（說着很鎮靜地脫下笠子，顯出一個白皙的剃痕猶青的美男子。）

五　平：啊呀。

御　國：你是池田友之丞——

遊方僧：正是池田友之丞——御國姐，久違了。

御　國：在這裏遇了你，真是我亡夫的指引。天網恢恢，你可不要埋怨。

五　平：為的想要替老爺報仇，我跟着太太尋了你三年了。池田爺，你的大限已經到了。請你男子漢大丈夫地和我交手罷。

友之丞：得了，那樣鬧幹嗎呢？我是從小就誰都知道的懦夫，劍術又不高明，力氣又弱，你們要殺我，什麼時候都成。……可是，御國夫人也好，五平也好，都了不得，難得伊織爺有這樣好的老婆和家人。比起我這樣苟活着丟人，伊織爺真幸福得多了。

在說着這話之間，友之丞坐在松樹下。御國與五平從左右取包圍之勢。

五　平：那樣高的武藝，卻遭在你那卑鄙的手段裏很悲慘地喪了性命的我們老爺怎麼反說他幸福呢？照我說來，你這話真是豈有此理。……

御　國：喂，友之丞，既然曉得活着丟人，為什麼那時不爽爽快快地出來自首呢，瞧你也是世家子弟，弄成這個不堪的樣子了。……

友之丞：我自己也知道是很不堪的。可是我怕死。

五　平：池田爺，你現在雖然落魄了，從前不也是武士中間的一個嗎？虧你說得出怕死的話。……

友之丞：好好，你去笑我膽小罷，任人家怎麼笑我，我總是怕死的。

御　國：既然那樣怕死，為什麼又敢到我們的面前來呢？難道說你已經打定主意反正是逃不掉的嗎？

友之丞：不，不，我沒有那樣想——我不過想要來見你一面。

御　國：什麼？你怎麼說？

友之丞：（寂寞地微笑）哈哈哈哈。御國夫人幹嗎那樣生氣呢？老實說，我從你和五平由廣島動身的那天起。直到今天四個年頭中間，早早晚晚像影子似的一刻不離地，跟着你的後面呢。我雖是個膽小的人，但是為着戀愛，我也可以忘記生命的危險哩。

五　平：你跟了我們四年？——哪有那樣的事？我們是早些日子在熊谷的旅館裏和你碰見的啊。

友之丞：你當然那樣想，但是我決不會說假話。你們從廣島動身——我記得清清楚楚的是大前年十二月初十。後來你們沿着中國線到大阪，轉京都。前年年底你們不是又由東海道下江戶嗎？御國夫人，……我扮成遊方僧的樣子是最近的事，但是我已經跟在你的後面四個年頭了。

御　國：那麼，你跟在我的後面安排怎麼樣呢？

友之丞：安排怎麼樣連我自己也不知道。誰都知道的，我戀愛着你，暗殺了我的情敵伊織。這在你們講起來一定要說我卑怯罷。

五　平：那不是卑怯是什麼呢？……

友之丞：得了得了，那理由回頭再說罷 —— 那天晚上我殺了伊織爺，乘着黑夜逃出了廣島。但是一想以後此身不知怎麼了。即算走上那沒有目的地的飄流的旅途，至少也想再見御國夫人一面。…… 又想御國夫人一定要尋我報仇的罷。在尋着我以前，一定在日本國中的各地方飄遊的罷。等到那時候悄悄跟在後面去一定會有如願的時候，因此，我在那第二天就改變了樣子再偷偷地回到城下，一直藏到你們出門那天才出來。

御　國：殺了我丈夫，還想要做那樣的事 —— 越聽越使人恨。

友之丞：但是儘管你那樣恨我，你難道一點不可憐這怎樣也割不斷對於你的情的友之丞嗎？前些日子你在宇都宮害了很久的病睡着的時候，不管是下雨天、颳風天，老在你旅寓的窗子底下吹着尺八的那是誰呢？

那就是這友之丞。我因為我暗地裏想叫你聽到我想念你的心啊。

五　平：可是那個遊方僧好像不是你啊……

友之丞：我把墨搽在臉上騙了你們的眼睛。御國夫人，你不也記得的嗎？就是不久以前的事，你從窗口伸出頭來丟錢給我的那時候，我算是離鄉四年以來第一次看見你的臉兒了。多年的夙願那時候好容易才償了。

五　平：越聽越覺得你這人真是個執念很深的人了 —— 可是既然償了你的夙願，應該就沒有什麼割捨不下的事了。…… 怎麼樣呢？池田爺，來，來，我們來決一決勝負罷。

友之丞：不，不，我沒有和你決勝負的心思。你在故鄉的時候雖說是個家人，誰都恭維你是一個武藝高強的人，你自己也以此自負。我可沒有同你這樣的人比劍的能耐。我剛說過的，是一個懦弱的、「不能站在武士的上風的人」。分明是輸定了的，再來決什麼勝負呢？

五　平：你到了這個時候還怕死嗎？

御　國：你想逃得一寸算一寸嗎？

友之丞：假使可以逃脫，一寸兩寸也好，總是想逃的。笑我卑怯哪、膽小哪，儘管笑罷。我是說老實的話，…… 現在再來說這樣的話也許很傻。…… 像你的丈夫伊織爺，和在這裏的五平這樣很懂得武士道又劍術高強的人真是幸福。我對於你們兩人真是羨慕得很。

御　國：你既然羨慕人家為什麼自己不好好的做人呢？

友之丞：我雖是想好好的做個男子漢大丈夫，怎奈生成這樣柔懦的性格，用自己的力一點辦法也沒有。我既是武士家裏生長的，自然也很想成為你丈夫那樣的堂堂的武士，自然也想叫人家說我是劍術又高強、又有膽氣的漢子。那麼一來，就是御國夫人你 —— 也不會那樣嫌我了。…… 現在也許早娶了你這樣可愛的妻子，一生過着快樂的日子了。…… 但是這一切都是我的生性不好，也就是因為我運氣不好。

御　國：說到運氣不好，那要算我的亡夫伊織爺了。你在故鄉的時候，恃着你生長名門，不是隨你愛怎麼做就怎麼嗎？甚至愛戀有夫之婦的我，害得我丟醜！到了現在再說那樣的話，誰把你當真呢？你被人家嫌棄只能怪你自己不好。

友之丞：我真是給人家嫌的夠了 —— 不但是你，就是許多旁人也說我是玷辱武士身份的不肖的人 —— 又懶惰、又撒謊、又像女人一樣柔弱，一點用處沒有，都看不起我。但是在我說起來，我的生性的壞是我管不着的。我生來就是這樣的人。像你的容貌生來就是美的一樣，我的心生來就是醜的。可不是嗎？這樣你們還要攻擊我可不是太沒有道理嗎？

御　國：你既然那樣曉得自己的醜，為什麼又要羨慕人家的愛呢？

友之丞：啊，叫我怎能不羨慕？——伊織爺是人，我也是人，何況你和我不是訂過婚的嗎？因為我將來的希望太小，所以你也嫌棄了我，你的爸爸也拒絕了我。不，不但這樣，連社會上的人也都拍着手鬧着說你們拒絕得好，把那無用的友之丞拋棄得好，你應該嫁給伊織爺的，可沒有聽見一個人說半句同情我的話。這對於我，……對於我這樣柔懦的人真是有一種說不出來的寂寞之感。……我之所以殺了伊織爺，就因為受不住這種寂寞。

五　平：那麼，你以為只要老爺不在了，你就可以如願了嗎？

友之丞：不，御國小姐之捨棄我不是因為有伊織爺，而因為我是壞人。那我也很曉得。但是我恨伊織、恨恭維伊織的社會。伊織爺誰看起來都是個堂堂的武士，我是一個生來就不幸的人。可是人家一點不憐憫我，都去讚賞伊織。情的仇恨固然也有些，我是因為反抗這樣的社會才把伊織爺殺了的。因為是暗殺，都說我卑怯。但是一個柔懦的人要殺一個堂堂的武士，除此有什麼辦法呢？我這樣的弱者就只好卑怯一點。

五　平：我們沒有工夫再聽你這樣的重三倒四的話了。趁天氣還早 —— 來來，池田爺，當作反正是逃不了的，早些死了這個心，好好的和我交手。我們回到故鄉一定說想不到友之丞爺很英勇地和我們決鬥，死得非常漂亮的。留一點武士的情，對你這樣說 ——

御　國：友之丞，無論你是多麼壞的人，既然那樣的想着我。我也決沒有專是恨你的道理。回頭每年今日我親自祭奠你，你聽我的話，早些決心罷。喂，友之丞，這是我的請求。

友之丞：給你那樣一說我又是歡喜，又是傷心，…… 眼淚也出來了。聽你這樣親切的話，想起來要算是七年以來的第一次了。活着也沒有用的身子，要殺也可以讓你們殺，但是難道就不能這樣親親近近地在這原野中一直過下去嗎？啊，我羨慕五平。我若是能像五平一樣，跟着五年、十年地在遠州外府飄流可多麼好。…… 五平啊，你若是懂得武士的情，也可以同情我罷。

五　平：因為同情你，所以剛才催你下決心啊。

友之丞：你並非特別受過伊織爺的什麼恩，不過伺候了他兩三年工夫，卻路途遙遠地跟隨太太替主人報仇 ——

不錯，說起來，真是了不得的義僕，一定要千古揚名的。但是武藝高強的話也很高興地學你的榜樣罷。何況同道的女人，又是美麗的御國夫人。再多在外面流浪幾天也不壞，就偶然遇着了敵人，對方又是自稱膽小者的蹩腳武士，砍掉他不算一回事。五平，可不是嗎？並且若是能順遂地報仇還鄉，上面嘉獎你，你就可以升為武士。說不定還可以繼承伊織爺的家名，正式和御國夫人成為夫婦。所謂「忠義」就是這麼回事。有才智的人誰都會忠義的。

五　平：這話說得豈有此理 —— 你難道說我是懷着那樣的心思跟太太一道出來的嗎？

友之丞：我沒有說你有那樣的心思。你立志幫太太復仇，自然是為着報主人的恩 —— 這我不懷疑你。不過說你那種忠義不是旁邊人看見的那樣辛苦的。從我這樣被心愛的當做仇敵、被社會笑駡、毫無目的地在外邊流浪的人的眼裏看起來，反而覺得你真是快樂。

五　平：你自己給人家看輕，還敢說那樣的話，像你那樣乖僻的人哪裏會懂得我的辛苦？……

友之丞：五平，不錯的，你自然辛苦了罷，但是你的辛苦不是也有安慰的法子嗎？…… 在宇都宮御國夫人害病的時候，你盡心竭力地看護她，像抓着癢處似的周周到到的招扶她 ——

五　平：咦，那難道不應該的嗎？

友之丞：那時候你們兩個人在旁人的眼裏真是可羨得很。我暗地裏想你們真是一對和好的主僕哩。

御　國：喂，友之丞，你說什麼又想來污辱我嗎？

友之丞：…… 出門替丈夫報仇的你，在路上害起病來，自然是雙重的不幸。但是那整整兩個月中間我一面在窗下吹着尺八，一面心裏老這麼想 —— 雖然是不幸，但現在你們倆心裏一定歡喜着這種不幸罷，也許一時連報仇的事都忘了罷。病好了自然也不能常這麼樣，但反正世界好比我們的旅店，雖是很短的，只要有快樂的時候就算幸福了。…… 憑你們說，這話可不是真的嗎？我並非想污辱你們，不過是羨慕你們就是。

御國顏色發青，與五平面面相覷。

五　平：喂，你有什麼證據說出這樣的話？

友之丞：你們現在不是要想殺我嗎？對要死去的人隱瞞有什麼用呢？四年中間跟着心愛的人後面的我。那樣的事怎麼能不知道呢？—— 不錯，剛離鄉的時候自然是堂堂的主僕，但是我很知道你們兩人慢慢地就要好起來。我在那熊谷的越前旅舍就住在你們貼鄰的房間。

御　國：哦！那麼那天晚上你——

友之丞：是的，我在貼鄰的房間裏把你們的談話一句都聽見了——可是，御國夫人，你用不着擔憂。我在這裏給你們殺了，知道那秘密的世界上只有你們倆。你們報仇還鄉，一定可以安安穩穩地正式結為夫婦罷。當傻瓜的，就是友之丞我一個人了。

五　平：……既然給你知道了，連你都對不起了，也並非起先就有那種心思。很偶然了，雖然知道不好，就不覺和太太……成了那樣割不開的關係了。……池田爺，請你恕了我罷。……

友之丞：得了，我有什麼恕不恕你呢？不過就是這一點也使我痛恨社會——我愛上了人家的老婆，就弄得身敗名裂，你做了和我一樣的事，人家卻要說你是忠義。你雖是不義，卻還有立身的道路。我就沒有那道路了。社會上的人只知道像你那樣懂得武士道、平常宅心正大的人家是善人，像我這樣性情乖僻的懦弱的人是惡人。想起來這惡人，真是個吃虧的腳色。不錯，我因為是惡人所以殺了人。但是我已經受了這惡報，而你們不但是要殺我，並且還當這是立身的門路。

五　平：池田爺，請你恕了我罷。我真是不對。我也是和你一樣的惡人。

友之丞：那麼，你肯饒了我的命嗎？

五　平：這，這可……

友之丞：你也好，御國夫人也好，都沒有殺我的資格了。你才真是和主人的太太有了姦情。運氣好的話，我可以佔據御國夫人，叫你是伊織爺的仇敵。……

御　國：友之丞啊，……你說的固然不錯。……但你既然那樣愛我，請你為着我死了罷。

友之丞：不，那我不幹 —— 雖然是給社會拋棄了過着無聊的日子，但是慚愧得很，我還是怕死。勉強要殺我也只好讓你們殺了，但是我總還是不願意死。

御　國：可是，你想你那樣活着又有什麼用呢？我和你訂過婚那已經是很遠的過去的事。現在我已經不愛你了。你就殺了五平也休想佔據我的身體。若是五平死了，我也不要活。

友之丞：（寂寞地微笑）哈哈哈哈。我幹嗎要殺你們呢？就想要殺我也沒有那樣的手段。你說，可不是嗎？……

御　國：你替我乾乾脆脆地死了不好嗎？只當是幫助我。……

五　平：池田爺，對不起得很，決了心罷。替你着想，我們倆自然是可恨的。但是 ——

友之丞：怪哪，你幹嗎一定要殺我呢？我又不來妨害你們的戀愛。……

御　國：可是不報仇，不能還鄉 —— 我們想正式地做夫婦。

友之丞：御國夫人，假使你稍有可憐我的心，就仔細想想罷。我們彼此不要再談起報仇雪恨的那一些麻煩的話，把從前的事都忘得乾乾淨淨不好嗎？我就永久做一個遊方僧，托着這一支笛子，流浪到什麼地方去；你們也不用還鄉了，或是一輩子繼續旅行，或是找一個生的地方住下來，或是怎麼樣，不管那些塵世的事，夫妻倆快樂地過日子好哪。我不大懂得武士道，但是只有那樣才算彼此懂得情誼的。

御　國：不高興，我要還鄉。我要還鄉讓五平做一個堂堂的武士，…… 啊，不但這個，故鄉還有我那可愛的孩子。……

友之丞：你雖那樣說，我可怎麼樣也不想死。死我是不願意的。…… 這是友之丞我的唯一的請求，你饒了我的命罷。喂，御國夫人，請你可憐我罷。……

御國悄悄對五平使眼色，裝起架子，握着短刀的柄。

五　平：對不起，沒有法子。…… 池田爺，決了心罷！

五平抽刀砍起來。友之丞急用尺八遮攔，跳退幾步，悲聲咒罵。

友之丞：哼，你們才是卑鄙 …… 卑鄙 …… 無義的東西，……無義的主僕，……（肩上給砍了一刀倒下去）噯唷，媽的，你殺了我了。……喂，五平，我告訴你一句話，那裏那個女人，那御國夫人。……

五　平：什麼？你說什麼？——

友之丞：那御國夫人……和友之丞我……有過一次關係的。……

五　平：唔，那麼，我的平日的猜想不錯了——

轉眼窺着御國的臉色，御國羞慚滿面地垂着首。

友之丞：御國夫人，……這是我臨終的請求，……你親手補我一刀罷。

五　平：不成。我來給你補刀。你是我老爺的敵人，我的敵人——

五平補刀，其時御國倒在路旁泣着，用袖子遮着臉。

許久，天色漸黑。

五　平：太太——別那樣哭了罷，過去的事哭也沒有用。

御　國：友之丞和我的事你一定放在心裏。但是，……

五　平：你我這才趁心了。只要池田爺死了，我們在這世界上誰也不怕了，過去的事彼此都不要說了。

御　國：那麼，五平，你能夠始終愛我嗎？

五　平：怎麼能不愛你呢？雖然冒瀆得很，你可是我的老婆了。

御　國：既然這樣決定了，就該把仇人的頭做禮物，早些還鄉了。

五　平：家裏各位一定都想望得很——我也想早些看見老太爺、少爺的歡喜的臉色哩。

御　國：噯呀，不知不覺的，天色完全黑了，好，好——快些把頭砍下來好哪。

五平拔短刀和御國一同走向屍骸。

五　平：池田爺，的確，我們太卑鄙了、太殘酷了。但是為着家、為着愛，不能不這樣做。你當作你命該如此罷——

御　國：你一定說我們是自利的傢伙罷，……但是友之丞，饒恕了我。

五　平：南無阿彌陀佛。

御　國：南無阿彌陀佛。……

兩人口中低誦着佛號，靜靜地合掌跪下。

一九三二年五月二日譯

附錄：
谷崎潤一郎評傳

——他的三個作品的研究

"Vita Sine Litteris Mors est."

「無文學之生活等於死。」

一、「又是江南好風景」

雖說是秋天，卻像日本這時候一樣的溫暖的氣候，窗子外面展開着了不得晴朗的蒼空，澄明作翡翠色的川流哪、池塘哪，充滿着歡喜似的璀耀着。火車終日在浴着麗日，帶着幸福的光輝的田園之綠、楊柳之枝、鵝鳥之群、丘陵、城郭、寺院的塔——這些東西不斷地繼續地像祭禮的音樂似的繽紛而來到江蘇省的沃野之間馳走。任怎樣走，任怎樣走，這樣豐饒的野景總是走不盡。簡直就像是童話裏面的那樣快樂的國土——假使生在這樣的國土裏，我該是怎樣的幸福啊！假使朝朝暮暮長養在這樣莊嚴的景色之中，對於「自然」的我的感覺該是多早就醒覺了啊！我的藝術該是多麼能夠從這自然中汲取深遠的秘密啊！

這是谷崎潤一郎氏借「南貞助」的腦裏道出的對於江南美麗的自然的回憶（《鮫人》）。南是他的未完成的長篇作品《鮫人》中的人物之一。他寫這作品在一九一九年下期，就在這前一年他曾單身遊過中國。他由朝鮮而東北，而天津、北京，而漢口、九江，終乃遍覽江南名勝，在他歸國後的作品中我們看見有：《蘇州紀行》、《秦淮之一夜》、《西湖之月》等，可知江南風景何等引動了他的感興，豐富了他的詩囊。

而且，如上面引的文章所云，甚至使他恨不託生在這「童話裏的快樂的國土」！在一九二五年使他再度來遊。

但是江南果真是「童話裏的快樂的國土」麼？揭開了詩人的幻想之幕，它只是國際帝國主義者侵略中國的要衝，封建軍閥剝削得最直接、最殘酷的采地，當谷崎氏第一次來遊的時候，適當歐戰之後，中國民族資本主義正陶醉於它的暫時的繁榮，江南的農民和池塘裏鵝群似的做着童話似的和平的夢。在他第二次來遊的時候，民族資本主義被戰後一時穩定的國際資本帝國主義重新桎梏，江南人民因齊、盧之役已嘗了戰爭的痛苦，又適當五卅之後中國大革命已在醞釀之中，這次谷崎氏所得的江南的印象已經和第一次不同了（見谷崎氏著《饒舌錄》中的《上海交遊記》等）。可是假使在一九三二年的今日谷崎氏三度來遊，他又將得怎樣的一個印象呢？

記得當谷崎氏第二次來華的時候，他的日子主要地消耗在上海，有時候他也去逛逛江灣，他曾訪過一個住在江灣的畫家，頗愛他的林園。我去年也因歡喜這一帶景致的清幽，宜於思索，卜居於這畫家的花園的後面。那是一個小小的園子，所有者是一個沒落的實業家，事業失敗，使他無力收拾這園子，要賣也沒有受主，大好的宅子荒廢在野花亂草之中，我從一個兼管這花園鎖鑰的園丁手裏租了下來，一時真是高興。我安排在這裏作長時期的蟄居，完成我預定的一些工作，也預備在這裏寫成現在寫的這篇文章。我把我搜集的關於這作家的一些文獻，也擺在這幽居的案頭，在非常悠閒細密的探討中，我想我可以獲得相當圓滿的成果，使國人對於這個特異的作家有較深的理解。

一二八事件的前夜，雖則忙於別種文事，但因生活的鐵鞭所驅，我是想，開始這個工作的。但不幸給日本帝國主義的礮聲驚醒了我午夜的酣夢，第三天便單身匆匆地逃出來，還只望我那些書籍，特別是那些已成的及未成稿件僥倖能免於此難。但這種妄想在前些日子已經打消了。我住的那屋子固然燒成了一片焦土，連我藏那些書籍的地下室，也給礮火毀滅了。在瓦礫和灰燼裏面我還只想勉強找些零篇斷簡出來做一點點紀念，但是什麼都沒有了、什麼都沒有了，我呆呆地望了好半天，終於在尺多深的草裏折了幾朵花回來了——啊，「國破山河在，城春草木深！」那愛誦唐人名句的谷崎氏若是於這時來遊，也一定這樣的高吟罷。「又是江南好風景」，但「江南」確已經不是「童話裏的快樂的國土」了。自從九一八事件以來，日本帝國主義者為着解決其內外的矛盾，維持其最後的生命，開始積極地進攻蘇聯以至併吞中國的積極的軍事行動。這一種行動不但是引起了蘇聯、中國以及全世界一致的反抗。日本的勞動者、農民階級，尤其在那裏和他們的反動統治作殊死的鬥爭，他們國內外的進步的思想家對於日本帝國主義都有嚴格的批判（見何思敬編《世界大勢》創刊號所載）。他們的作家除了堅定地站在無產階級立場的集團有他們正確而英勇的表示以外，就是中間作家也多能說出較公正的話來。

在資產階級老作家中，菊池寬輩也完全成了日本帝國主義的支持者。這固然毫不足怪，…… 此時頗使人想要知道的卻是谷崎氏的態度，他對於這次東北事件與上海事件是贊成呢？反對呢？或是漠不關心呢？—— 長遠沒有看日本最近的雜誌的我不能得絲毫供我們判斷的材料，但一個人的現在的行動，是他過去的思想的必然的發展，他過去的思想，又必然是他過去的時代環境決定他的，我們且研究谷崎氏所處的時代、所受的時代影響，和他在歷史發展的過程中能演的腳色罷。

二、夢與現實

然而，不幸我要做前述的工作時，我是在這樣的「秦火」之後，「文獻不足徵」，我所能入手的只是被採集在新潮社《現代長篇小說集》和改造社《日本現代文學全集》中的他的幾篇作品。這一點點材料實在不夠答覆這些問題。但僥倖谷崎氏在他的長篇之一的《黑白》中有過這樣的對話 ——

「…… 大體創作家有兩種典型：一種是把自己本身完全藏起來去寫的人，一種是高興寫自己 —— 雖非不寫自己以外的人，但任寫什麼結果總成了自己的說明的人。…… 換句話，就是一種是客觀的傾向的作家，一種是主觀的傾向的作家。」

「那麼，水野先生呢？—— 您是屬於那一種典型呢？」

「我相信我是主觀的方面的。」（《黑白》）

這裏面的作家「水野先生」自然就是谷崎氏的「夫子自道」。因為谷崎氏是這樣一個「主觀的傾向」很顯著的作家 —— 任寫什麼，結果都成了他自己的說明，所以很容易從這有限的幾篇作品中找出無盡藏的答案。

首先，谷崎氏是生於日本資本主義由長期封建的地層衝出土來日益無情地破壞舊的殘餘、向上發展的時代，他於明治十九年七月二十四日呱呱墮地於東京日本橋區蠣殼町 —— 一個商業的中心區域。他的父親是一個做穀米生意的小商人，在他六七歲以前，生意還能勉強支持，所以他的幼年時代也曾過過比較富裕的生活，這時候的記憶記錄在他的長篇小說《鬼面》之中。他在這小說中是叫「壺井讓作」，一個被僱在新興資產階級家庭中做「家庭教師」—— 事實是「門房」繼續他的高等教育的苦學生。當他某學期初以買教科書為名多借了幾元錢偷偷地走過「歌舞伎座」想去看看戲的時候，他的腦中 —— 谷崎氏的腦中，發出了這樣的感慨 ——

關於歌舞伎座他還有一個被欣動的理由。那不是別的，那個劇場在他是溫馨的少年時代的追憶的材料之一種。

他一走過歌舞伎座，常常想起他五六歲的幼小時候的事。在當時還相當地過着好日子的他的父母，特別是母親，頂歡喜團十郎的戲，幾乎每換一次戲目，她總要上木挽町的那園子裏去瞧瞧的。壺井大概每三次總有一次隨着他母親熱熱鬧鬧地去親近那劇場的色彩。就在小孩子的心裏，他似乎也很感服團菊們的技藝之妙，到現在還模糊地記得兩伶的丰采和聲音。

「我和我的父母在從前也有過過這樣奢侈生活的時代啊。」—— 同時他也這樣想。(《鬼臉》)

但隨着日本資本主義的發展，城市小資產階級受着新興資產階級的殘酷的壓迫，逐漸破產，谷崎氏的父親這樣的小商人當然也免不了這樣的運命。所以到了明治二十六年他父親便把穀米生意不做了，由蠣殼町移居茅場町 ——

恐怕不會有這樣急激的榮枯盛衰罷，在生下來開始具備意識的僅僅一年間，嘗了一點略富於色彩的生活的他，忽然就移到大布褂子上繫一條圍裙上小學的時代。接着一年半被推到辛酸、醜惡、哀慘的境遇去的變遷之跡，已經不是遙遠的夢而是牢不可移的現實。假使這夢和現實的內容倒轉過來，那他可多麼幸福。(《鬼臉》)

可惜冷酷的現實終於是打破一切的夢想的。他父親的商業着着失敗，到了明治三十四年至於不能不使他於高小畢業後廢學，因着他自己升學的意志堅定，多方懇請，舊師愛惜他的聰明從旁慫恿，親戚們又替他幫忙，才好容易進了東京府立第一中學。就在進了中學之後，因為他父親的生意益陷於苦境，他屢次發生廢學的危機。這時使他終得繼續求學的似乎大部分虧着他的漢學先生之力，明治三十三年，他曾入秋香義塾專研漢文，許就是這位舊師罷。這位老先生在他的作品《鬼臉》之中被寫為溫藹篤厚的人格者「澤田弘道」——

> 壺井今天去訪問的中學時代的教師是一位叫澤田弘道的會津產的漢學者，⋯⋯假使壺井悲嘆他自己受着淺薄的女人們的屈辱的境遇，一方面便不能不深深地感謝有澤田氏那樣的有力的知己。他每訪澤田先生的寓居，總是發見他受着這恩師的過分的信賴和屬望，不由得惶懼起來了。忘記不了的，當他十四歲那年春天，他父親商業失敗，沒有法子，想把中學半途退學的時候，老愛惜他的才幹、始終替他奔走讓他能繼續求學的便是澤田氏。(《鬼臉》)

明治三十六年便因這位老先生的介紹入築地北村氏家為家庭教師，這北村氏在《鬼臉》中成了「津村堅吉」，一個由小資產階級知識分子逐漸上升變成資本家的人。照《鬼臉》

上的敘述，這津村氏原是一個「微小的法學士」，少時家裏也非常貧困，苦學成功，巴到某部的高等文官，但是薪水也非常不豐厚。有名的資產家某氏愛他的長才敏腕，把他的女兒倉子嫁給他做續絃夫人，給他以充分的資助，拔擢他做銀行的經理，伸展其大志於實業界。因為他也是苦學出身，心裏很藏着「豐富的趣味與溫暖的情感」，因着澤田先生的介紹，於壺井在中學二年級的時候，就把他領來做他先妻的兒子和倉子夫人的女兒的家庭教師。但是資產階級家庭，不能有例外的，是非常污濁的。這家裏「一年到了，坐起汽車包車到處跑，熱中於事業的活動家的丈夫，和每天換新衣裳出沒於歡樂之巷的夫人倉子，彼此沒有審察對方行動的工夫。丈夫固然沒有容喙家政的權利，夫人也把大概的事都交給僕婦，連兩個小孩的監督都常常不暇顧及」。因此在這少年的「家庭教師」的眼中，覺得——

> 表面上顯得很是榮華的駿河台的邸內，其實專集合着狡猾的人們，始終流着陰險冷酷的空氣。……（《鬼臉》）

在這樣的空氣中，這家庭教師管的是「早晚庭院的灑掃、訪客和電話的傳答、主人夫婦不在的聲明、月的房租的收取、深夜出使的僕婦的護衛、聽差的寫家信的代筆——等等不規則的事」。至於「小谷小姐」的教育，實在不曾讓他與聞過——

「我是以家庭教師的資格去受津村先生的招扶的，沒有給僕婦們驅使、忍受小徒弟似的侮辱的必要。我想倒不如離開他家的好。」

某時，壺井因過於憤慨，記得曾這樣向澤田先生訴說。

「那你錯了。即算小徒弟似的給僕婦們驅使，只要意志堅定，決不是男子的恥辱——不錯，津村先生家裏不是我起先想的那樣健全的家庭。我把你介紹到那樣人家做書僮是我錯了。但是主人堅吉先生是懂道理的人，既然承他招扶，還是忍耐下去成就學問的好。給沒有道理的人侮辱了有什麼值得憤慨？你的價值最初就不是女人、小孩子所能了解的。他們愚弄你，就讓他們愚弄，你心裏暗笑他們的無知罷。懷抱大志的人沒有這程度的度量幹得什麼來？別說做小徒弟的事，就是課你怎樣卑賤的勞役，越能忍耐下去，你的器局不是越大嗎？」（《鬼臉》）

他聽了恩師這樣諄諄的忠告，他忍受着種種辛酸、種種侮辱以至今日，這因為他「懷抱着大志」。夢想着「成功」的青年，現實的艱難算得什麼，「韓信也曾忍胯下之辱」！

三、「唯一縷的希望」

是的，壺井——不，谷崎氏是懷抱着大志的。敏而好學的他，從小學時代起就被視為「優等生」（二年級以第一名進級）。又因為他的品行方正，從中學時代起甚至被同學們奉以「聖人」的稱號。他在少年時代過度的刻苦自勵的生活在他後年甚至成為悔恨的材料——

> ……到了現在就悔恨又有什麼用呢？因為歡喜人家說我是「優等生」、是「聖人」，驅於這種淺薄的虛榮心，把天真爛漫的少年時代浪費在過度的用功了。浪費——完全是浪費。不聽澤田先生「也得時常運動運動」的再三的忠告，一年到了，老是伏在案上，孜孜地涉獵群書，熱中於程度不相稱的知識之吸收，結果怎麼樣呢？究竟有多少裨益自己的實際人格之點呢？……而且為着獲得這種徒勞的結果，我是付出了多大的犧牲啊！為着無意味的「精神修養」，我始終把將要舒暢地發展下去的青春期的肉體虐待而無所顧惜。那報應現在殘酷地表現出來了。慘白的血色、陰沉的容貌、憔悴的手足、矮曲的姿勢——沒有一樣不是影響一生運命的可怕的打擊。（《鬼臉》）

自然，壺井——谷崎氏之成為「優等生」與「聖人」，一方面固然驅於少年時代常有的虛榮心，一方面也是他的苦學生生活使他如此。他的讀書的機會不是容易獲得的，因此他沒有求智體德平均發展的餘裕，同時每一個和艱難的境遇奮鬥的青年他必然是思索的。所以他說 ——

受「澤田先生」的恩顧由中學進到高等學校的時候，他的志望專傾向於哲學者、宗教家方面。那時他的素質似乎適於那方面，他自己也堅定地這樣相信才進了文科。……（《鬼臉》）

但一個內面的、思索的青年，隨着時代的發展、境遇的變遷，他會轉換他的注意的方向的。而且在他緊緊地抓牢着某一點以前，他必然要經過一個多方面的、徬徨眩惑的時期。在那個時期，他覺得什麼事都是應該做、都能做，他的天才是萬能，他的意志力是可以征服一切。在這時期他是一個「英雄」——

…… 其後隔了一年光景，他覺得他的思想、性行，開始動搖、開始推移。他知道他對於從前不大注意的外界的種種刺激的感受性，忽然尖銳起來了。成為他的努力的目標、羨望的對象的世間的事業和人物的種類漸漸加多，所見所聞的一切都跑到「慾求」的領域裏來了。同樣的夢想着「成功」二字，但其內容已顯著地擴大，那也想幹、

> 這也想幹地打不定主意，每天總有一種新的幻影，在腦子裏描畫。讀詩集便想做藝術家，翻歷史便想做政治家，看見了藝妓便想做闆老，甚至於想丟了學校去做投機商人，或是投入新劇團之群去做優伶，並且覺得在此等任何一方面都可以自由地發揮他的「天才」。(《鬼臉》)

底下，他具體地寫出一個野心的青年的眩惑的心境。

> …… 壺井又給同一的問題捉住了，腦子裏一時浮着種種快樂的未來，不斷地從舊的記憶中喚起那與之和匹敵的英雄豪傑的轟轟烈烈的生涯。有時想像他做了摩俾斯麥克哪、笛斯列禮之壘的大宰相，把國家擔負在雙肩，實現不世出的經綸與抱負，使盛名遍於宇內的那種極愉快的運命。剛這樣想，歌德哪、拜輪哪，那樣奔放不羈的詩人的生活，又像絢爛的刺繡的綢綾似的在眼前展開，站在自然之美與人間之愛兩樣東西跳着向自己招手的歧路。一切光景像充滿着歡樂的音曲似的，在他的耳邊細語。……(《鬼臉》)

顯然地，一個人的才能是有限制的，性格是有強弱的，何況在資本主義社會，任你何等的有為之士也沒有選擇你的職業的絕對自由，頂多你只能就你的天賦素質、教育程度、社會關係等客觀條件所許的範圍內去找到於你最適合的工作。

谷崎氏在他找到最適合的工作之前，經過了非常的絕望的境地。抱着對於社會的「成功」的強烈的幻想的他，因其對於外界的刺激的感受性日益尖銳，換句話，就是對於物慾的誘惑之無抵抗狀態，使他失去了前此的自信而陷於宿命論的嘆息 ——

> 他自己到達了這個結論。以非凡的天才自任的他，碰着了自己的素質中伏着凡人以下的缺點的這一奇怪的事實。怎樣也得補足這一缺點，得排萬難建築強固的意志力。壺井發這樣的誓，一時很努力於克己心的養成。意志與情慾的鬥爭，天天在他的腦子裏舉行。但意志每天都不可思議地敗北，偶然制勝也不過一日或半日之間，最後的勝利永久給情慾之手奪去了。壺井終於只好把這一勝敗看做天命。(《鬼臉》)

雖然如此，自負心很強的他，並不以此否定他的「天才」，他以為「只要隨着運命的指示，溺在情慾之海裏，給煩惱的火焰燒着，輾轉在一切的苦悶和刺激之中活下去，他的真的天才的光芒必能從他的素質裏發射出來」。因此，他抓住了他最適合的一點 ——

> 意志力弱的人可成天才的唯一縷的希望，只有走詩和藝術之路。政治家、實業家以及學者於他完全不適

當。壺井以必然的結果漸促成這種自覺。「我改入文科良非偶然。我意志雖弱，而感受性極鋭敏，記憶力雖鈍了，推想力雖衰了，只要這鋭敏的感受性不致模糊，還可以做偉大的詩人、藝術家。」—— 他不服輸的最後的話是這個。（《鬼臉》）

於是壺井 —— 谷崎氏便決定了他的「終身」大事。明治三十八年入第一高等學校時，雖顧慮生活上的問題，想以法律支持生活，入了英法科，但兩年後終於改入英文科了。

四、惡魔的出生

使谷崎氏決心學文學，把他的一生獻給藝術的神殿的最直接的動機，是他的「失戀」。

他雖然從中學時代起被稱為「聖人」，但他是一個青年。他和吃飯的本能一樣，同時稟賦着「慕少艾」的本能。他不能不受這一種本能的支配，去追求戀愛的對象。然而他是怎樣一個「戀愛」的環境呢？

讀一高文科的他的同窗之間，頗不少讚美女性、謳歌戀愛的享樂主義之輩。即算不讚美謳歌，但他們都是富裕人家的子弟，有充滿絢爛的變化的生活和廣泛的交際社會的背景，自然就握着與年輕貌美的異性接近的機

> 會。每聽他們傳着「誰與誰家的小姐要好」，或是「誰迷上了天神的藝妓」，壺井就首先痛切地引起羨慕之感。在壺井沒有比那時候再悲自己的貧困的境遇的。一進學校的門，他們和他雖同是學生，受着平等待遇。但一到門外，則世間冷酷的階級制度早已等着，忽然把他墮為一介「看門人」…… 他的同學和他之間不知道有多大的身份的差別。並且那種差別表現在一切事相上，衣服也好、食物也好、零用錢的多少也好，甚至於連生成的人品骨相也好，都好像作出了一目瞭然的徑庭。壺井每自顧他那雀斑滿面、醜怪不堪的容貌時，就覺得自己到底命中沒有談戀愛的資格，不能禁其無法排遣的悔恨之情。……（《鬼臉》）

這一種環境，使一個活潑的青年的心靈上深深地籠上一抹陰雲，使一個沒有階級覺悟的小資產階級青年，也不能不朦朧地承認戀愛的階級性。沒落的小資產階級青年對於資產階級青年在戀愛戰場之絕對劣敗的地位，壺井 —— 谷崎氏的鎌倉海水浴場的生活段片中寫得很深刻。

「聖人」的壺井隨着僕婦阿玉姐到鎌倉海岸別莊去招扶主人的兒女。他到了那樣明媚清新的大自然中，耳聽着海波澎湃，與海岸上青年男女歡笑之聲，不能不丟棄他手裏的 Ruskin Emerson 那樣枯淡的哲理書而去親近 D'Annunzio 的

《死之勝利》那樣南歐的戀愛故事，又由這樣戀愛故事之耽讀而親近鎌倉活潑的自然與人生。壯快的海面、爽潤的潮風、強烈的太陽光的反射，在這自然的懷抱中，多數男女青年之無限的自由與放肆，多麼使這畸形的青年由他那窄狹蟠曲的世界中解放啊！但是他一看到那些資產階級青年的健康活潑的肉體時，那一抹陰雲又不能不蓋上他的心頭——

> 中學時代蓄積來的渾身的精力，不但他們的肉體，連他們的頭腦也肥滿了，他們現在漸漸成為優雅聰明的青年。並且，熟識一切玩耍的他們的技術，也成為獻媚女性的有力的武器，威脅着我。別說游泳，連野球、網球也不曉得的我這樣的人，就是在戀愛方面，在他們前面也做定了敗北者。(《鬼臉》)

但是戀愛的要求一旦從平靜的胸底喚醒起來，就和毒蛇似的緊緊咬住你的心，使你「不採何等處置便不能制止」。於是這「聖人」不能不有他的「獨特之秘密的慰安」、「快樂的習慣」，這樣便增高了他的妄想之波，加強了他的外面生活與內面生活之乖離，就是外面生活雖仍戴着「聖人」的鬼臉，而內部生活日益投入「惡魔」的鐵爪。這樣，一方面更促起他對於戀愛的更熱烈的要求。我們聽谷崎氏寫的壺井在午夜被中對於藍子小姐庇護她的戀愛的那老練而沉着的言語與大膽而敏活的行動所發的感嘆罷——

> 戀愛使她聰明了，一點不錯。相反地，我近來漸漸愚蠢起來，還是不知道戀愛的緣故。因為沒有對於異性的快樂與慰安，所以我的肉體與精神漸次失去氣力了。假使給我以戀愛這種心的糧食，那可厭的習慣一定馬上可以消滅罷。蟠據我胸中的無聊的煩悶可以一掃罷。……要之，戀愛決不是墮落的機緣，而是一切「善」的東西的源泉。我的天才若不受戀愛的恩惠便不能發出真的光輝。(《鬼臉》)

然而，這「一切『善』的東西的源泉」的「戀愛」——所謂「靈肉一致」的戀愛，終於不容易降到一個貧苦醜陋的學生身上來的。這樣，他只能把接近他的女人——哪怕是他最厭惡的——的肉體的幻影和他自己的強烈的妄想相結合，以求得至少的「精神的慰安」——他相信女人的肉體自身，有其獨在的美。特別日本資本主義的發展在歐美資木主義文明爛熟之後，歐洲資產階級的自然主義文學傳入日本構成日俄戰後自然主義的隆盛期，同時資本主義末期的惡魔主義文學也流入東方找尋它的共鳴者，而壺井——谷崎氏這種「精神的不具者」恰好就得了風氣之先——

> 不知什麼緣故，壺井對於鎌倉別莊那一夜——莊之助兄妹的畫筆塗上顏色的阿玉姐的臉兒還留着鮮明的印象。每看見她的眉目，那個殘虐的幻影便像難忘的惡

> 夢似的襲上心來，那正像構巢於他的胸中的，那好惡作劇的、不可思議的魔鬼，時時抬頭來唆動他犯罪的快樂似的。
>
> 他某時翻閱波陀雷爾（Baudelaire）的《惡之華》詩集，看見有《屍骸》（The Corpse）一章。那詩中用蛇鱗似的美麗的句子，精細地描寫着倒在夏日的草野中的一具腐爛的女屍。…… 讀了這詩閉眼想像那屍骸的輪廓，而浮現於眼前的還是那晚那怪物似的阿玉姐的容貌。在這個意味，他歡喜看阿玉姐的臉兒。…… 從和戀愛不同的感情，他愛阿玉的肉體而侮蔑她的精神。（《鬼臉》）

在這裏，他分裂了戀愛之精神的要素與肉體的要素，而且把對於女人「肉體」的嘆美法悅提高到所謂「戀愛」以上。這在他 —— 壺井 —— 後來因與阿君戀愛被逐出北村氏家，偶隨他的老同學芳川看他所愛的藝妓金彌時說得更清楚。

> …… 從去年夏天住在鎌倉別莊的時候起，他才朦朧地悟到女人的肉體中藏着一種不可思議的美。由那所受的快感和戀愛的性質完全不同，比戀愛更加強有力地蕩他的心魄。他寧可忘記和阿君的戀愛，而那個夏天晚上滿是顏料的阿玉姐臉兒上所飄浮的 "bizarrerie"（怪異感），現在有時還清清楚楚地描在腦子裏使他恍惚。每晚在他的腦子裏跳躍的無數的幻影，像蠟燭的光明見太陽

光而消失似的，一到白天影子便稀薄了，因此平時大抵不大注意，但任哪一個都是沉溺於女人「肉體」的他的特殊的妄想。仔細想起來，他是為着有這妄想的世界，為着在乾燥無味的白天之後，迎這快樂的暗夜，才苟延着這有涯之生的。……（《鬼臉》）

這可知谷崎氏胸中惡魔主義傾向的產生，是由於逃避那「枯燥無味的白天」而製造一個「快樂的暗夜」，就是他的不可抗的愛的本能。受着不平等的社會制度的害傷，而企圖在不自然的、人工的、變態的，乃至妄想的愛慾世界中找尋他的一時的安住之境。

雖然如此，壺井 —— 谷崎氏並非否認那自然的、正規的「戀愛」。當他睡在鎌倉別莊讀南歐戀愛故事的時候，他也曾熱烈地夢想過藍子小姐的那「極生動的嘴唇的肉和齒列之美」，並且在他走到海岸時曾嘆賞她那穿海衣浴服的姿態、那發達的很勻稱的四肢、那「香馥馥的妖艷的曲線」。但藍子卻找了於她的身份相稱的對手 —— 一個「生長富裕家庭，過着奢侈生活」的青年。所以壺井 —— 谷崎氏的真正的「初戀」從他愛上了津村氏 —— 北村氏家的一個年輕的、剛從熱海來的清麗的使女阿君起，用谷崎氏的話 ——

……至少，在一介窮學生的他，一定覺得與其是住在自己手伸不到的領域的藍子，還不如住在和他自己同

一階級的姑娘顯得可愛得多。(《鬼臉》)

為着這「可愛的姑娘」，壺井 —— 谷崎氏至於想做「她所信的那樣的善人」，至於想如她所說「傾全力去研究學問」，至於一舉一動都忖度着阿君的心，想起阿君相勸的話，照着她的希望去矯正自己的行為。至於使他待在學校教室裏也老想着阿君，功課一完就飛也似的跑回駿河台來。「公館內外的苦樂世界和從前完全一變」，終至於大膽地寫了一封情書給阿君求為夫婦 ——

……你也大概曉得的吧，我的家裏非常貧窮，財產一文也沒有，因此不能使你安樂地過日子。但是只要你肯做我的妻子，我想拚命地用功，即算說不到富裕，一定可以巴到相當的身份。但是你若說不能等到我大學畢業，我馬上也樂意地結婚。現在就停了學，至少可以做鄉下中學校的先生，養活你一人是沒有問題的。我即令犧牲我月薪的全部也決不使你受困難。……(《鬼臉》)

他曾分析他寫這信的動機，第一是因為他相信「他自己有成為偉大的詩人文學家的素質」，第二他以為「詩人不能不戀愛」，第三他覺得他「似乎愛着那女人」，以為「只要寫一封情書給她，她自己的胸中一定可以燃起戀愛的火」，而並非真有「生活上的確信」。資本主義發展到某程度便開始崩

潰 —— 其使用的智識勞動者也開始過剩，地位也隨之降低，所以他的母親說「近來連學士也有許多只能賺二十五元一月的」，這他並非不曉得，曉得生活無把握而偏要寫得這樣樂觀，豈不有些近於「寫戲劇」了？那麼，他說了 ——

> 戲劇也好，我竭全力於這戀愛試試罷。我雖到底不能做正經的人，但似乎可以明知是戲劇而捨命去幹。撒謊也好，戲劇也好，只要能把我引到幸福，就比那乾燥無味的真實，不知好到哪裏去了。(《鬼臉》)

然而「世間事不像年輕人所想的那樣簡單的」(津村堅吉的話)，那位和他住在同一階級的可愛的姑娘阿君終於受着阿玉的中傷逃走了，他給阿君的這封情書也被主人發見了。他的父親 —— 這沒落的小商人被那巧妙地擁護封建道德的新興資產階級組織人津村氏叫去，受了這麼一頓教訓 ——

> ……讓受過近來的新教育、抱着新思想的令郎說時，戀愛是神聖，心裏自然毫無所愧。我也並不因為令郎和年輕的女人訂了夫婦約束之故，說他不規矩不道德。不過我想我不能像從前一樣，以主人的資格領着令郎的一身。……(《鬼臉》)

於是壺井 —— 谷崎氏終於被他的父親從津村氏 —— 北村氏家裏領回來了。

映證谷崎氏自製的年譜罷——

> 明治四十年六月離北村氏的家庭，這是寫給「初戀的女人」的、一使女的情書被發見的結果。

這結果又阻止了谷崎氏——壺井因愛神的牽引走上所謂「善人」的道路的機緣，消散了他追求資產階級的「成功」的努力，使他取得灰暗的、虛無主義的人生觀，加強了情慾生活上惡魔主義的傾向。

固然，假使僅僅情書被發見，他自己被主人放逐，不會使一個自負心很強的青年陷入這種心境的。要點在他那樣引起了一個頹廢者的生趣、激動了一池敗水的波紋的那個對象、那可愛的姑娘，也終於事實上拒絕了他的愛。照《鬼臉》上的敘述，阿君出了津村家後寄居柳橋她的表姐家，這表姐是一個開堂子的，看見柳橋近邊一家袋物[1]商的帳房先生很殷實可靠，便替阿君說媒，阿君的父母也很高興，但阿君不肯，又明知嫁給壺井那窮小子也沒有法子生活，所以壺井屢次寫信給她，她也不回。後來她才寫信要他絕了這個念頭，說她雖捨棄了他，但一生也不嫁別人，願守獨身主義。這是何等使他陷於煩悶與絕望啊。後來好容易相見了，壺井明白了她這樣做的情形與理由，便有這樣的對話——

---

[1] 袋物：袋、囊、提包等的總稱。

幹嗎為着那樣微末的事下這樣的決心呢？你即令給環境壓迫要嫁到別家去，我也決不怨你，我反而祝你的幸福。總之，別起獨身過一輩子的念頭罷。即令一時有了那樣的感想，到底不是做得到的事。

不，我做着試試。我一定做得到。……就和我表姐鬧架也不管，我是不嫁給那家的。

「既然不願嫁給那家，又何不履行和我的約束呢？現在馬上不回答我也可以，仔細去想一想如何呢？」

於是，經過一些時候的商量，他們訂了這樣的誓約——

「除了害了重病、變了境遇等非常的時候以外，彼此不必通信。只要兩心相印，徐待時節到來。」

一個窮學生可以娶老婆過安穩日子的時節，這時節弄得不好，許一輩子也不會到來罷。因此這一時難於兑現的『海誓山盟』，沒有法子拯救晚晚陷溺在妄想的世界裏的壺井的身心，於是他前此一切因阿君的愛而一時克服的種種壞的習慣和行為都恢復了。起先保存得非常慎重的阿君的情書也馬馬虎虎地亂丟，以致被人發見了。這使他得出這樣的行為的信條——

「世界上的事一切是偶然的集合，做不到的休想做到。因此無論什麼事，沒有拚命用腦筋的必要。……」（《鬼臉》）

因此，他和希臘、印度、德國的唯心的、悲觀的哲學家一樣承認「一切人的事業都是徒勞，世界的一切現象是虛無」。「消極地征服自己慾望的克己心，積極地對於他人的愛之發動 —— 成立『道德』基礎的這兩個要素，在他的『胸臆中任哪一角上都找不出殘影了』。他終至這樣固定地解釋他的『性格』與『運命』，他以為上帝是為着證明『世上有到底不能做善人的性格』，才生出他來的。像孔子哪、基督哪，生來便具備廣大無邊的仁德，懷着犧牲的愛一樣，他的天性只曉得肉慾的滿足與現世目前的快樂。他認為神靈的世界等於空虛，物質的世界也不過一瞬的幻影，但又只能在這幻影裏面找出生命的寄託。」他又以為對於這一種性格的人，「教育」也失去了它的影響力。即令予以明晰的頭腦，教以高尚的哲理，並不能導之為「善」，反而成為助長他從來的傾向的槓桿。他的墮落不是努力不努力的問題，而是宿命問題。若不欲自欺，他除了做惡人別無他法。具有這種性格的人，也許不適於生存在現代社會，但既生了他，也沒有就這樣消滅之理。神既生了他，他一定也有生活下去的意義。假使其人有何等非凡的素質，他應當就惡人的地位去努力發展。他應當強硬主張像善人有善人的世界一樣，惡人也有惡人的世界。這樣他把善惡這個相對的東西絕對地對立起來。這樣的決定了「惡人」向「善人」的世界反攻的策略 ——

自己違反道德而還要做強者就得養成那樣膽力和信念，這樣我才能征服世間。人們一定會在惡中間認識無可否定的美與真的存在罷。只要人們認識那點，我生到這世界上來的目的便達到了。」而且他說「為着完成這個目的，神授了我以天才。（《鬼臉》）

於是為着藝術地表現這「惡中間無可否定的美與真的存在」，他決定了文學上的惡魔主義的傾向，以回答那平凡的自然主義與偽善的人道主義的文學風潮。首先為着磨練他「神授的天才」，他決定受文科的修養。

再映證谷崎氏的年譜罷，在同一明治四十年條 ——

…… 這失戀成為動機，更加強以文學立身的決心，轉英文科。

五、惡魔與黃金

上面，我們根據谷崎氏自敘傳式的作品《鬼臉》，分析了他少年時代以至高等學校時代的生活，說明了他是怎樣地由「優等生」變成極懶惰貪玩的「不良少年」；怎樣地由「以天下國家為己任」的「聖人」、「英雄」變成了自覺的「惡人」；怎樣地由健全的、自然的戀愛走到病的、人工的變態性慾的世界。這一顯著的轉落，谷崎氏雖然自己把它歸之於他生來就是畸形的「性格」，以為他的性格中「情慾」特別發達，而「意志力」幾乎等於零。具有這種性格的人永不能克服情慾，因此也不能與境遇奮鬥，只能隨着境遇沉淪流轉，在物質的幻影中發見僅有的生存理由。這是無可如何的。因此他把這歸之於宿命，他皈依了虛無主義，因而極端的利己主義、惡魔主義。但顯然這不是什麼永恆的性格悲劇，而是他所屬的時代性和階級性決定他的。這我上面已經隨時指摘出來了。谷崎氏的「性格」的解釋，特別是他所有一切的作品中都無例外地接觸到的「善」與「惡」的問題的解答，許多時候是錯誤的。但谷崎氏不是思想家，而的確是一個天才的詩人藝術家，所以儘管他的分析推論充滿着唯心論的、定命論的錯誤，但是他對於現實生活的感覺是銳敏的、可寶貴的。所以他時常不自覺地抓住了事物的真理。在這一章裏我依然以《鬼臉》為根據分析他的社會觀罷。

研究谷崎在《鬼臉》裏所表現的社會觀，應該注意他對於「金錢」的嘆美、驚異、絕望和屈服。

在資本主義社會，貨幣經濟代替了自然經濟做了統治的制度，「錢」是比什麼都大，有錢的便有了一切。飲食男女的慾望，隨在都可以滿足。反之，沒有錢，就沒有一切，不但無法滿足你過度的慾望，連維持生命都成為不可能。因此在由封建社會向資本主義社會推移的過程中，人們對於「錢」時常有兩種相反的態度，一種是極端的崇拜金錢，以為「黃金萬能」，或充分屈服於它的威權；一種是極端的詛咒金錢，至少是依然輕視金錢的作用，以為「精神高於物質」，固守着唯心的觀點。

舉壺井從津村家被趕出來之後，他的父親和他的先生的不同的態度來證明罷。他的先生——澤田弘道那位安清貧的漢學先生、重然諾的會津武士，儘管自己的收入日少而小孩子加多，長男已經進中學了，在資本主義的新生活規律說來他真是「自顧不暇」，但先生為國家愛惜俊才的心重，毫無勉強地說：「沒有什麼，以後我領着他罷，我約過的。」假使他的父親不管，澤田先生是真會節衣縮食幫助他上學的。「這種犧牲的親切在老人並非演戲，也非被義務觀念所強制，而真是由他的心的自然湧出來的。」「『先生到底為什麼會有這種溫暖的心呢？從哪裏得來這樣高的利他的精神呢？』——在被利己主義蟠據着的壺井的腦中幾乎是一種不可解的啞謎。」自然，這完全不是什麼「不可解的啞謎」，而僅僅因為「澤田先生」是封建時代的武士精神的活的殘餘，一個日本資本主義新興期的「吉訶德先生」（Don Quixote）。一方面他的父親——那沒落的小商人，即使不「沒落」，也受着他們的商業交易和金錢出納的小規模性的影響，使他缺乏堅定性與進取心，怯於冒險犧牲，何況在他的生意日益失敗、生活日益困難的現在。所以儘管澤田先生勸他「再耐煩等兩三年」，又忠告他「教育兒子不可把一家目前的幸福做目標，要花多少的犧牲，使兒子成為偉大的人物，才是做父親的對於兒子、對於國家的義務」。但「澤田老人」這種高誼熱誠，對於這小商人也是一種啞謎，所以一出門他就感嘆而卑怯地說：「真是奇特的人。也許非那樣不能做教育家，但真是我們學不來的。」自然是學不來的，他比澤田先生更承認金錢支配力的偉大與殘酷，他沒有再耐煩等兩三年的遠謀和毅力，他所着急的是目前。他的理想是「與其等他兒子三年後每月賺一百元，不如目前每月能夠幫助他十元的來得濟急」。

介於這輕視金錢作用的武士漢學者，和充分知道金錢作用之殘酷而取着保守退嬰的態度的他父親之間的壺井，因為他受過嶄新的資產階級教育，因為他有現世的快樂主義的哲學的根據，因為他不斷地受着資產階級享樂生活的刺激，他知道禁慾的甘於清貧的思想，在資本生義社會是落後的而且有害的。對於物質的享受之追求不一定是罪惡，因此，他不能不對於取得一切享受的媒介——「金錢」五體投地的讚美。

「啊，這樣好的天氣，若是袋子裏放許多錢，穿起很好的衣裳，帶起年輕的美麗的女人一道在外邊蹓躂，該是怎樣感覺得人生的快樂啊。」這是壺井在某一個晴爽的秋日在街上走時發的感嘆。那一天他有生以來袋子裏第一次放了預備買教科書的十五元錢。這袋子裏的「惡魔」，終於唆使這位聖人，把應該買教科書的錢看了一次戲、吃了一回東西，回到他的主人家還撒了一次謊。

那次去看戲，前面也曾介紹過的，是在歌舞伎座。他本想乾脆的享樂一回，預備買頭等票，奈何，他的衣服不對，恐怕反討沒趣，終於花了一元和他身份相等的人一道擠到三樓了。從三樓的觀覽席俯瞰下面的頭等官廳，他不能不深深地感覺得他一家的境遇變遷之殘酷和社會階級之顯明的懸殊——

……幕雖然閉了，他還沒有從那種幻覺醒轉來。連在東西官座和正廳綺羅蔽體的觀客，好像現在還是同那時候一樣的男女，自己小孩子的時候，也是那樣子坐在那裏的。變遷了的就是他和他的兩親。只有他們現在由展開在這空洞之底的歡樂世界趕到三樓以上的貧窮的階級了。世間貧富的懸隔很奇妙地由劇場的二樓與三樓截然分為兩層——這情形壺井很明瞭地看出了。兩者的自由與不自由的殊異沒有比這裏再滑稽地顯出來的，好像富人為着領會他是怎樣的幸福，窮人為着感覺他是怎樣可憐而來的。(《鬼臉》)

感到了這樣顯明的階級社會的殘酷的對比，假使有了很有力的領導，壺井這一沒落的小資產階級青年是不難傾向革命的。但是一方受着小資產者的依存性、動搖性的規定，一方給資本主義末期的頹廢傾向中毒了的他，沒有把他對於現實生活的不滿發展到階級戰線的參加，反而汲汲於資產階級生活的模倣與追隨，假使壺井——谷崎氏有什麼「墮落」，這才是真正的「階級的墮落」。看他是怎樣模倣資產階級而迴避現實罷——

> 到什麼時候我才能成一個相當的紳士營奢侈的生活呢？後年在高等學校畢了業，直到進大學做文學士還得有五六年日子。即算這樣忍耐巴到了學士頭銜，也並非就可以闊綽起來。頂多是拿着還不夠津村夫人一天兩天的娛樂費的微末的月薪過着寒素的日子。……我到底說不上結婚，連租一棟屋子都有點靠不住。何況那一年到頭去看戲、嫖堂子的好的身份一輩子也別想做到！（《鬼臉》）

這裏說明了一個小資產階級青年受高等教育的目的，和他們的出路之絕望。但一看到目前他自己的家裏，這種絕望狀態更殘酷地擺在面前——

> ……壺井清清楚楚地目擊着他父親的家運，這四五年來日益沉淪於逆境的悲慘的狀態。從他懂事的時候起已經不豐裕的家裏的生計，隨着他父親白髮的添加，走向窮迫的絕頂，近來連和壺井母妹三人餬口的錢，都是費盡氣力弄來的。啊，天永久地拋棄可憐的父親的一家，不肯把他們從世路的艱難救出來嗎？壺井被領到津

> 村家之初，因為思念父母時常回家省視，這一兩年來他不忍看困憊到極點的他兩親的臉上那種嘗盡辛酸的可傷的影子，所以雖同在東京市內也很少回家。他哪怕一刻子也不願意想到他是這樣可哀的兩親的兒子。到學校則和闊人家的子弟相交，回到公館則浸潤在華美的四周圍的空氣裏，盡可能地忘記自己的可憐的境遇，竭力親近社會的中流以上的趣味與風習。（《鬼臉》）

這裏很具體地說明了他是何等不忍見，甚至不願意想到他這一階層的沒落的慘境，而以對於資產階級生活趣味與風習之模倣，來製造他一時的、自己痲醉的快樂，乃至其惡魔的宗教。

自然，他這樣的想法與其說是由於他先天的無可如何的「性格」的弱點，不如說是他對於這貧富懸殊的社會現象之歷史的必然性的認識不足。這認識不足的結果，使他完全否定了人的意志在歷史過程中的作用，使他由科學的「有定論」墮落到「宿命論」，而完全相信「運命」，以為「運命」是統治人的一種不可抗力，人的貧富、幸不幸都是運命決定的——

> ……啊，錢，錢，總而言之是錢，只要有錢，一切人的慾望都可達到；沒有錢，有了學問也無用。假使神拿智慧和財寶兩樣東西來叫我任選其一，我一定馬上會要財寶罷。這樣看起來，我生來就是不幸的人。有着

意志很弱的性格又生在貧窮人家的我，既沒有祖遺的財產，也沒有白手建築起『富』來的實力，只好一生碌碌，羨慕他人的榮華，白白地走到墳墓裏去。這都是運命。（《鬼臉》）

何以說他這種運命觀之成立是由於認識不足呢？記得列寧談到近代宗教的社會的基礎時，他以為宗教之所以在近代仍有它的社會基礎，主要的是因為近代的勞苦大眾也時時有所恐懼，和那原始人對於死亡、對於不可抗的自然力的恐懼一樣，他們恐懼那盲目的資本的威力。「……對於資本的盲目的力量之恐懼——這種力量之所以是盲目的，正因為它不能為民眾所預見。這種力量在無產者與小資產者生活歷程的每一步上，都威脅着要給他們而且正給他們以突然的、出乎意外的、偶發的破產、毀滅，轉成乞丐、貧民、娼妓，或飢餓而死等等的災難——這種恐懼之心就是近代宗教的根基……」假使列寧的話正確，那麼難怪壺井——谷崎氏不要相信富人之所以幸福、窮人之所以可憐乃至絕望，都是「運命」了。你瞧他對於資本之集中，資本家對於工人階級莫大的利潤之榨取，是怎樣地圓睜着懷疑的眼罷——

……人說錢是天下流通的東西。這流通的東西，為什麼老這麼堆積在社會的一方，一點不流到別一方去呢？……

他覺得在日常環繞着他的很富麗的這一社會階級，「錢」這東西幾乎是無盡藏地貯蓄着，無際限地坌湧着。他父親一月之間齷齪地絞盡精神好容易才夠支持一家生活的錢，在這裏連主人夫婦坐一兩天的汽車費都抵不上。單就太太託阿玉保管的紙幣銀幣的數目已經就不是他所能想像的多。壺井有一次無意中聽得一個出入公館時常把高價的物品賣給太太的首飾店老闆，很得意地談起昨天在那裏賣去了一隻幾百塊錢的戒指。今天又給那一位爺買去了一副幾十塊錢的玳瑁眼鏡。照那首飾店老闆的口吻推測起來，照顧他的生意的那些人家，似乎每月至少有一次要為他花費數十元至數百元。買那樣無意義的東西的人們的收入，究竟每月有多少？又是怎樣賺來的呢？即令說有龐大的動產不動產，而從那裏面自自然然地產出一捲捲的鈔票的手續和原因，在壺井完全不可思議。(《鬼臉》)

但谷崎氏雖不懂得本應該是天下流通的「錢」，為什麼會集中到幾個人手裏，窮人為什麼益窮，富人為什麼益富的因果必然性，但虧着他的銳敏的感受性和直覺力，他知道：

(一) 錢可以規定你的戀愛的對象，使你不敢愛你的手伸不到的領域的人，而只能以和你同一階級的為滿足。藍子小姐無論矣，壺井甚至不敢妄想阿君的表姐，那柳橋的藝妓——

> …… 表姐的美貌權當作結根高處的花兒從遠處望望罷。看門人的他的身份怎麼樣也只能以阿君為滿足，竭力從她的容貌之中勉強找出些美點，拚命誇張地去想。……(《鬼臉》)

(二)錢可以無限地剝削你的勞動力。壺井在津村家除了前述的許多看門人、書僮的服務外，最苦的每天清早庭園的掃除，特別是自秋徂冬庭中那兩株大楓樹「任怎麼掃，任怎麼掃，也無際限地落下來的枯葉」，然而假使有一片未掃，主人要說話的。還有那樹梢廊簷的蛛網，雖像兩三寸的髮絲似的飄遊在空中的也得找出來除掉，要不然便要觸犯那愛乾淨的太太的怒。壺井不能不說——

> 任是怎樣愛乾淨的人，沒有因這樣微小的事也觸犯着潔癖的道理——有錢的人大約總想找出點什麼不滿意來，好讓做工的人多替他做點事。(《鬼臉》)

(三)錢可以使你跑半月以上的冤枉腿。壺井自離了津村家後，他的先生替他寫介紹信給一個報館主筆，望他收用這個「博聞強記」、「才氣煥發」的青年。但那主筆不知什麼意思讓壺井跑了半個多月都是不在，後來電車錢也沒有了，又是寒冬，他每天從淺草走到本鄉追分町上學，再走到銀座去拜訪那主筆，一點沒有休息的時候，又走回淺草，他深刻地覺得他不但是精神上，連肉體上也受了無限的侮辱與痛苦了，他不由得這樣發恨——

> 我為什麼要吃這樣的苦頭。因為我做了壞事該受刑罰嗎？不，不，沒有這樣的道理。做了壞事不受刑罰的多着呢。我的不幸還是沒有錢。（《鬼臉》）

（四）錢的多少不但可以影響你心理的變化，還可以影響你生理的變化。心理的影響單就小資產階級因商業交易、金錢出納之小規模性，而使其精神上缺乏堅定性、進取心，怯於冒險犧牲，容易依附動搖就可以知道了。谷崎氏這樣描寫壺井的父親——

> ……壺井不由得佩服地說：「沒有我的爸爸再適合『平凡』這一個形容詞的了。」不但是不高興玩，甚至商人的他也不曾老實借過大錢。衣服不用說，對於書畫、園藝、用具，也絕不講究什麼趣味。可又不是有達觀人生，很晏如的像禪宗和尚們那樣超凡脫俗的悟入。一見好像道德家似的，其實他不過是一個卑怯、怠惰，並無何等才能膽氣的退嬰的人。（《鬼臉》）

這個豈不活畫出一個小規模性的小商人！這拿來和新興資產階級津村夫婦的習慣好尚對比一下罷——

慣用汽車搬動身體的主人夫婦，連書札往還也似乎覺得平信不夠意思，任什麼小事他們也有拚命地歡喜迅速、尊重秘密、衒耀繁忙的習慣。他們覺得不極端利用日益進步的交通機關，便缺乏文明人的資格。……(《鬼臉》)

這裏便顯出新興資產階級的大規模性、近代性。

但在壺井的父親接了津村氏的快信去領他的兒子的那一場面，谷崎氏很深刻地寫出了「錢」這東西對於人類的生理上的影響來——

……雖然有莊之助那樣和他（壺井）同年紀的兒子，但坐在一道看起來，主人（津村）要顯得比祿三郎（壺井父）年輕五六歲。他的頭上還沒有一根白髮，在兩三年前他還把漆黑地密生的頭髮，假髮似的分開着，但不知什麼時候起改剪了整整齊齊的平頭。同時他那消瘦的身體，漸漸蓄積起脂肪來開始肥滿，從前的長臉似的一年年變成圓臉了。

……在他（壺井）初由澤田先生介紹見面的時候，正剛盡瘁於東奔西走惟日不足的業務，從那緊蹙的眉頭、發青的額頭下閃爍着野心如熾的冷酷的眼睛的堅吉，隨着這兩三年來漸漸地事業成功、地位穩固，他的容貌也慢慢生出春風來。現在即令他那敏銳的眸子湛着辛辣之光，從那刻薄的舌端吐出怒罵，而圍繞着那些的豐滿的臉兒和櫻桃般的皮色，把他那慍怒的表情的效果和緩得多多了。壺井心裏暗暗地吃驚 —— 有餘裕的人的心境對於生理上會有這樣顯著的影響嗎？（《鬼臉》）

（五）錢不但是影響你的心理、生理，還影響你的行為，決定你的善惡標準，在谷崎氏的一切作品中接觸得最多、解說得最囉唆的無過於「善」與「惡」的問題。他的根本錯誤，在把行為的善惡看成超階級的、永恆的「性格」問題，忽視了道德的階級性，不知道所謂道德者，只是各時代的統治階級用來輔助法律之不及以鞏固其統治的工具。在封建貴族是統治階級的時候，日本和中國一樣是以忠孝節義等鞏固封建秩序的道德為主要道德，合乎此者為善，否則為惡。在資產階級是統治階級的時候，是以發展個人主義、擁護資產階級的社會秩序為目的的，合乎此者為善，否則為惡。這樣可知世界上不會有天生的「惡」，假使天生的惡是指飲食男女的慾望強，以致幹出許多所謂「不正」的行為，那麼，這「善」、「惡」的標準顯然地因貧富的階級而異。谷崎氏從他創造的人物壺井的口裏道出這個真理了，那是在壺井遇見他的中學時代的同學芳川，聽了他談起和一個藝妓的戀愛故事之後 ——

……還有是因為芳川家裏有錢，所以他能成善人。

有錢沒有錢，在某程度是善惡的分歧點。我假使有錢，即算生來有惡性，也不會那樣露馬腳就可以過去的。我從前所犯的錯誤和失敗，假使是一個有錢人的兒子的話不是都不算一回事的嗎？人類的慾望大抵是平等的。但芳川這樣狂嫖藝妓，沒有人非難他；我只寫了一封情書給使女，社會上馬上就不承認。這樣的不公平完全是由錢來的。(《鬼臉》)

他終於承認了道德觀念和經濟利益的密切的關係。

六、Maria 與 Venus

以上我們由《鬼臉》的研究，已經得出谷崎氏的人生觀與社會觀的基礎。拿這個結果，我們去衡量一下他的別的作品罷。

首先做我們衡量的對象的是《神與人之間》。

假使鬼臉是谷崎氏學生時代的最好的自傳，那麼，《神與人之間》便是他作家時代的最好的自傳。固然，這作品中寫兩個極要好的朋友，添田與穗積，共爭一個女子 —— 後來叫朝子的藝妓照千代。但假使我們猜得不錯，這穗積便是詩人佐藤春夫，朝子是現在變了佐藤夫人的石川千代子；那麼，那惡魔主義作家添田君，無疑地是作者自己，谷崎氏了。

「添田是當時文壇流行的頹廢派（Decadent）的大將，

甚至還被人稱做惡魔派，但同他親近起來，卻是對於無論什麼事情都富於同情與理解，而且是非常謹慎、非常高雅的一個青年。至少在最初穗積是這樣想。『這就是那惡魔派添田嗎？』他甚至不能無意外之感……」（《神與人之間》）

這正是谷崎自己的忠實的寫照。我們與後年的他有過交際的，誰都不否定這個印象。這以他自己、他的夫人、他的好友做 Model 的長篇小說（我們已經翻譯出來收在這集子裏）的故事，我們也不用重複地敘出來罷。在第七章朝子與添田和好，穗積歸臥鄉里那地方，作者關於他自己又有這樣的敘說——

> 那時穗積……有時隨意由手邊的報章雜誌略略地知道添田的名聲好像漸漸在文壇擴大起來，他的創作和行動始終使紙面上熱鬧，成為問題。這個事實對於心與身體都衰弱極了的他的神經不能無所刺激。何以呢？因為添田不獨依然被稱為惡魔派的驍將，同時依然素行不檢，為着女人的事、金錢上的事，受人攻擊、受人譏笑，而且對於他的惡魔的行為都大為喝采。他好像把和穗積的這段情節全都忘懷了，正在那裏志得意滿……（《神與人之間》）

這自然也是實錄，谷崎氏在近代日本文壇佔有特異的地位，當他的盛期，每一作品出來，輒能掀動文壇，特別是自然主義文學隨着資本主義開始走向下坡的時候，青年們漸漸厭惡那種平面的、瑣碎的描寫，要求更極端的、更有刺激性的東西，谷崎氏那種妖夢似的淒艷的故事、蛇鱗似的美麗的文字，是怎樣的迷醉着文學青年的心眼啊。

增加當時讀書社會對於谷崎氏的藝術的興趣的，自然是谷崎氏比較富於變化的私生活，依谷崎氏年譜所載，「大正四年五月二十四日與群馬縣前橋市石川千代子結婚於東京」。這便是前年谷崎氏對佐藤春夫贈妻事件的發端，也就是《神與人之間》所寫的這四角戀愛悲劇的開始。我們對於谷崎氏戀愛生活雖不知道詳細，大約他下述的這個公式是不錯的罷——

> 那時候添田正熱中於女優幹子，是文壇與一般社會周知的事實。不僅這樣，當時添田所發表的創作，雖然改換着種種形式，但沒有一篇的着想不是由他和她的戀愛出發的。幹子總是寫成了一個才氣縱橫的妖婦，再加上被她的魔力征服着的男子，和被那男子虐待，視同贅疣，卻又毫無志氣黏牢着她的丈夫的愚鈍的妻子。（《神與人之間》）

那「愚鈍的妻子」一腳色，自然派給了石川千代子夫人了。

在第十六章，寫添田以《夜路》的標題發表了一篇惡魔主義的作品，寫戲曲家 A 為着追求和女優 K 子的完全的色慾的愛，終於慘殺了他的賢淑的妻 F 子。這篇作品發表以後，世論囂然。作者谷崎氏在這裏對於他自己的藝術藉別人口裏作了很多有趣味的自己批判。最妙是後來寫到惡魔的添田給善人的穗積藥死以後的世評——

這惹人憎恨的惡魔主義者的死發表了的時候，社會上毫不吝惜地承認他生前的功績。許多雜誌報紙都揭載了故人的肖像。人們都說「故人總算對文壇寄予了什麼東西的，而且是有獨特的境界的富於才能的作家」，說「那個可厭惡的人不在了，文壇不能無寂寞之感」。(《神與人之間》)

這簡直是替自己「蓋棺論定」了。這作品的妙處是有預言的效果。即作品中的朝子——千代子終於移歸了穗積——佐藤春夫，所以不同的是這愛丁諾克式的場面延到十五年後的今日，同時佐藤並沒有把谷崎害死，他們的這「愛人交遞手續」是辦得很平和的，甚至三人發出聯名宣言，谷崎氏率性把愛女和家也一併送給了佐藤——這一奇特的悲壯的行為，若在前一時期，不知道要給日本社會多大的震動，全國的藝術家、思想家、社會批評家、戀愛學者不知道要多麼熱烈地嚴肅地批評他們、讚頌他們、同情他們！但是不幸這事件是起於一九三〇年代，資本主義世界經濟恐慌與政治危機達了極嚴重狀態的時期，日本的革命青年只當這是末期的資產階級作家應有的把戲，比先年有島武郎的情死、芥川龍之介的自殺影響還要小。

但我們僅就這作品所表現的社會內容來論罷。在這作品中谷崎氏任什麼事都依然捧出他們所謂「命中註定了的性格」，主張「原始的不可抗的本能」，試聽添田對「以戀人資格」來接朝子的穗積所說的、他為什麼明知沒有愛朝子的資格而不能放棄朝子的理由罷。這免不得又要接觸谷崎式的善惡問題了——

……穗積君，我時常說的，實在是太寂寞了。我一想到你和朝子做了夫婦，而我卻剩下一個孤另的一身，我就，……不，你不知道。你一點也不知道我所說的寂寞的意義。我——你雖然常說是善人善人，實在是很惡的人。不單是高興做惡棍，就是心裏也和你這樣的善人不同。我這個人有時候所以在你的眼睛裏顯得善良，那是因為那時候恰好裝着假面。那自然不是欺騙你。我是因為和你親近便裝起了善人的樣子，於是很高興你叫我做「善人、善人」，就為着這種高興使我和你結交。我生平沒有一個真正的朋友，只有你真心的相信我，我也竭力想不要損傷這種信用，不要辜負你的好意。我的心裏也有一種空幻的希望，想在和你交好中漸漸受你的感化，也許要成為一個善良的人。雖說是怎樣的惡人，但這個程度的希望也

是有的。……（《神與人之間》）

這裏訴說了一個極端個人主義者——所謂惡人——的孤獨與寂寞，及其與穗積那樣的「善人」的交涉。

> ……我所以愛朝子也是受了你的感化。我總覺得我是惡人，我總想由朝子那樣的女人受和你一樣的待遇。假使可能，我想娶了那種心地純良的女人做妻子，靠她的力量使我加入善人之列——我是由這種動機才欺騙了你，勉強成就了我的戀愛。你就沒有朝子已經是個很好的人，比朝子還好的女人也還有的是。……（《神與人之間》）

這裏添田——谷崎氏似乎以為性格善惡的轉變是個別的人，特別是女人規定的。所以「惡人」的添田起先想因穗積的友情而變成善人，後來又想借助於朝子的愛情，所以寧肯犧牲友情以獲得愛情。他們過度估量了女人的感化力，以為一切罪惡之子可因女性的美與愛而得救。他們崇拜馬利亞，他們俯伏在她的座前流着懺悔的淚，他們讚美但丁的 Beatrice，他們謳誦歌德的 Gretchen，他們想由聖潔的女人的素手的牽引而入天國。

顯然地，對於「女人」的這種唯心論的觀點，只是封建社會意識形態的殘餘，當他們發見他們的 Beatrice，或是

Gretchen，不過是一個要飯吃要衣穿的尋常的甚至很累贅的女人，他們便由天國急轉直下墜入地獄，他們擁抱着脫了衣的 Venus。

> 你一定要說既然如此為什麼又那樣虐待朝子呢？可是我頂沒有辦法的就是這任性的脾氣。就是現在我也決不是不愛那個女人，不，老實說我心裏愛着的女人就只有她一個，可是我一逢着某種淫婦型的女子便立時給她誘惑了。雖然明知道比起朝子的愛來不過極表面的情慾，但不幸那情慾對於我有不可抗力，它會喚起我心裏那種惡魔的聲音。那種女人一出現，我總是像給惡夢魘着似的，跑到她那裏去耽溺在荒唐的淫樂之中。可是那種夢一醒了，一定有種說不出的苦痛。我為什麼要迷戀着那樣的女人呢？我已經有了朝子那樣的女人，又明知道她的心地的高潔，為什麼不純真地、老實地去愛她呢？……（《神與人之間》）

於是，在他的腦中引起了 Maria 與 Venus、靈與肉、愛與慾、神一般的理性與野獸般的本能的鬥爭，而結果毫無問題的是後者的勝利。對於這奪來拯救他的靈魂的女性，無論在日常生活上、在作品上，都經常地給以殘酷的亞細亞的待遇，他打她、踢她、罵她、欺騙她、在作品裏慘殺過她三次。

失戀的氣憤的穗積不能不寫《秋思》和《一個獨身者的

生活》以自慰了。然而添田不但不生氣，反而覺得不夠意思。

既然寫到那裏來了，幹嗎不更進一層把我這個人赤裸裸地寫出來呢？我從來就自稱惡人的，你也用不着客氣。惡人就是惡人，只要你能把那惡人的心理充分深刻地寫出來，我死也滿足。不但是我，我想天下許多惡人也一定歡喜得瞑目的。……（《神與人之間》）

實在的藝術家一談到藝術上的問題，是能這樣的不自私的，哪怕是於他很不利的事——

「……不要緊啊。我決不會生氣的。你想見我的老婆的時候你儘管去見她，假使那樣的老婆你也不嫌棄的話。……」

「那樣的老婆也成，假使你那樣嫌棄她，何不因着憐憫我索性讓給我呢。」

「哈哈哈哈，那可辦不到！……就是我想奉讓，怎奈她本人也早已不肯了啊，因為已經有了孩子了，怎麼樣也離不開了。……」

「她生了孩子，在我也是很嚴重的打擊啊。……假使沒有孩子的話早承你相讓了也說不定呢。……」

「那麼，你想只要那孩子生病死了就成了嗎？」

「哪裏的話——固然我也曾當作小說的情節那樣想

像過。不過結果是一樣的。最初不生小孩倒好，一旦生下來又死掉了，因着那種悲哀，你們夫妻倆許更加不能離開了 —— 我想寫一篇這樣的小說。」

「不錯，寫得好的話也是一篇很好的東西 —— 不過假使用這樣的情節就是你很陰險地、裝得好像完全沒有志氣似的、暗地裏把我謀死，可怎麼樣呢？」

「那我也想像過的。但這個比起上面的那篇來可更加難寫了。謀死你以後的心理和事件的發展真是複雜得很，可以有種種的情形。」

「唔，唔。」(《神與人之間》)

這樣，兩人實生活上的殘酷的鬥爭，變成藝術上相互的推敲了，他裝至坦然地推敲怎樣巧妙地殺他自己。在一個亂舞狂歡的晚上，舉起酒杯目送添田抱着他的 Venus 走着狐步的穗積卻獨自暗暗地進行着那情節的進一步的推敲。

…… 穗積的腦裏好像想小說的情節似的長時間玩弄着那種空想。…… 僥倖社會上，特別是文壇上，一般的同情集注在我的身上。我已經被公認為老實的、循謹的好人。即算弄死了添田，恐怕沒有一個人會疑到我身上罷。就是朝子也一定連做夢都不會注意到那點。如是，我不難慰藉她，恢復她的愛，圓圓滿滿地結婚。社會上一定說是「正義勝利，惡魔滅亡了」，大家都賞讚我說

「難得你忍耐了這麼長久的日子，支持這樣長久的純潔的戀愛」。…… 對啊，把這個寫做一篇小說不好嗎？……大家以為添田是惡魔、我是善人的時候，我反漸漸變成了真正的惡魔。若是把這種心理的過程描寫出來的確有趣。……（《神與人之間》）

這「小說的情節」到了穗積偷了「西班牙的蒼蠅」以後推敲得更加嚴肅、更加冷靜、更加周詳了。從添田如何中毒，如何臥病，如何由嘔吐、痙攣、昏睡狀態，以至死前醫生如何診斷，死後社會如何批評都一絲不亂地想出來了——

…… 人們都以為惡魔主義者得了他的當然的報應而死。他有穗積那樣的良友、朝子那樣的良妻，他卻不獨不聽他們的哀訴和忠告，反而嘲笑他們、虐待他們，現在可受了那個天罰了。被殺害的妻子得救了，要殺害她的那無情的丈夫反而先離了這個世界。世人一定向着那樣孤孤栖栖地等着她丈夫回來的那不幸的朝子身上集注着同情之淚罷。同時也向着那明裏暗地為她盡力的失戀詩人穗積的身上……（《神與人之間》）

很明顯的，在穗積與添田的戀愛爭奪戰的過程中，那兩個性格——善與惡的對立已漸次打破了。惡魔不必惡，善人不必善。不，善人反成了十足的惡魔了。但是我們不可忘記，詩人穗積是這樣清純高潔的人啊。他曾把他的心比之於童話中「一朵寂寞地開在郊野的薔薇花」。

> …… 自己的心臟便是那朵薔薇花，越是孤獨，那花的清香便越加濃厚。……（《神與人之間》）

以這樣一顆清純的薔薇之心而行那樣殘酷陰險的毒蛇之事，不是他吃得消的，於是他不能不對他自己的良心做出這樣的 Excuse，首先說他是何等為着友情犧牲了他已經勝利的愛情，他是何等純潔地忍受着長期的孤獨與屈辱。他為他們竭盡心力，反而成了添田播弄的工具。添田的目的是在活活地苦死他和朝子。問題是這樣的迫切了。善人的他們消滅惡魔呢？或是被惡魔消滅？過去他過於逡巡，反而得了助長添田的惡德的結果。把朝子那樣聖潔的 Madonna 墮落成為娼婦似的女人，這固然是添田之罪，他也不能不負責任。把既經消失的「善」與「美」的東西奪轉到世上來不單是為她，也是為全人類。容忍惡的存在是比「惡」的自身還要惡，於是他達了這樣的結論 ——

> …… 他覺得殺害添田並非把靈魂賣給惡魔而是為着她、為着「人類」消滅惡魔。……（《神與人之間》）

於是，穗積這樣做了。一切都照他所預想的實現了。只有兩樣多少反於他的預想的，是那惡魔添田臨死時的後悔，和善人穗積殺人後的苦惱。這苦惱使他發出這樣的疑問——

殺人這件事，即算那是用善良的動機做的，而且得了善良的結果，但恐怕依然是違反人類的性情的罷？所謂代神宣罰的念頭恐怕畢竟是他的僭越，神一定要罰他的冒瀆的罷？……（《神與人之間》）

文中的穗積在和朝子結婚後一年受不住良心的苛責自殺了。這一善惡問題在他的遺書中這樣結束——

……你說從前就愛我，說現在已經沒有悲悼添田君之死的心思了，說愛我勝過愛道子。你這些話不但一點不使我安慰，反而更使我對着自己的罪孽顫慄起來。我覺得你已經不是昔日的貞純的朝子而漸漸變成和我一樣的惡魔了。……好像是很矛盾的，結果我還是恨添田君。……一個人的罪惡波及三個人。不是因為添田君的一個不好，連你也不好了，我也不好了嗎？並且就在最初的惡人死了之後，我們依然得為那種惡業所苦惱。你和我真是不合算。……（《神與人之間》）

這裏穗積把性格的惡化也歸之於個人的影響，和添田想因清純的朝子的感化而加入善人隊裏一樣——我們只能說作者谷崎氏把握不定個人和社會環境的正確的關係。恩格爾斯曾這麼說：「人自己是在造成自己的歷史，可是他之為此是在一定決定他們的環境之中，是根據舊時代所遺留的現實關係的基礎之上。而在這些關係中，經濟關係歸根到底總是佔主位。……」拿這個去檢查這個戀愛鬥爭史時，可知這中間到處表露着兩個時代的鬥爭 —— 封建殘餘的意識形態與資本主義末期文化的鬥爭。第一，這作品中寫的是兩個時代的女性。一個是所謂「聖潔的 Madonna」，任丈夫怎樣打罵、怎樣嫌厭、怎樣在作品裏殺過她三次、怎樣和情婦在外遊蕩數月不歸，依然忠實地柔順地等待着，依然哭着說「我永遠是你的人」的封建型的女性。一個是才氣橫溢，有她自己的職業，而用她的 "Coquetry"（風騷）和「西洋人式的表情」征服男子、玩弄男子，始終愉快地、沒有什麼拘束地過着日子的摩登型的女性 —— 這一種和朝子相反的女性在穗積們不經意的當兒大量地產生出來了 ——

> 跳舞着的女人們雖然有一半是日本人，但誰都好像是和穗積沒有關係的人種。從什麼時候日本也產出了這樣的女人了嗎？頭的梳法、眉毛的畫法，以及種種地方都好像施着種種精細的技巧，她們的眼睛、鼻子也彷彿帶着西洋人的味兒，都是那麼老練得很的樣子。拿起朝子那樣的女性比起來，她們確是另一個人種。她們是住在和生長在信州山裏的穗積和朝子完全不同的世界的人們。（《神與人之間》）

自然「這樣的女人」是日本資本主義高度發展中必然地產生出來的。我們知道日本脫離封建社會不久，雖然資本主義有高度發展，而無論在政治上、社會上，特別是家庭生活上還保留不少封建的殘餘，男女生活的不平等、對於女人的亞細亞式的待遇與女人強制的服從，在許多人仍視為當然。特別是在「生長信州山間」的人猝然看見那帝國飯店 Green room 中那一些「帶西洋人味兒」的摩登女郎們，自然是驚心駭目，認為另一人種了。幹子便是這「另一人種」之一，也就是「惡」的女人們之一。他雖然對朝子敘述了那晚的所見，但還是要保存朝子的「善」，不要她學這「惡」——

> （朝子：）「了不得！我真是羨慕那樣的女人。」
>
> （穗積：）「哪一種女人？」
>
> 穗積很責備地問着。
>
> （朝子：）「像幹子姑娘那樣的女人——又愉快，又華美，誰也見了她歡喜，始終很高興地過着日子。真是要能像她那氣派可多麼好呢。」
>
> （穗積：）「哈哈哈，不過你可當真學不來。除非你再生過一輩子。」（《神與人之間》）

再就這兩個女性——朝子與幹子——的職業來檢查也恰恰的代表兩個時代。朝子原名「照千代」，是長野的藝妓出身，受過封建時代遺留下來的最典型的教坊的教養，而幹子是日俄戰爭以後隆盛起來的新劇的女優。她們倆究竟誰善誰惡呢？或是這兩個時代的女性誰善誰惡呢？不承認有永恆的道德原則的我們只能這樣說，站在封建地主的觀點，則朝子這樣的女性是「善」，而幹子那樣的女性是「惡」；站在資產階級的觀點，則朝子不必「善」，幹子不必「惡」。為什麼現代日本家庭仍充滿着「不必善」的女性呢？因為資產階級民主革命雖然也打出男女平等招牌，但在它的階級利益上決不能徹底的反封建。女子的真正徹底的解放只有在無產階級革命以後。因此站在新興階級的觀點，封建的良妻賢母（如朝子）、資產階級的摩登女郎（如幹子），都沒有什麼好，都是惡。我們要求的是另外一種「善」的女性。

這兩種女性的善惡我們既然明白了。這當然影響到她們的追求者 —— 添田與穗積。我們再來批判他們的善惡。

他們，據這作品內所表現的，雖然生在同一時代，而且同過學，在經濟關係上，添田代表了沒落的城市小資產階級，而穗積代表了鄉村小資產階級。在職業上添田是一個「靠寫文章吃飯的」文士，而穗積是一個在故鄉開業的頗有名望的醫生。在貨幣經濟發達的社會，女人是跟着錢跑的，所以朝子首先給一個叫木村的綢緞店老闆討去了，那綢緞店老闆死了，好運才輪到他們。朝子對於他們兩人雖一樣的「不討厭」，可是顯然地，「穗積先生」是比較的可靠，所以她的姐夫武田才首先問穗積「要不要她」。

從辛苦裏出來的添田是懂得這個的——

（添田：）「……可是假使一旦我表明我想娶照千代的意志，你那現在不知道到底是不是愛的結果不會證明是愛嗎？我們兩個人不會競爭起來嗎？那樣一來，我知道我到底不是你的敵手。……」

（穗積：）「為什麼不是我的敵手？」

（添田：）「這有什麼難懂呢，你是本地人，又有地位，又有信用。在世俗的眼光看來，和我這樣流浪的文人簡直不成比較。何況和照千代的關係你比我深得多，你以醫生的職務曾對她有過種種的盡力，若是競爭起來，我想我一定要輸給你的。……」（《神與人之間》）

這已經是在未開始競爭之前早定了輸贏了。何況在性質上，添田是和《鬼臉》裏的壺井似的在早年慘苦的家境和都會資產階級的享樂生活的誘惑裏鑄鍊出來的畸形的「不良性」的青年，而穗積是一個生長於信州山間殷實人家而以「品行方正」著名的純樸的青年。這兩者相形之下，難怪朝子說「很早以前」就愛他了，難怪她說她「自己以為愛着添田，可是當真還是愛着你（穗積）」了。

從辛苦裏出來的添田也懂得這個的，但明知道這樣他仍必須佔有朝子，以慰他所謂「惡魔的寂寞」。而穗積也在任何失望與屈辱之下，不改他的步調，企圖救回他的「聖潔的

Madonna」。

這樣執拗的戀愛之爭，表示女人在資本主義社會仍是私有財產之一部，仍是男性佔有慾的物格。值得注意的是執拗的爭奪者的兩方都是小資產階級青年，這因為小資產階級就在戀愛方面也是「最執拗的私有者」，且所謂「聖潔的Madonna」在大資產階級與無產階級都是用不着的，恰恰代表了小資產階級的幻想。這裏為着這幻想的追求，小資產階級青年甚至拋掉他們的一生，而毫無所惜。他們的這種「戀愛至上主義」使他們沒有法子看見群眾、省悟自己階級的前途與其歷史的任務，只玩弄着「善」與「惡」的抽象的超階級的概念 —— 這許同時是這一個很優秀的作品，打有時代火印的缺點罷。

七、東方與西方

由上面《鬼臉》與《神與人之間》的分析，我們已可以明白谷崎氏的戀愛觀與社會觀。

現在我們再拿他那篇未完成的作品《鮫人》來介紹他的藝術觀 —— 這樣告一個結束罷。

自然，每一個作家都是時代的人，他總是在他的作品裏有意無意地表現一定的階級利益。因此每一個作家的藝術就建築在他的社會觀上。我們在上面已經知道了谷崎氏雖然出身於沒落的小市民層，雖然目擊着他家裏的悲慘運命和深刻的階級的對比，但他卻逃避現實於頹廢的夢裏 —— 這就是他的藝術觀的基調了。和谷崎氏每一篇作品都有自傳的價值一樣，每一篇作品也表現這樣的唯美的藝術觀。但是為着較具體地，特別是於我們同國人較親切有味地理解他對於藝術上的見解起見，莫如《鮫人》的研究。

這《鮫人》係以歐洲大戰後生意繁昌的淺草公園為背景，寫一個優秀的頹廢的藝術家服部於那擾攘叫囂的人海中追求永遠的「真」和「美」的歷史 —— 雖說這部歷史沒有完就停止了 —— 這姓服部的雖是一個洋畫家，但就看做作者自己也不會很錯。他二十七歲了，沒有職業，又無可靠的親故，應該是「自食其力」的了。然而他的生活費是「賺來」的少，「借來」的多，這在他是根據他多年奉行的這樣的信條的 ——

> 他雖是個洋畫家，但非以畫舞台背景為能事，他可是真有志於藝術的。因此與其做不高興做的事情去賺錢，不如向人家借哪討哪，反要來得問心無愧。他是為做藝術家而活着的，因此生活手段等是第二問題，為那樣的事去勞神是傻子。但凡在第二問題範圍內他就給人家看不起、輕蔑也不要緊。無論用什麼方法，只要能弄錢來吃喝就成。……（《鮫人》）

這雖是有些誇張，可以看出一個藝術至上主義者所理解的藝術與實生活的關係。

講到吃喝，這藝術家在他四五年前家裏還富裕的時候，也是很講究這個的。他原是個生活慾極旺盛的都會人，但自從他落魄以來，別的慾望都次第削去，獨有食慾還保存着而且更加猖獗起來，他以為「食」是人類慾望之中最後的而又最真實的慾望——

> …… 靠得住的東西——是啊，世界上原沒有那樣的東西，假使是有，那就是這一瞬間的「飽食的味兒」了。…… 人類除了把吃的東西塞滿胃臟以外，能更有什麼佔有得更實在的東西嗎？就是財主爺的財產、學者的知識，能有這樣確實的很有斤兩地壓在身上的所有感嗎？任是怎樣的懷疑家也不能懷疑現在吃的東西是在胃裏罷！(《鮫人》)

因此，他是非常怕肚子空的，他對於爭取飽食是非常勇敢的，「嚴寒時當了衣服去吃。吃帽子、吃書籍、吃四周圍所有的東西，不管是自己的、人家的！」淺草公園的歌台舞榭的男女戲子們被他吃了不少。他是淺草公園的肥料，淺草公園也是他的肥料。

這疏於實際生活又性愛孤獨的天才藝術家為什麼流到了淺草公園呢？這依作者說是與那些靠公園衣食的戲子、戲園流氓、墮落文人，以及其他說不出名字的浮浪人、醜業婦中之一部分人有同樣的心理的經過。他們同樣是懶惰、沒有錢、意志薄弱，可又不能從奢侈的物質慾自拔，結果給社會壓迫到沒有地方走。雖是十二分不平，可又沒有法子，只好「玩世不恭，或是憤時嫉俗，耽溺於廉價的享樂以自暴棄」，為着這個目的，就沒有比淺草再好的地方了。只要一到淺草，這都會所有享樂機關大概都具備在那裏，不過是以最醜惡的形式。

不過這醜惡也不足以使我們藝術家退避，因為在他的眼中，當時的東京就整個兒不好。

> ——特別是歐戰以來這傾向更激化了。虧着戰爭，東京大大地繁昌起來了。日本變成債權國了。實業家豐足了他們的資產，宰相獲得新的爵位，軍人得了勳章，賣破船發財的、囤染料藥劑發財的暴發戶輩出，但因此東京這地方反而一般地成為不好住的都市了。不錯，也許文明的設施比從前多，但是市民由此而受的便利，比起由此而受的不便來，不如沒有倒好。……（《鮫人》）

這樣的東京更不用談什麼都市「美」了，有的只是「文明的詐欺」！因此，與其在中心街市接觸那種虛偽與不調和，他寧可在醜惡的淺草公園中找它近於「美」的東西。這樣，淺草公園成了這藝術家安心立命之地。

有一天，這藝術家的唯一的好友南貞助，剛同他父親旅行中國回來，帶了一些香煙做禮物，特到公園旁的一條陋巷來訪他。當他一接觸這都會的暗黑面時——

> 他忽然想起去年十一月某日的晚邊，隨他父親徬徨於南京秦淮河畔時事。父親說要查查杜牧之詩裏的杏花村古跡，在那狹隘迂迴的秦淮陋巷徘徊了兩三點鐘，那時，他一面在那廢頹的中國街走着，不由得想起服部。服部假使和我們一道，他一定歡喜這條街的情景罷，並且假使他生於中國，一定躺在那小巷裏面洞穴似的巢窟裏抽着鴉片罷——他一邊這樣想跟着父親走。……（《鮫人》）

在他請服部抽着他從中國帶來的香煙的時候，從那濃郁的香味中不能不使他回憶他旅行中所接觸的美妙莊嚴的河北、江南的自然，使他也深恨不能生於中國。

> ……他已經從中國回來了。他別了那為日本過去文明的父祖和淵源的尊貴的大陸，永久以日本人這樣待在這裏了。在他眼前的不是那幽邃而冥想的北京，卻是淺薄而醜惡的東京。這兩個都會之不同，不正像剛讀完《東方夜談》隨即來讀什麼演義似的不同嗎？他畢竟是東洋人，所以在藝術上也不想離開東洋主義。但他生長的這現在的日本——給西洋主義，並且是夾生熟的西洋主義

中魔着的現在的日本，他想要從中發見「美」，純樸的自然到處都破壞了。在本比中國小規模而且貧弱的這國度的自然之中，到哪裏去找倪雲林的山水與王摩詰的詩境呢？他現在這樣坐在這裏的鬱悶的松葉町的衎堂房子的二樓——這不正是東京的醜惡自身嗎？……（《鮫人》）

因此，他的結論是住在這樣的自然環境之中，不會有好的藝術，所以他以為服部的墮落是因東京不好、日本不好。他是這樣崇拜自然，這樣地讚美中國的自然。他是這樣同意他的父親對於東洋藝術的理想——

……東洋藝術與西洋藝術不但形式不同，根本精神也殊異，……西洋常常一樣創造新的美，自己建設自己獨特的美的世界，使美向一切方面分化、發達。在那裏有藝術之目的、藝術家的生命。但東洋藝術並非創造美而是暗示美。……家父把「美」比之於月。西洋人捉牢月光映在溪谷處、照在庭樹的葉上處、射在都會的電桿柱處，而說那是美。若非相當偉大的藝術家不容易曉得那光的來源是大空之月。……在東洋人卻最初就望着大空的月，就不望也感着。……家父引月亮的譬喻正是在一個滿月之夜泛舟洞庭湖，兩人望月之時。家父說「東洋藝術是和宗教一樣，只要拿來使靈魂得救就成。佛教所謂真如，世界和藝術的美的境地，是一樣東西，都是

仰慕着那空中的月。…… 因此，我和相信月的存在一樣相信有永遠的生命」。(《鮫人》)

他的父親的這一種唯心論的藝術觀似乎很得了他的共鳴，因此，他以為倪雲林、黃大癡的南畫和米克蘭詹羅的壁畫同樣的崇高，而擬停止西洋畫，研究南畫。但是與天上的白雲之路無緣的服部卻另外有他的境界 ——

—— 但是我和你兩樣，我歡喜「人間」，我歡喜「人間」的惡事醜事。我覺得「人間」的惡事醜事之中也有你那樣永遠的東西，我想要抓牢那個。但是走近去抓它時，永遠的東西不知逃到哪裏去了，只留下惡事醜事來誘惑我。你知道我的意志弱得沒有辦法。我是給它一誘惑馬上把靈魂賣給惡魔的無用之人。…… 因此，我不能和誘惑鬥爭，只能給它誘惑着也好，把靈魂賣給惡魔也好，假使惡魔保有永遠的東西 —— 我就想抓牢它。這假使如願的話，我可以替這世界上添一兩樣人們從不曾知道的新的美。否則 —— 就墮落完事。(《鮫人》)

與其愛「自然」寧愛「人間」；從人間的醜惡之中、從惡魔的手裏抓牢「永遠的東西」，替這世界添一兩樣新的美 —— 這是服部畢生的大志願，也就是谷崎氏畢生的大志願，這個大願他應該是頗為成就了，所以我們今日儘管對於他的戀愛觀、社會觀、藝術觀未必贊同，然而並不否認他對於我們的寄予之偉大。我們不知道他是否給了我們什麼永遠的東西，但這個惡魔主義作家的作品使我們強有力地、印象地認識了日本資本主義發展過程中重要的社會現象之一面，認識其中有作用的或被作用的許多人物的典型。實在「偉大的藝術家的作品幫助我們更深刻地理解歷史過程，⋯⋯他的作品內描寫的典型至今日還有生氣」。

但我們要知道谷崎氏所描寫的「典型」之所以有生氣，並非由於他承認永恆的道德原則，即他那種抽象的善惡觀，相反地，他一方面固定地、靜態地去談「性格」的善惡，一方面他能很不自覺地、天才地揭出它的矛盾，即「善人」在行為的發展中，時常變成「惡魔」，而「惡魔」反而成了不一定可恨的人物（就看《御國與五平》罷）。這樣地把固定的死板的善與惡的抽象概念變成流動的活潑的藝術家的生活感覺了——這樣我們就介紹下面那樣優秀的流動哲學的淺草公園觀，也並不足怪了。這樣，我們可以說谷崎至今還是民眾的朋友，也是中國的朋友、正在革命過程的中國的朋友——

> 淺草公園和別的娛樂場顯著不同的地方不單是它的容納物龐大，而在於容納物中的幾十幾百種要素不斷地激急地流動着、醱酵着⋯⋯不用說，社會全體也隨時在流動、隨時在沸騰，但沒有像淺草這樣流動激烈的一

廓。這是在緩慢的流中打一圈的某特別的漩渦。這漩渦一年年擴大它的圈兒，繁密它的波紋，把飄到周圍的東西隨口吐去以養育它自己。在那流中的東西可以說沒有一樣不被它捲進去過一次的。但是那些被捲進去過的東西什麼時候到那裏去了呢？漩渦還有在那裏，那捲進去的東西已經不見了！…… 公園的流轉是這樣的激烈。這裏有一不可看過之事，就是若把那些流轉着的東西一一地仔細檢查一下，幾乎沒有一樣不是俗惡的東西、粗雜的東西、低級的東西、卑陋的東西，但因為那些東西是以停不住的眼兒的迅速拚命地流轉，所以公園自身的空氣，就在混濁裏孕着清新、廢頽裏吹着活氣、亂雜中作着統一、悲哀裏釀着歡樂，不可思議地，時常是年青青地、溶溶的大河似的流起去。那裏偶然也並非沒有優秀的東西、美麗的東西、偉大的東西落進來。但是一落進來，同時它們那些偉大、美麗、優越，就像透進大地的水似的，被吸得毫無痕跡，誰也不能在那裏獨自逞強。橫行世界的百代哪、環球的名優和日活、天活的演員，有時甚至電影說明者都是同等，都不過公園一要素。……

關於這公園的特色要附加的一句話，是關於——「讓這個公園這樣下去是否於社會有益？」「那裏的空氣之流動是進步呢？退步呢？」對於這一問題恐怕誰也不能予以確答罷。…… 不過這裏有一句話說出來是不會錯的。即拚命流動的東西不會有退步的，流動在流動自身生出進步。我們只要以這樣的觀點去瞧着它那潑剌的光景就得了。…… 不滿足於這個回答的，可以離開公園到市內其他一流的娛樂機關去。在那裏，從來的文明的遺物——德川時代的遺物——有時不過把容器改改樣子，在污泥似的沉澱着。那裏沒有流動，沒有混合，沒有醱酵，有的只是徒然擺起架子的、花高價錢的、發育停止的、乾枯的玩意兒和觀眾。一方面有公園那一切東西，一方面有市內一等的戲院、俳優、藝妓、菜館——這兩者哪一個有助於將來的日本文明呢？…… 那不用說是前者罷。那裏有成為新文明基礎的盲目的蠢動。雖是盲目，雖是蠢動，但是輕蔑它的人，便是輕蔑民眾。(《鮫人》)

五月十九日

此文作於一九三二年五月十九日，距現在整整的兩年了。在被給的材料的分析上似乎還沒有大的錯誤，不過最近幾年來谷崎氏的「藝」至去年的《春琴抄》已臻化境，而精神卻停滯了——他顯然是老了。我或者有機會再分析晚年的谷崎罷。

一九三四年五月二十四日譯者

策劃編輯　梁偉基
責任編輯　張軒誦
書籍設計　吳冠曼
書籍排版　楊　錄
地圖繪畫　廖鴻雁

書　　名　神與人之間
著　　者　谷崎潤一郎
譯　　者　李漱泉
出　　版　三聯書店（香港）有限公司
香港北角英皇道 499 號北角工業大廈 20 樓
Joint Publishing (H.K.) Co., Ltd.
20/F., North Point Industrial Building,
499 King's Road, North Point, Hong Kong
香港發行　香港聯合書刊物流有限公司
香港新界荃灣德士古道 220-248 號 16 樓
印　　刷　美雅印刷製本有限公司
香港九龍觀塘榮業街 6 號 4 樓 A 室
版　　次　2025 年 3 月香港第一版第一次印刷
規　　格　32 開（130 × 185 mm）390 面
國際書號　ISBN 978-962-04-5598-8